Majareta

Seix Barral Biblioteca Breve

Juan Manuel Gil

Majareta

Seix Barral, un sello editorial de Editorial Planeta, S. A.
Avda. Diagonal, 662-664, 08034 Barcelona (España)
www.seix-barral.es
www.planetadelibros.com

Primera edición: enero de 2026
ISBN: 978-84-322-4906-8
Depósito legal: B. 22.707-2025
Composición: Realización Planeta
Impresión y encuadernación: CPI Black Print
Impreso en España

A Tamy, Martina y Lola

PRIMERA PARTE

¿TE HAS ENTERADO?

EL AMIGO NECESARIO DEL AUTOR

¿Te has enterado ya? ¿Sabes lo que he hecho, con quién he hablado, por qué he venido? No me extrañaría que estuvieras al tanto. He sido cauteloso, para qué negarlo, pero a estas alturas guardar un secreto entre tú y yo es un propósito inútil. Por cierto, no te ofendas: qué casa más perturbadora tienes. Mira que habré estado veces aquí, y todavía se me ponen los pelos de punta. ¿De dónde sacas el tiempo y las ganas para ordenar todo esto? ¿Cómo demonios consigues que no parezca que vives solo? Desde luego hay algo de hazaña en lo que logras hacer con los muebles, libros y alfombras de este salón, pero también hay algo pavoroso en la posible respuesta a la pregunta de por qué decides hacerlo si nadie se va a quejar de que hayas dejado unas pantuflas aquí o una lata de cerveza vacía allá. En fin, cada uno con sus manías, porque supongo que de la suma de ellas estamos hechos todos. En cualquier caso, yo hoy he venido a otra cosa. Y lo hago contento, la verdad, muy contento, porque es indudable, al menos a mí me lo parece, que merecía ser yo quien encontrase la pieza decisiva del libro que tú estás escribiendo; ese giro de llave que hace crujir la cerradura de cualquier historia. No me ha resultado fácil la tarea, no vayas a creer que ha sido por obra y gracia de la casualidad. Para llegar hasta esa pieza clave, he tenido que calzarme tus zapatos e imaginarte escribiendo cada una de esas páginas; plantearme las mismas posibilidades que tú te plantearás después de escucharme decir todo esto: ¿y si hubieses seguido preguntando, indagando, rebuscando entre los vecinos y compañeros?; ¿y si te hubieses tomado un tiempo para refrescar la mente o ganar algo de distancia?; ¿y si tu querido amigo, es decir, un servidor, tenía razón? Y ahí, justo ahí, en el centro de ese mar de preguntas, alguien me ha mostrado el camino que conducía a lo que todavía no has escrito y acabarás escribiendo. Ya sé lo que piensas sobre que me ponga solemne y misterioso, pero me temo que llegados a este punto, no tienes otra opción que aguantarte y aguantarme. Como te digo, he dado con ese caminito, que es corto, firme, despejado y menos sinuoso de lo que puedas imaginar. Casi una línea recta, una flecha, un pequeño brinco hacia delante. De hecho, no estabas muy lejos de él. Simplemente no lo viste. Y si lo viste, me temo que no supiste interpretarlo. Yo, por supuesto, te voy a contar cuanto he averiguado porque esa es la razón de que ahora esté aquí, pero, aprovechando esta inesperada y suculenta ventaja de la que dispongo, me atrevo a ponerte una condición. Solo una. Muy sencilla, ya verás, esta es: antes de desvelarte nada, me tienes que dejar leer lo que llevas escrito hasta ahora. ¿Qué te parece? ¿Estoy pidiendo mucho? ¿Hay acuerdo? No es un mal negocio, ¿verdad? Entiéndeme, si no le damos un precio a cada cosa, todo se termina devaluando. ¿Sí? ¿Trato hecho? Bien. ¡Muy bien! Me alegra escuchar eso. No sabes cuánto. En el fondo somos un pequeño equipo trabajando para un mismo fin. Por cierto, ¿cuál es el título? Al libro, ¿qué título le has dado? ¿Cómo? *Una vidriera imponente.* Vaya... Reconozco que eso no lo vi venir. *Una-vidriera-imponente.* Pues mira, te lo agradezco por la parte que me toca, porque muchas veces he percibido que subestimabas cada proposición que te hacía. Desde que comenzamos a hablar sobre lo que hizo el conserje he tenido la sensación de que este asunto me interpelaba más a mí que a ti. Así que ahora, con más fervor si cabe, deseo leer todas esas páginas. Además, qué mejor lugar que este: el salón donde el gran escritor habrá reflexionado tanto sobre esta historia. ¿Te importa que me siente en esa butaca de ahí? Es la que sueles usar tú, ¿verdad? Se nota. Está algo hundida, pero parece muy cómoda. Vamos a ello. *Una vidriera imponente.* Qué cabronazo eres. Y qué retorcido. Eso también.

SEGUNDA PARTE

UNA VIDRIERA IMPONENTE

EL DIRECTOR DEL COLEGIO

Cuando me incorporé a la dirección allá por el año 1991, aún faltaban unos meses para que él llegara a la conserjería. Lo recibí en mi despacho, ambos de pie y con buen semblante, en una reunión que no duró más de diez minutos y en la que le expuse las tres o cuatro líneas maestras de esta docta casa de las ciencias, las letras y la vida. Lo único que me preguntó fue si podía empezar en ese mismo momento, y ahí se ganó mi corazón. Supe al instante que, a pesar de su juventud, iba a ser un conserje de raza, dispuesto a echar una mano en cualquier situación, siempre deseoso de cumplir con las pequeñas obligaciones, esas que nadie te va a agradecer nunca. En definitiva, un hombre con la camisa planchada y la hebilla del cinturón bien centrada. La cuestión es que a mí Los Nuevos Hermanos me trajeron aquí de buenas a primeras porque el anterior director estaba metiendo la mano en la caja, y en este mundillo, llamémoslo así, se llegan a perdonar muchas cosas, algunas espantosamente graves, menos una: sisarle dinero al Santísimo Cristo Jesús Redentor, que viene a ser, para que usted me entienda, el verdadero presidente de nuestro consejo de administración. No obstante, exceptuando ese oneroso episodio, que, por cierto, yo lo recuerdo con cierta añoranza en tanto que me devuelve a unos años en los que mis fuerzas y mis ganas eran otras, tengo que reconocer que este colegio ha sido un lugar apacible. Voluntariosos alumnos de humildes familias que casi siempre entendieron nuestros más altos propósitos. Aunque eso no quita, se lo digo yo antes de que me lo diga usted, que también hayamos tenido nuestras cosas, pequeñas, medianas y grandes, como en cualquier otro centro educativo, sea este concertado o no. Porque al fin y al cabo estamos hablando de niñas y niños, y eso no deja de recordarnos que moramos en el corazón mismo de la incertidumbre. Fíjese, antes usted me ha preguntado por cómo se tomó Leo, el conserje, la noticia nada más recibirla. Mal. Muy mal. Contra todo pronóstico se la tomó fatal. Y lo más llamativo es que no creo que hubiera nadie en este colegio que pensase que algo así pudiera afectarle en esa magnitud y de ese modo. ¿Ve a lo que me refiero? La incertidumbre habita en todos lados. Apenas sabemos nada de lo que está por ocurrir. Ni siquiera nuestra mano derecha intuye los planes que tiene Dios para la izquierda. Yo fui el encargado de decírselo, sí, pero no quien tomó la decisión. Esto quiero que quede claro porque me han llegado algunos rumores que se van comentando por ahí, y no todos son verdad. Una semana antes de comunicarle la noticia, recibí un correo de los de arriba donde se me explicaba que iban a iniciar los trámites para la jubilación anticipada y forzosa del conserje de este centro. Y ahí, en esas cuatro o cinco líneas, puede que tres y media, se lo juro yo a usted por lo que más me importa en esta vida, no se daba razón alguna. A lo más que llegaban era a emplazarme a una reunión en la que se trataría este tema con más detenimiento, cosa que, por cierto, nunca ocurrió porque luego se lio la que se lio. Pero, más allá de eso, y no quiero que lo entienda como un intento de escurrir el bulto, contésteme a una pregunta. ¿A qué edad le gustaría jubilarse a usted? Porque yo, con las condiciones que le ofrecían a Leo, apenas saltados los cincuenta y cuatro años, que es un chaval todavía, no me diga que no, habría aceptado mañana mismo. Cien por cien del sueldo. Catorce pagas. Una cena de despedida. Y puede que hasta un pin en la solapa. ¿Qué me dice? Eso es canto gregoriano para cualquier oído, ¿no? Pues aun así, añadieron un buen estribillo: Los Nuevos Hermanos también asumían una póliza de atención sanitaria con plena cobertura, sin plazos, sin fecha límite, sin carencias, sin letra pequeña, para que él pudiera seguir atendido de sus cositas, que nunca fueron pocas, para qué vamos a engañarnos, y que justificaban de sobra esa jubilación. Qué quiere que le diga, pero no lo entendí entonces y, si me apura, tampoco lo entiendo ahora. Así que se lo reafirmo con total franqueza: No-me-agradó-su-reacción. Bueno... Más bien su no-reacción. Porque lo que hizo fue mirarme con esos ojos de porcelana vieja, levantarse de la silla en la que yo le había pedido unos minutos antes que se sentara para que estuviera cómodo y salir del despacho sin decir ni una sola palabra. Ni una. Nada. Cero. Vacío absoluto. Hombre... No sé... En fin... ¿Tantos años trabajando juntos y lo único que merezco es un silencio tan arrogante? ¿Después de todas las cosas que yo he hecho por él? ¿Sabiendo como ha sabido siempre que yo aquí ni pincho ni corto, que soy un mandado, que estamos en el mismo vagón de cola? No me parece apropiado. Pero, bueno, vale, ya está, que tampoco soy esa clase de persona que no acierta a pasar página. Y la conciencia, además, la tengo muy tranquila porque, más allá de que yo no fuese el promotor de su jubilación anticipada, no podemos olvidar que lo que se le ofrecía era, entre otras cosas, la posibilidad de quitarse de la vista a estos hijos de puta, con sus refulgentes aparatos en los dientes y esa endogamia pueblerina que rezuman de mala manera. Que sí, que son los alumnos del colegio que yo dirijo y que mataría por ellos, pero ya llevo muchos años de servicio a la espalda, demasiados, no sé si me entiende, y he tenido que aguantar lo que no está escrito. Si le cuento la última, es probable que se levante y me dé un sentido abrazo, con eso se lo digo todo. Pero no es culpa de ellos, que conste. Es culpa de este equipo directivo del que formo parte, de los docentes que les dan clase, de sus padres, del consejo de ministros, del mundo en general. De todos menos de ellos, que son niños y niñas. Así que no saben que también son unos hijos de la gran puta. Todavía no. Y cuando vengan a enterarse, me temo que será demasiado tarde. Si a mí me ofrecieran las mismas condiciones de jubilación que a Leo, sería incapaz de reprimir las lágrimas de pura emoción. Hay tantas cosas que aún tengo pendientes de hacer... Sé que algunas ya nunca serán, pero otras sí, por Dios y por la Virgen, otras claro que sí, y con eso es más que suficiente. Al menos para mí, que, como le dije, creo en la incertidumbre. Cuando el conserje cerró la puerta del despacho tras de sí y se marchó, continué hablándole durante unos segundos como si aún siguiera ahí, en esa misma silla, mirándome de refilón a los ojos, tal y como él solía hacer. Aunque ahora que me escucho, pienso que puede que me lo estuviera diciendo a mí mismo. ¿Sabe qué le dije? O me dije, no lo sé. A ver si usted lo ve igual que yo. Me puse en pie, apoyé los puños en la mesa y silabeé cada una de estas palabras: No hemos elegido estar solos, Leo, qué putada. Eso le dije. ¿Usted está casado? ¿Tiene hijos? ¿Entiende lo que intento explicarle? ¿Entiende por dónde van los tiros? ¿Entiende algo? Porque yo creo que empiezo a no entender nada de nada.

EL AMIGO NECESARIO DEL AUTOR

Me enteré como la mayoría de la gente. Las noticias vuelan en el barrio y este asunto en particular era un pájaro de fuego. Yo creo, corrígeme si me equivoco, que mejor pregunta que Cómo me enteré yo es Cómo te enteraste tú. Supongo que, más allá de lo que hayas podido leer en la prensa, tu madre te sigue poniendo al corriente de todo lo que pasa por aquí, y yo me alegro de eso, la verdad; es señal de que está bien. Mi madre, en cambio, tiene la cabeza perdida. Pobre mujer. Poco podemos hacer ya. El corazón, eso sí, le va como una máquina de vapor. A este paso, nos entierra a todos. En cuanto supe que al conserje lo habían jubilado antes de tiempo y todo el trajín que generó eso, tuve claro que te pondrías en contacto conmigo. Era cuestión de tiempo. Y me alegra que la intuición no me haya fallado porque a mí salir en tus libros siempre me ha hecho más bien que mal. No me refiero, o al menos no solo, a la popularidad que he ganado en el barrio, e incluso un poquito más allá, porque no sé si estás al tanto de que hay sitios donde me llaman el Marcapáginas. Lo que yo digo es que hablar contigo me trae desahogo, descanso, expansión y una manera de pensar distinta a la de todos los días. ¿Por qué? Vete a saber. Será por las preguntas que haces, o por esos silencios que dejas en los que parece que todo se va a reordenar, o por tu manera de decirme que no estás de acuerdo conmigo cuando en el fondo puede que sí lo estés. Desahogo, descanso, expansión. No lo sé exactamente. Como si el pecho se me vaciara de lo que sobra y me sintiera más ligero. Mi mujer siempre me lo dice al llegar a casa después de haber estado contigo: No sé si es bueno que hables con alguien que te colorea la cara más que yo. ¿Cuánto tiempo tenemos para charlar esta vez? Me gustaría empezar por contarte el primer recuerdo personal que tengo del conserje. Por cierto, ¿tú sabías que se llamaba Leo? Porque para mí el conserje era el conserje, o a lo sumo el Majareta, pero ya está. Además, ¿no te parece que ese nombre no le pega, que es como de niño muerto o de personaje de viñeta? Yo estaría en séptimo u octavo de EGB, comienzos de los noventa. Él acababa de llegar al colegio, aunque ya todos lo conocíamos en el barrio, claro. Estaba fuerte, el muy cabrón. Y como era tan alto y caminaba de esa manera, cuando tenía prisa parecía un cíborg fuera de control. La cuestión es que la maestra de Pretecnología, la de los dientes anchos, la que se zumbaba al de Religión, o eso se decía, me pidió que bajara a darle la llave del cuarto donde guardábamos todo el material que vendíamos para los viajes y esas cosas. Ya sabes que él siempre se sentaba a la mesa de la entrada del edificio, donde estaban las plantas grandes de plástico, a unos metros del despacho de dirección y del comedor. Pero ese día, por lo que fuera, cuando yo llegué no estaba ahí. Lo vi cómo abría una puerta en el lado opuesto, entraba en algún lugar, se giraba un poquito y la cerraba. Así que me fui para allá con tintineo de llaves, como diciendo no me cierres la puerta que ya estoy llegando. Golpeé varias veces hasta que me pareció escuchar algo, y entonces abrí. Me estaba diciendo pasa, pasa, pasa, adelante. Yo qué cojones iba a saber que la casa del conserje estaba dentro del propio colegio. Recorrí un pasillo y me di de bruces con un salón-comedor mejor que el tuyo y el mío juntos, con su mueble marrón oscuro lleno de libros, su televisor bien gordo, una jarapa de colorines que se perdía bajo el sofá y una mesita en la que aún estaban los restos de los desayunos de tres o cuatro mañanas. Cualquiera podrá preguntarse que de qué me extraño tanto, ¿no? Muchos conserjes, sobre todo en aquella época, vivían en los propios colegios. Al parecer era lo más natural del mundo. Sí, claro, lo que vosotros digáis, pero es que yo lo estaba aprendiendo en ese mismo instante, porque en aquellos años, en nuestro colegio, no vivía ninguno. No pongas esa cara. Es así. No vivía ninguno. Hasta que llegó él, habíamos tenido una conserje que además era limpiadora, cocinera, enfermera y madre de emergencia de todo el alumnado, que, con un enorme bolso bajo el brazo, se apeaba de un autobús cada mañana y se subía en otro cada tarde. Así que yo te juro que aquel día tuve la impresión de que al recorrer ese pasillo estaba accediendo a una dimensión desconocida para el resto de los alumnos. No recuerdo si le di las llaves en mano, las dejé sobre la mesa o me las metí en el culo. Cero recuerdos. Nada. Todo eso ha sido borrado de mi mente y por tanto todo es probable. Ese minúsculo espacio de mi memoria está ocupado en exclusividad por la imagen del conserje en mitad de su salón, mirándome como una serpiente de cascabel, con la camisa medio desabotonada, mientras yo intentaba disimular que me acababa de mear encima. Un poquito. No mucho. Lo suficiente como para que él me dijera: Anda, niño, pasa, eso de ahí es el baño.

LA HIJA DE LA CONSERJE QUE PRECEDIÓ AL CONSERJE

Mi madre no hablaba demasiado de aquella época. No al menos en sus últimos años de vida. Con esto no quiero decir que ella guardara un mal recuerdo, todo lo contrario. Hasta donde yo sé, fue muy feliz trabajando en ese colegio. Lo que ocurre es que no era una mujer de muchas palabras. Además, en sus últimos meses de lucidez, esta querencia por el silencio se le volvió definitiva debido a una afasia que le cayó de sopetón y que nadie supo cómo revertir. Yo estudié allí los tres primeros cursos de EGB, porque luego me matriculé en un colegio público que construyeron cerca de casa. Ya te adelanto que esos alumnos eran animales de granja intensiva. Tengo el recuerdo imborrable de verlos el primer día de clase, después del verano, con sandalias de goma apretujándoles los dedos, algunos sin camiseta y dándose raspones en la cabeza.

Al parecer, según me contó mi madre, la cosa fue mejorando con el paso de los años, y no hace mucho me enteré de que ahora es un colegio decente donde la prensa hace cola de vez en cuando por si hay algún caso de acoso escolar. Pues no sé qué es peor, la verdad, si las sandalias de goma o las ensaladas de hostias. A nosotros, en su día, también nos ofrecieron esa casa del colegio. Pero es que mis padres ya tenían la suya comprada y casi pagada, y no estaban interesados, además, en vivir en un barrio que nunca fue el suyo. Así que, por lo que recuerdo, esas dependencias las utilizaron como almacén de secretaría y mantenimiento, salvo la cocina, que era donde las limpiadoras de la tarde se cambiaban de ropa, dejaban sus bolsos y se preparaban la merienda. Esto es algo en lo que he pensado alguna vez. ¿Cómo habría sido mi vida si hubiera dormido, comido y jugado en un colegio? No todo el mundo tiene esa oportunidad. Y yo sí. Quiero decir que al menos es algo que mis padres debieron descartar en un momento determinado. Y cuando he hecho ese ejercicio de imaginación, cuando he cerrado los ojos para verme caminar por aquellos pasillos, aulas y despachos en mitad de la noche, siempre he tenido el convencimiento de que no se equivocaron. En el fondo, nadie quiere dormir en el mismo sitio donde se trabaja, donde se estudia, donde una se echa las amistades. Pero que conste que yo respeto que ese hombre eligiera quedarse con la casa del colegio. Para eso estaba ahí. Faltaría más. Mi madre conoció al nuevo conserje porque, cuando él llegó a sustituirla, le tuvo que explicar algunas cuestiones sobre el funcionamiento del centro, dónde guardaban esto o aquello y cómo se hacía tal o cual cosa. Lo normal, vamos. El traspaso de poderes, que se llama. Y como además ella hizo muy buenas amigas entre las limpiadoras, siguió sabiendo de él hasta que ellas se jubilaron también. Por lo que yo escuché, era un buen tipo, muy joven, porque, qué tendría en aquel entonces, ¿veintiuno o veintidós años? Trabajador, hábil con las manos, reservado en las conversaciones, puntilloso en sus tareas, solitario en lo demás. Aunque todo esto no fue algo que descubrieran una vez contratado en el colegio. La mayoría de esas cosas ya se sabían desde hacía muchísimo tiempo porque ese hombre era del barrio de toda la vida. Él tenía su casa, la de su familia, tres o cuatro calles más arriba del centro escolar. Por eso extrañó tanto a la gente que decidiera quedarse a vivir en las dependencias del propio colegio. Tú eres de allí como él, ¿no? Esto no te sonará a chino. De hecho, mi madre nos contó que ella creía que le ofrecieron la casa con el convencimiento de que la rechazaría; que si ellos, por casualidad, se llegan a oler que la respuesta iba a ser afirmativa, nunca se la habrían puesto por delante. Porque era un gasto más para el centro, claro que sí, pero también porque, como ya te he dicho, él era más raro de la cuenta. ¿Que por qué lo contrataron entonces? Pues yo qué sé. Para eso no tengo una buena contestación. Ni a mi madre se la escuché, que yo recuerde. Bueno, algo sí le escuché. Pero vete a saber qué hay de verdad: que la madre del conserje tuvo su época de tirarse al antiguo director, al mismo que largaron del colegio, porque todas las semanas se la veía darse una vueltecita por allí. Qué más da eso. Ahí está su trabajo para avalar lo que sea que tenga que avalar. Era el primero en levantarse y el último en acostarse. Bienvenidos sean los raros si cumplen con sus menesteres tan apasionadamente, ¿no te parece? Hasta donde a mí me dijeron, este hombre no se metía en ningún problema. Y quizá, si lo pensamos un segundo, eso sea lo más sospechoso de todo. ¿Quién no se mete en problemas hoy en día? Lo queramos o no, la vida está como está, y problemas llegan, y algunos con una cara de perro de la hostia. No sé si me explico. Cuando yo me cruzo con alguien que evita a toda costa los problemas me hago esta pregunta: ¿de qué no quiere que me entere? A lo mejor es que soy muy paranoica para estos detalles, pero he acertado muchas veces. Este hombre trabajaba en un colegio donde el anterior director había sido despedido por no se sabe bien qué pero todas nos imaginamos; donde el jefe de estudios daba rienda suelta a prácticas un tanto inquietantes; donde algunos de sus alumnos han ocupado la portada del periódico por grabar a alumnas en los aseos. ¿Te parece un sitio donde no vayas a tener problemas?

Porque a mí no. Te pongas en el lado que te pongas, vas a tener que esquivar y recibir alguna pedrada. Cuando él aceptó vivir en la casa del colegio, mi madre se ofreció, junto con el resto de las compañeras de la limpieza, a desalojar todo lo que allí se almacenaba y a esclarecer unas habitaciones que quizá nadie había utilizado antes. Él no dijo ni que sí ni que no, de modo que ellas se pusieron manos a la obra. En dos fines de semana todo estaba listo. Supongo que él también arrimaría el hombro, no tengo constancia de lo contrario. Lo que sí sé, y dudo mucho que yo llegue a olvidar algo así, es que mi madre, el día que le hizo entrega de la llave de llaves, la que abría el armario metálico donde se guardaban y ordenaban todas las demás, le deseó suerte y le dio un abrazo que, según ella, no fue correspondido o, al menos, no supo devolver. Y aquí, en este momento, imagina un buen silencio, lo largo que tú quieras, y, si me apuras, un poquito más, para subrayar que no es ese abrazo lo que nunca olvidaré, sino las palabras que él pronunció, muy bajito, casi a modo de susurro, justo cuando tuvo su boca junto a la oreja de mi madre: Muchas gracias, mamá. Te lo repito por si no lo has escuchado bien: Muchas gracias, mamá. ¿Qué? ¿Qué me dices? Con veintitantos años en las alforjas, confundió a mi madre con la suya. Ay, amigo, no quiero pecar de suspicaz otra vez, pero me da a mí que a este tipo ya por entonces se le estaba llenando la cabeza de oscuridad.

EL ANTIGUO COMPAÑERO DE CLASE DEL CONSERJE CUANDO AÚN ERA UN NIÑO

Fácilmente te hablo de 1979 o 1980, que estaríamos cursando quinto o sexto de EGB, o puede que octavo, yo qué sé, hace mucho de aquello. La comunión más que hecha, revolucionados con las niñas y obsesionados con tener pelos en los huevos. Ese podría ser nuestro *curriculum vitae* de entonces. Mi relación con él siempre fue dentro del colegio, nunca en la calle, porque ese chaval pertenecía a los internos de la residencia escolar, que estaba en un edificio anexo. Me refiero a nuestro antiguo colegio, no a ese del que ahora todo el mundo habla y del que él ha sido conserje su vida entera. El nuestro estaba, y sigue estando, vamos, que estas cosas no se mueven, en el centro de la ciudad, y tenían preferencia de matrícula las familias del campamento militar. Así que alguna relación debía de tener él con el ejército. No sé cuál. El padre no era de la milicia, eso sí te lo puedo decir sin temor a equivocarme, porque venía a recogerlo algunos viernes, muy pocos, y la hechura de ese hombre no casaba con el uniforme. Dispongo de un radar para detectar estas cosas. Para ser preciso, lo tengo en la espalda, que es donde mi padre me daba con los tirantes coloreados con la bandera de España. En clase lo llamábamos por el primer apellido: Almada. Bueno, a casi todos nos llamaban por el primer apellido, aunque ningún compañero tenía uno que sonara con tanta poemática. Al-ma-da. A mí me recordaba a la brisa, al amanecer, a la bruma o a algo por el estilo. En cualquier caso, mejor así, porque su nombre de pila le había traído follones con el maestro de Historia. Un día lo llamó Leopoldo, le pidió que se pusiera de pie, y no obedeció. Leopoldo, en pie. Y él como si tal cosa. La razón: que no se llamaba Leopoldo, sino Leo. Eso le soltó a menos de medio palmo de esa nariz llena de varices que gastaba el maestro. Para qué quiso más. A partir de entonces, cada vez que aludía a él, usaba uno nuevo: Leocadio, Leonardo, Leolo, Leónidas, León... Nunca se le acababan los nombres a ese malnacido. A Almada, como me habría pasado a mí o a cualquier otro, le hinchaba las pelotas esa provocación. Se le notaba en la cara. Los ojos se le juntaban un poco y se le coloreaba el cuello. Pero nunca reaccionó de mala manera, que era lo que ese viejo buscó cada día que le dio clase para ver si así lo expulsaban una temporadita. A pesar de estos sinsabores, allí se estaba bastante bien. Almada era un compañero formidable y, en términos generales, yo lo vi más tiempo feliz que afligido. No es que fuese un *show* continuo, no era de ese tipo de personas, pero tenía detalles que elevaban la existencia de la clase a alturas desconocidas. Era capaz de recitar decenas y decenas de nombres de peces, de vientos y de artes de pesca; o de repetir las palabras textuales de los personajes que todos habíamos leído en los tebeos; o de dibujar en la pizarra volúmenes geométricos que desconcertaban hasta al maestro de Matemáticas. La única que veía en su cerebro cosas que el resto ni intuíamos era la maestra de Lengua, como bien demostraba el hecho de que nunca lo llamara por el primer apellido, como todos, sino por el segundo, Sapena, que era mucho menos poemático, dónde vamos a parar. Sapena esto, Sapena lo otro. Lo que yo creo es que esa maestra pensaba que Almada era o superdotado o medio tonto, porque no había nadie en ese colegio que lo cuidara tanto. Ahí van el cabezón del Almada y la de Lengua a por más libros. Ya van otra vez al vivero a contarse cuentos. Eso decíamos como mínimo dos o tres veces por semana mientras los veíamos atravesar el claustro. Lo cierto es que había cosas que aquel chaval sabía hacer cojonudamente bien. El mismo tío al que no podías pedirle que se acercara a una chica a preguntarle la hora era capaz de sepultar a un maestro bajo decenas de características de un pulpo que solo se capturaba en un lugar muy concreto del océano Pacífico. ¿Entiendes lo que te digo? ¿Captas el espíritu de Almada? Y eso nos rescató en más de una ocasión de las llamas del aburrimiento. Hasta que ocurrió lo de su madre, claro. Asunto que lo cambió todo. Punto y aparte. Como apagar y volver a encender un aparato, así, más o menos. Porque él empezó a faltar y, cuando venía, ya no hablaba. Nada o casi nada. Se sentaba, clavaba la mirada en la libreta y no se acordaba ni de cambiarla al pasar de una asignatura a otra. Sabíamos que seguía vivo porque había empezado a hacer algo que era nuevo en él. Se mecía con sutileza sentado en la silla. Hacia delante y hacia atrás. Era un movimiento que, a simple vista, costaba percibir. Y lo hacía todo el rato, sin descanso, como si no se diera cuenta, como si la responsabilidad de ese balanceo no fuese cosa suya. Pero, más allá de eso, nada de nada. Ni el cabronazo del maestro de Historia, con sus Leovigildos y sus Leoncios, consiguió rebañarle una reacción. Así que en esa clase lamentamos lo de su madre porque vino a cambiarnos la vida para siempre. Al menos nuestra vida en el colegio. Y no lo digo con ningún afán trascendental. Bora, galerna, gregal, khamsin, lebeche, meltemi, mistral, ostro y xaloc. ¿Lo ves? Ahí siguen los nombres de esos vientos. Intactos. En orden alfabético tal y como él los cantaba. Metidos en mi cabeza, y supongo que en la de otros compañeros también, como si fuesen una oración más que entonar delante de la monja que nos daba Religión por entonces. Se acabó por marchar del colegio y, por tanto, de la residencia escolar. Que yo recuerde, no se despidió de nosotros, y los maestros, por supuesto, no hablaron del asunto. No lo he vuelto a ver en mi vida. Pero sí me he acordado de él muchas veces. Una de sus últimas mañanas allí, sin que nosotros supiéramos que lo era, levantó la cabeza un poquito, casi nada, y me miró con los ojos redondos como dos pesetas de las viejas. Yo le dije en voz baja Qué pasa, Leopoldo. Lo hice así, imitando a mi manera la entonación del maestro de Historia. Y lo que me contestó no llegó a salirle del cuerpo, pero sí lo leí en sus labios: Mi madre ya es un pez. Joder. Qué pena de chaval. Se me pone la piel de gallina. Más aún después de haber leído en el periódico todo eso que ha pasado ahora con los niños del colegio donde él trabajaba como conserje.

EL PERIODISTA QUE PREGUNTÓ

Yo he preguntado, porque me han dicho que pregunte, y en esa familia el único militar fue el abuelo del conserje por parte de madre. Teniente o capitán, no sabría decirte todavía. Te estoy hablando del año catapum. La verdad es que no sé cómo acabaron aquí porque todos ellos en realidad eran de Valencia, me refiero otra vez a la familia por parte de ella. He llegado a ver una foto del abuelo de este tipo, uniformado, en algún lugar reseco y lejano, puede que del norte de África, y lo único que llamó mi atención fue el tamaño de su bigote. De la familia paterna lo poco que sé es que tuvieron un negocio de calzado, esparto y cereal a granel durante toda la vida, en un pueblo grande de toda esa zona de poniente, y que les fue bastante bien, así que el padre del conserje pudo estudiar farmacia, o boticario, o como demonios se le llamase a eso entonces. Cuando ese hombre tuvo el título bajo el brazo, abrió una botica a más de cincuenta kilómetros de la que siempre fue su casa, que es justo en ese barrio que tan famoso se ha hecho ahora. Desde aquel día, no se movió de allí. Todo el mundo lo llamaba don Pedro el farmacéutico, o licenciado don Pedro Almada, o doctor Almada, pero como también frecuentaba algunas tascas, y se ponía bien contento, y le daba por las risotadas o por las discusiones, se permitieron la confianza de conocerlo además como el Jarabes. Más allá de ese exceso, fue un tipo muy respetado, tal y como le correspondía a su posición. Por lo que me han dicho algunos vecinos, siempre andaba con su bata bien inmaculada, una voz un pelín más aguda de lo normal y un corazón que no le cabía en el pecho. Esto último lo añado yo porque, hasta donde sé, nunca dijo que no a nadie del barrio por no tener dinero con el que pagar un medicamento. Se han comentado muchas cosas sobre este hombre. ¿Qué es verdad y qué es mentira? Vete a saber. Que de puertas para adentro tenía su carácter y que se le oscurecían las manos y la cara si las cosas le venían a contrapelo. Que abrió la farmacia en ese barrio para alejarse de una familia que nunca aceptó su matrimonio. Que mientras vivió intentó que su hijo, el ahora famoso conserje, se comportara como un hombre de buen orden y provecho. Que tuvo un hermano en la cárcel, cuando apenas era un chaval, por haber matado a una niña en un pueblo de por ahí. Que con determinadas formulaciones les había salvado la vida a más de dos y más de tres desahuciados. Que acabó solo y desmemoriado en una residencia de viejos. Pero lo que más se ha dicho de él es lo que tú ya habrás escuchado un buen puñado de veces: que ese hombre nunca se murió del todo para su hijo. Incluso llevando más de diez años metido en un nicho del cementerio.

EL ENFERMERO DE LA RESIDENCIA GERIÁTRICA

Eso es verdad porque don Pedro Almada, el padre del Majareta, me lo contó a mí no mucho antes de morir. Y estoy convencido de que si buscamos en los periódicos de la época vamos a encontrar el suceso. He visto demasiadas series de televisión como para que de buenas a primeras me la cuelen y no me acabe dando cuenta de que me la colaron. Lo que pasa es que ocurrió hace tanto tiempo que cuesta precisar cómo fueron los hechos. Al parecer, un hermano, que era mellizo suyo, y este dato, por cierto, lo sabe muy poca gente, cuando tenía unos dieciocho años, empezó a verse con una niña de trece o catorce que vivía en un pueblo de la cara norte de todos esos montes de por ahí arriba. Pasó algo entre ellos. O entre las familias. Nunca se supo qué. Ni siquiera don Pedro Almada, y mira que él estaba cerca de lo ocurrido. Sobre lo que no hay duda es de que a esa niña la encontraron emparedada de mala manera en un viejo balate de la zona de los Filabres. ¿Sabe lo que es un balate? Se supo que el responsable había sido el hermano de don Pedro porque no aguantó la presión y acabó desembuchando dónde había ocultado el cuerpo, para seguidamente cerrar la boca y no volver a abrirla hasta el día del juicio. Los rumores corrieron como liebres después de un escopetazo: veloces, torpes y en todas las direcciones. Aunque supongo que esa no es la historia que usted quiere escribir. Sea como sea, que tu hermano mellizo mate a una niña y acabe condenado a quince o veinte años de cárcel, o a más, a treinta o cuarenta, te tiene que marcar de por vida. Así que la familia, creo que con muy buen tino, dejó de hablar de esa condición de mellizos porque conectaba al prometedor farmacéutico con el hermano presidiario. Bastante tenían ellos ya con lo que tenían. ¿Y qué relación puede haber entre lo que ahora ha hecho el conserje y lo que yo acabo de contarle a usted? Quizá ninguna. O puede que toda la del mundo. Porque este tipo de sucesos tienen la costumbre de los fluidos. Empapan lo que encuentran en su camino e intentan que nada detenga su libre discurrir. ¿Me entiende? Estos episodios taladran la piedra más dura. ¿Es posible, por tanto, que algo que ocurriera hace sesenta años tenga que ver con la reciente actuación estelar del conserje? Claro que es posible. No hay quien me convenza de lo contrario. Y si no, ¿por qué don Pedro Almada sintió la necesidad de compartir conmigo ese episodio tan oscuro de su familia? Ese hombre, cuando me dio acceso a esa información, ya tenía casi setenta años y estaba más castigado de la cuenta, así que lo único que deseaba era encontrar algo de descanso al dejar que esa historia siguiera su curso. Como los fluidos de antes, ¿no lo ve? Cosa que me lleva a una pregunta que arrastra su propia respuesta. Si este asesinato llegó hasta mí y me robó el sueño en más de una noche, cómo no iba a llegarle al hijo del farmacéutico; cómo demonios no iba a afectarle algo así. Es que... Piénselo un momento. Tampoco es que haya tanta distancia genealógica entre el asesino y el conserje. Tío y sobrino. Vamos, yo no lo veo cogido con pinzas... Que vale, que no es comparable lo que hizo uno y otro, pero quién te dice a ti que las motivaciones no fueron parecidas. Es que una cosa son los hechos y otra muy distinta la fuerza misteriosa que te lleva a cometer cualquier hecho. Por eso me gustan tanto las series de televisión de ahora. Porque en ellas, si el director es de los buenos y hay presupuesto, se puede escuchar la voz interior de los personajes, lo que se dicen a sí mismos, lo que quieren esconder a cualquier precio, y en esa dimensión paralela, vamos a llamarla así para entendernos usted y yo, la mentira no existe. Fíjese qué concepto tan revolucionario: la mentira no existe. Uno no puede engañarse a sí mismo. Esa es la sala de máquinas donde se generan nuestras más cristalinas motivaciones. Por eso la ciencia informática, los cuerpos de investigación de cualquier Estado, los equipos de espionaje sufragados con fondos reservados, los laboratorios biotecnológicos más punteros están obsesionados con controlar el acceso a ese lugar, a esa dimensión paralela. Lo que ocurre es que ahí, hoy por hoy, solo entramos unos pocos. Y sí, no tengo ningún pudor en incluirme entre ellos. No es un don con el que me haya bendecido un santo o un poder sobrenatural que haya comprado al demonio. Es algo para lo que llevo preparándome toda mi vida y por lo que estoy suscrito a decenas de revistas, plataformas audiovisuales y cursos a distancia. Escúcheme bien: sé entrar en las mentes más oscuras para dar algo de luz, para enfrentarme a las verdades. Y eso fue lo que hice aquella tarde con don Pedro Almada. Sentarme a su lado, mirar sus ojitos arrugados y asistir a ese espectáculo de desahogo que solo los humanos conocemos. Sé que estoy abusando de su tiempo, pero es que sin lo que le voy a contar ahora no se termina de entender lo que intento explicar. A mitad de su relato, usando una técnica muy concreta, encontré la entrada a esa sala de máquinas a la que acabo de hacer referencia. Mientras él hablaba y hablaba, yo caminaba y caminaba dentro de su cabeza en dirección a un murmullo que no conseguía descifrar. Imagine a un hombre vagando en mitad de la oscuridad, con los ojos muy abiertos, empuñando una antorcha. Pues ese era yo. Caminé, caminé y caminé, y me crucé con personas, animales, árboles y cosas, y escuché de todo. Porque el cerebro no es un lugar pequeño ahí donde lo ve. El de don Pedro Almada, por ejemplo, medía casi setenta años de vida. El murmullo se fue haciendo inteligible hasta que me di de bruces con él. ¿Y qué era ese murmullo? ¿Qué era? ¡Santo Dios! ¿Qué era? Esto es quizá lo más difícil de entender. Ese amasijo de ruido no era algo que don Pedro Almada estuviera diciéndome a mí. Más bien era un pensamiento que él había tenido desde que ocurrió aquel trágico hecho cometido por su hermano y que nunca, jamás de los jamases, había conseguido sacarse de la cabeza. ¿Y cuál era ese pensamiento? ¿Cuál era? ¡Santo Dios! ¿Cuál era? Puede que ya se lo esté imaginando porque las mentes, ahora la suya y la mía, están conectadas por una especie de hilos eléctricos muy parecidos a los que emplean las medusas para repeler a los depredadores. Cuando don Pedro Almada supo que su hermano mellizo había confesado el crimen y dónde había ocultado el cadáver de la niña, se dio cuenta de inmediato de que esa información ya estaba en su cabeza desde hacía algunos días, pero no tenía ni idea de cómo demonios había llegado hasta ahí. ¡Boom! Increíble. Y bellísimo a la vez. ¿Qué le parece? Es fuerte, ¿verdad? El tiempo y el espacio saltando por los aires. Me costó dormir durante algunas semanas, hasta que me di cuenta de que lo que él necesitaba era comprender, interpretar, aprehender. Así que fui y le conté lo que soy capaz de hacer con las mentes y le hablé de ese amasijo de ruido que había encontrado en el centro de su cabeza y, sobre todo, del pensamiento que se hallaba encapsulado dentro de él y de cómo a veces somos capaces de almacenar en nuestra memoria hechos de los que nunca tuvimos constancia, y en especial si hablamos de hermanos mellizos, tal y como era su caso, en el que el tráfico de información y emociones suele ser vertiginoso, endiablado, infatigable. Pero no abrió la boca. Ni ese día ni ningún otro más. Y fue entonces cuando conocí a su hijo, al conserje. Qué tío más raro. Qué tío más oscuro. La gente de la residencia dice muchas tonterías sobre aquel momento. No discutimos. No nos gritamos. Eso es falso. Preguntó por mí y, cuando me tuvo delante, me pidió que no volviera a acercarme a su padre porque él así lo había querido, y yo cumplí esa voluntad hasta su último aliento. Total, qué necesidad tengo yo de acercarme a nadie cuando poseo este poder de entrar en las mentes.

LA ALUMNA DEL COLEGIO Y, ADEMÁS, DEL TALLER ONLINE DE ESCRITURA

Avíseme si voy demasiado rápido en la exposición, porque no es raro en mí que, por querer cuidar al máximo la forma, deje de prestar atención a los hechos, y eso, no hace falta que me lo explique nadie, también es una manera de no decir la verdad, pero, bueno, usted no me ha citado aquí para escuchar disquisiciones de esta índole, o sí, quién sabe, que muchos escritores dicen que quieren una cosa y en realidad andan buscando otra bien distinta, de hecho, cuando yo lo sea, me refiero a escritora, no seré de ese tipo, iré al grano siempre, al corazón de lo que quiero contar, como hacía nuestro ínclito Camilo José Cela, un referente, un dios, un ídolo, un *influencer*, supongo que lo habrá leído, qué tontería, claro que lo ha leído, ¿también su novela *Madera de boj*?, ¿sabe que solo tiene un punto?, al final de la historia, es decir, solo el punto final, bueno, quizá tenga alguno más, pero muy pocos, eso seguro, porque... vale, vale, perdóneme, al grano, entendido, empezaré justo por uno de esos momentos que permiten que cualquier vida pivote en todas las direcciones (pasado, presente y futuro), esto es algo que aprendí en un taller online de escritura creativa, y que de alguna manera nos da la oportunidad de conocer el carácter del conserje, y me refiero a él como *conserje*, si me apura como *Majareta*, porque para mí eso de llamarlo Leo es un invento de alguien interesado en algo que desconozco, pero no me haga mucho caso y volvamos a ese momento sobre el que tiene que pivotar la vida, la historia, el relato, por cierto, qué importante es no perder el ritmo, ¿verdad?, y qué difícil, creo recordar que le dedicamos tres sesiones del taller e hicimos unos cuantos ejercicios, y aun así me costaba pillarle el punto de cocción, bueno, a lo que iba, hubo una mañana en la que, estando yo en quinto de primaria, de esto hace ya catorce o quince años por lo menos, en el grupo A, que se suponía que era el de los espabilados, el de los niños del porvenir, el conserje llamó a la puerta del aula y pidió paso, con tan mala suerte que el maestro de Lengua y a la sazón jefe de estudios, que conste que era así como él se autodenominaba, no estaba con nosotros debido a que, según nos había dicho, era su inexcusable obligación resolver un tema importante y urgente, cosa que a nadie le extrañó porque no era la primera ni la segunda ni la tercera vez que nos decía algo así y lo veíamos, todos amorrados en la ventana de clase, salir del edificio, caminar con paso alegre hasta el aparcamiento y meterse en el coche de la nueva maestra de Gimnasia, y cuando digo que a nadie le extrañó, incluyo también al conserje, que obvió su ausencia, nos explicó sucintamente qué era lo que había venido a hacer y se puso manos a la obra, colocando una escalera al fondo de la clase para abrir un candado que bloqueaba una pequeña puerta en el falso techo, subir al tejado y comprobar que el pararrayos estuviera en buenas condiciones después de la tormenta que había caído la tarde de antes, así que, entre uno que se había encerrado en el coche de la maestra de Gimnasia y otro que había trepado al tejado, nos lo pusieron a huevo, bueno, a mí no, que yo me quedé quietecita, eso se lo puedo jurar por que me muera rabiando aquí mismo, pero sí a quienes no les paraba la cabeza (en esa clase había mucho nervioso; es importante este paréntesis), y todos ellos, aunque uno más que el resto, con una coordinación milagrosa, cerraron la trampilla, pusieron el candado y sacaron la escalera al pasillo como si allí no hubiese ocurrido nada, a pesar de que estuvimos saltando ebrios de euforia y de pecado hasta que sonó el timbre y, como aún no había venido el maestro de Lengua y a la sazón jefe de estudios, nos pusimos las mochilas, colocamos las sillas sobre los pupitres y cada mochuelo buscó su olivo, que para eso era última hora y teníamos el fin de semana por delante, qué momento más glorioso, por Dios, qué memorable, eso sí, puede que media hora después ya nos hubiéramos olvidado de aquella chiquillada y, en consecuencia, de que ese hombre corría el riesgo de quedarse a la intemperie hasta que volviéramos el lunes, detalle que no era menor si tenemos en cuenta lo que ya he apuntado antes, que estaban siendo días de lluvias, rayos, truenos y centellas, y que cabía la más que razonable posibilidad de que el conserje acabara muerto de tres o cuatro maneras diferentes, dicho esto, aquí, en este preciso punto de la historia, me veo obligada a hacer una elipsis (esto también lo aprendí en el taller online de escritura creativa; otro paréntesis importante), porque en realidad no sé qué ocurrió durante ese sábado y domingo, solo que cuando retomamos las clases el lunes por la mañana, el conserje estaba en su sitio como si lo perpetrado el viernes solo hubiese sido un mal sueño, cosa que lo hacía todo más tenso y, ahora hablo únicamente por mí, más terrorífico, porque yo sí diría que ese hombre disimulaba cada vez que un alumno de mi clase pasaba por su lado, y por qué me atrevo con esta afirmación, pues porque algunos días después, el conserje interrumpió mi feliz y despreocupada carrera para hacerme una pregunta, lo que me llevó a dos convicciones, ni yo era la primera compañera a la que preguntaba ni yo era la primera compañera que estaba a punto de mearse encima, de modo que le dije lo que quería saber, el nombre del alumno que promovió aquel acto de desacato, después me dio las gracias con un golpecito en la nuca y me aseguró que jamás diría a nadie que yo le había facilitado dicha información, extremo que, visto con el paso del tiempo, creo que cumplió a rajatabla porque a mí nunca me llegaron a acusar de traidora o chivata o soplona o lo que fuera, castigo que sí sufrieron algunos otros compañeros de clase, especialmente cuando seis meses después, semana arriba, semana abajo, metidos ya en plenas vacaciones de verano, a ese alumno cuyo nombre había salido de mi boca, alguien le echó un edredón por encima mientras volvía solo de jugar al fútbol y le dio tal cantidad de golpes que perdió la visión de un ojo durante casi un año y se quedó calvo por detrás de las orejas debido al *shock* postraumático, pobrecillo, vamos a ver, estaba claro que ese niño era un delincuente en potencia tal y como el paso de los años vino a demostrar, y que si algo no le faltaba ya entonces eran enemigos, pero aquello fue un auténtico horror para él y para la familia, y si me apura, también para la policía local, que nunca consiguió dar con el responsable por mucho que preguntó, indagó e, incluso, interrogó, y a quién interrogó, a quién va a ser, al conserje, porque alguien debió de contar lo que seis meses antes había ocurrido en clase de Lengua, y una cosa llevó a la otra, aunque ninguna condujo a ningún lado, y sabe usted por qué, pues porque el propio colegio negó aquellos hechos ya que, de otro modo, habría tenido que reconocer que el maestro de Lengua y a la sazón jefe de estudios había dejado al alumnado sin supervisión en clase para irse al coche de la maestra de Gimnasia, cosa que era innegable porque ella misma pediría un poquito más tarde el traslado a otro centro escolar después de sorprenderlo en ese mismo coche haciendo cosas que ya imaginará, es decir, cascándosela como si no hubiera un mañana, o como si el único mañana que quedara en el mundo fuera lo más parecido a una clínica de donantes de esperma, pero vayamos al desenlace de la historia principal, que si nos desviamos en este punto, se nos desmorona la tensión, el alumno que recibió aquella brutal paliza nunca quiso hablar del tema porque rememorarlo le ponía el cuerpo a pique de la epilepsia, y hace muy poco, como habrá comprobado he vuelto a recurrir a otra elipsis, esta vez más grande, me lo encontré en la misma puerta de mi casa porque ahora está trabajando en una empresa de mensajería, y no sé a cuento de qué le dio por sacar el tema del conserje y de aquel verano de hacía catorce o quince años, por cierto, ya no tenía las pequeñas calvas detrás de las orejas, y sabe usted qué me dijo, que aquella paliza se la tenía bien merecida, y no solo por lo del conserje, también por otras perrerías que él había hecho y de las que siempre había conseguido salir de rositas, y que precisamente fue ese episodio el que le salvó la vida, que las cosas siempre ocurren por algo y toda esa cantinela del karma y de la sucesión de lecciones que viene a ser la existencia, así que pensé, como usted también habría pensado, que menuda decepción de desenlace me traía este tipo, no respetaba ni la más elemental regla sobre la construcción de tramas narrativas, y lo peor es que se creía a pies juntillas todo eso que me estaba diciendo, y, en consecuencia, también se lo creían las células de su cuerpo, así que ahí lo tenía, aparentando cinco años menos que yo, eso como mínimo, con los antioxidantes por las nubes y un brillo en la cara que casi era para lamérsela, vamos, ni de broma estaba dispuesta a aceptar un final como ese, de modo que le pregunté si se creía que éramos bichitos y estábamos dentro de un cuento infantil con moraleja y canción pegadiza, que ese, sintiéndolo mucho, no era mi género literario, se quedó de piedra, claro, a tomar viento el brillo de la cara, y continué al ataque, por supuesto, y le dije que había sido yo quien se fue de la lengua con el conserje, ahí lo dejé casi difunto, o eso me pareció, porque agachó la cabeza y leyó el destinatario del paquete, más bien del sobre grande, que tenía entre las manos, es decir, mi nombre y apellidos, a lo que yo respondí que esa era yo, aunque era obvio que él sabía que esa era yo, me lo entregó, se dio media vuelta, se largó en su furgoneta blanca de reparto y me dejó allí con los latidos del corazón un poco descompasados, pero también con la inmensa curiosidad de saber qué había en ese paquete o sobre grande, porque yo no recordaba haber comprado nada en las últimas semanas, y aquí, por fin, viene el cierre de la historia que iba buscando, tiré de una esquina y el papel cedió de punta a punta, y de un primer vistazo ya supe lo que era, una fotografía enmarcada en la que salíamos todo el alumnado de aquella clase, a principios del curso que vino después del verano de aquella memorable paliza, en la que él ya posaba con su parche en el ojo derecho, las pequeñas calvas no se apreciaban por una cuestión de perspectiva, y había escrito en el reverso del marco unas palabras que, como quiero demostrarle que no miento, me gustaría que usted las leyera con sus propios ojos, mire, aquí, tome, «Tú no tuviste la culpa de la paliza», hostia, eso no lo vi venir, ilusionismo puro, narrativa de la buena, lo reconozco, me dejó la cara flácida, así, muy parecida a la de usted, como de no terminar de creerme todo lo que acababa de pasar.

EL AMIGO NECESARIO DEL AUTOR

¿A ti cómo te habría sentado? Porque, más allá de preguntarnos qué clase de persona es el conserje, que también es un planteamiento pertinente, no digo yo que no, lo que en realidad deberíamos procurar es meternos en su pellejo. Llevo días intentando unir la línea de puntitos que dibuja su personalidad, su vida, sus circunstancias, para ver si así entiendo la reacción que tuvo, cómo demonios se le ocurrió hacer algo así. Y aunque supongo que no llego a entenderla en toda su complejidad, concluyo lo siguiente: yo habría hecho, si no lo mismo, sí algo igual de desesperado. Es verdad que en todo este disparate, porque tiene bastante de disparate, eso no me lo puedes negar, lo más llamativo está en los matices, en los pequeños detalles que le dan cera abrillantadora al conjunto, pero aun así, ya existía una serie de hechos que permitían prever que habría un gran acto final.

Imagina que tenemos aquí una calculadora de la vida, de la suya, de la del conserje, en mayúscula la palabra *Vida*, por favor, y comenzamos a teclear todos estos datos. Voy a ello: El conserje nunca, ni antes ni ahora, fue una persona muy normalita + Su madre se murió cuando él tenía trece o catorce años + Se quedó solo junto a su padre, con todo lo que se dice de ese hombre + Se independizó cuando se largó a la conserjería con veintipocos años + Cuando su padre murió, que nosotros sepamos, solo quedó él en esa breve saga familiar + El director le comunicó de buenas a primeras que lo jubilaban y, por tanto, debía abandonar la casa del colegio. Te doy unos segundos para que lo sumes todo y me digas un resultado. ¿Qué? Te sale lo mismo que a mí, ¿no? Por supuesto. Ese tío hizo poco para lo que podría haber hecho. Es obvio que mi suma es muy elemental y que una ecuación o un logaritmo podrían aportar algo más de precisión al asunto, pero tú y yo sabemos que la precisión no tiene por qué equivaler a más verdad. Así que si tú me pidieras, ya sé que no me lo has pedido ni me lo vas a pedir, pero si tú me pidieras que trabajara en intentar esclarecer un poquito todo esto, creo que me adentraría en cada uno de los elementos de esa suma. Ahí es donde están las claves de interpretación. Porque, en el fondo, a lo máximo que nosotros podemos aspirar es a reunir un buen puñado de notas, armar una partitura e intentar interpretar la música de ese hombre. Esta metáfora se la escuché a un tertuliano de la televisión por otro tema que ahora no viene al caso, pero que encaja aquí a la perfección. Si además me pidieras, que ya sé que no, tranquilo, que te dijera por dónde deberíamos empezar a rebuscar, yo lo tendría muy claro: su madre se murió cuando él apenas era un chaval. Y no escojo este comienzo porque convenga hacer un balance psicoanalítico de lo ocurrido. A fin de cuentas, a todos, antes o después, se nos mueren las madres. Lo escojo porque tú y yo sabemos de sobra que esa mujer no estaba para morirse. Cosa que le viene muy bien a tu libro, por cierto. De hecho, creo que una de las razones por las que has metido las zarpas en la historia del conserje es por eso. Por la madre. ¿A que no me equivoco? A mí ni me tienes que contestar porque yo te conozco mejor que tus padres. Sé que los ojitos se te llenan de amor y pecado cuando hablamos de este tema. Y además es muy comprensible. Precisamente por eso, porque es un buen lugar por el que empezar, me voy a permitir la confianza de compartir contigo la identidad de una de las personas que más sabe sobre esa mujer, sin saber demasiado, supongo, puesto que aquí las claves fueron el misterio y la contradicción. La conoces bastante bien. Y nadie se explica cómo sigue respirando a estas alturas, así que es una oportunidad providencial que te brinda la vida. ¿Sabes ya de quién te hablo? De la vecina de la que entonces era la casa de los padres del conserje. En esa mujer hay una veta de oro que va a cruzar tu novela de la primera a la última página. ¿Sí o no? Dicen que esa señora tiene gracia de Dios. Que lloró en la barriga de su madre un mes antes de nacer. Que era la quinta de siete hermanos y que dejó sin leche materna a la que vino después de ella. Que sana imponiendo las manos en la cabeza, sobre las tripas y entre los muslos. Que con un poco de alcohol de romero consigue más cosas que con un antibiótico de amplio espectro. Y lo más importante de todo: que ella fue la última persona que vio con vida a la madre del conserje. Me entra frío con solo decirlo. Si quieres, yo mismo te acompaño a su casa.

LA INFORMANTE DE CONFIANZA EN EL COLEGIO DE MILITARES

Como ya supondrás, en ese colegio para hijos y nietos de militares ya no queda nadie que le impartiese clase al conserje. Han pasado más de cuarenta años. Es un buen tirón. Digamos que una pequeña parte de aquella plantilla de docentes está cobrando la pensión de jubilación y otra, la más grande, ya es historia. A pesar de ello, he preguntado a los maestros más veteranos por si tenían alguna información, algo que hubiese resistido en el imaginario colectivo de la institución, pero qué va, ha sido inútil, todo aquello queda demasiado lejos. Así que, tal y como ya te adelanté que haría, he pasado a la siguiente fase. He recurrido al archivo de expedientes académicos. Y ahí, como es obvio, sí estaba. Leo Almada Sapena. Nacido en 1970. Ingresó en el colegio en el curso 79/80. Te he hecho una copia de las calificaciones porque constituyen el grueso de esa carpeta, pero ya te adelanto que no son muy destacables. No hay borrones susceptibles de ser analizados, no hay correcciones que levanten sospechas, no hay anotaciones ni en los márgenes ni en el reverso. En el apartado de asistencia, las únicas ausencias registradas se limitan a sus últimos meses en el centro. Aparece manuscrita y entre paréntesis la palabra *interno*. En observaciones, que es el último folio paginado, solo se consigna una línea, también manuscrita: «Traslado de matrícula por óbito familiar. Curso 83/84». Se adjunta en el expediente, además, una copia sellada por el Ministerio del Aire, que da fe de la vinculación con el ejército de un hombre que, por los apellidos, interpreto que es el abuelo materno del alumno, viudo muy temprano, beneficiario de pensión, con destino en un campamento militar de Valencia y con rango de teniente. También te he traído una copia de ese documento por si es de tu interés. Eso es todo. Más o menos lo que ya te dije que averiguaría, teniendo en cuenta el tiempo transcurrido y la mecánica de este tipo de archivos. Las copias a las que he hecho referencia te las haré llegar por correo electrónico. El pago acordado puedes efectuarlo ahora o cuando recibas la documentación. ¿Tienes alguna pregunta?

LA MUJER QUE TIENE GRACIA DE DIOS

Que Dios te bendiga, hijo mío. Estás hecho un hombre. No te habría reconocido. ¿Cómo andan tus padres? Hace tanto tiempo que no los veo. Claro que cómo voy a verlos si apenas salgo de aquí: esta es mi celda y el dolor de rodillas, mi castigo, le pido a santa Teresa que me ayude en el final de este camino. Yo no sé cuántas veces te habré sacado de esa cabecita las calenturas y el mal de ojo cuando eras un niño. Y eso que tu madre cumplía a rajatabla todo lo que yo le pedía: una cruz de Caravaca al cuello, camiseta interior del revés, un lazo rojo donde nadie lo viera y una sentida oración en nombre de san Benito, y ni con esas, porque siempre te acababa trayendo con un oleaje en las sienes que daba miedo hasta acercarse a ti. Es que tú de pequeño eras una monería. Y que conste que no toda la gente mira con mala intención, eso es un invento. La gente mira porque luce ojos en la cara. Punto. Y con eso a veces los demonios tienen más que de sobra. Ninguno de nosotros está libre de que le calcen un mal de ojo de los que te vacían por dentro. Pero tampoco de que seamos nosotros quienes se lo calcemos a otro. ¿Me entiendes, hijo? Hay que aprender a vivir y a protegerse en los dos lados: en la luz y en la sombra. Amén. ¿Has dicho amén? Eso es. Amén, que no cuesta nada decirlo, ¿verdad?, y ayuda más de lo que uno cree. Blanca, la madre de Leo, que en gloria esté, vivía familiarizada con estas cosas mías. No porque fuese una gran creyente, qué va, si me apuras era todo lo contrario, sino porque nos pasábamos las tardes de buen tiempo sentadas en la puerta de casa, y yo siempre he sido una mujer de hablar y contar y compartir lo que me bulle dentro. Incluso el mismo día de su muerte, para no faltar a nuestra costumbre, hablamos un ratito. Bueno, más bien hablé yo, porque saltaba a la vista que ella ya estaba hospedada por quien quisiera llevársela al otro lado y apenas conseguí sacarle un puñado de palabras. Hoy clamo ante tu nombre, Señor, para que ayudes a esa mujer a encontrar la paz que aquí no tuvo. Amén. Así me gusta. Te has acordado. Amén. Blanca gozó de una curiosidad inagotable, de modo que preguntaba sobre cualquier cosa que le viniera a la cabeza, miraba en todas las direcciones como si siempre estuviera a punto de ocurrir algo importante, metía las manos allá donde le cabían e incluso me acompañaba en algunas de mis sanaciones porque quería comprobar con sus propios ojos todo eso que yo le contaba. A otra persona jamás se lo habría permitido. A fin de cuentas estamos hablando de algo que forma parte de lo más íntimo y recóndito de nosotros mismos. Pero Blanca, más que blanca, era transparente. Tanto, que se le veían al trasluz hasta los dolores de cabeza. Jamás juzgó lo que ella vio en mi casa, y si quería dar su opinión sobre algo, siempre lo hizo con un poquito de buen humor, que es un condimento exótico con el que Jesucristo nos bendijo para no ser unos hijos de perra todos los minutos del día. Y justo eso me recuerda que a quien no le sentaba nada bien que charláramos allá donde nos encontrásemos era a su marido. Claro que razones quizá no le faltaban al licenciado Almada. ¿Qué iba a pensar la gente del barrio cuando viese que la mujer del farmacéutico se pasaba las tardes de cháchara con la curandera? Pero Blanca fue más libre que nadie en este barrio. En aquellos años y, si me apuras, en estos de ahora también. Que mucha gente confunde la libertad con el entrar y el salir de la casa cuando a una se le antoja, y no, eso no es la libertad ni se le parece. La libertad es decir no cuando te piden que digas sí. Luz del mundo, luz del bien, abraza a Blanca allá donde esté. No siempre hay que cerrar con un amén. Hay que saber cuándo conviene y cuándo entorpece. Mi vecina se pasaba la vida haciendo dos cosas. Cuidando de su hijo y leyendo todo lo que caía en sus manos. Ella tenía estudios, lo que pasa es que nada más terminarlos se quedó preñada y ya se dedicó a la crianza y a la casa, como la mayoría de las hembras que conozco de aquel tiempo. Ojo, que cuando digo que tenía estudios, no me refiero a que había ido a la escuela a hacer cuentas para que no la engañaran en el ultramarinos. De lo que te estoy hablando es de que esta mujer se licenció en Filosofía y Letras en Granada, donde conoció al malasombra de su marido. Habrá sido muy buen farmacéutico, no digo yo que no, pero también un taimado como pocos me he cruzado en mi larga vida de bruja. Y eso no ha tenido que decírmelo nadie. Eso lo sé yo porque todavía cierro los ojos y lo veo. Blanca alivió sus propias aspiraciones metiendo la nariz en cada libro que se cruzó en su camino. La vi leer sobre historia, religión, gramática, filosofía, medicina, astronomía... Yo no sé cuántos temas tocaba esa mujer. Y todos con buen provecho porque luego se notaba la puntería de sus palabras y la infinita humildad de su escucha. Tú, Dios todopoderoso, no permitas que nadie la maldiga y haz que los daños se vuelvan contra quien daña. Amén. Esta vez sí. Amén. Clarísimamente amén. Y entre tanta hambre lectora, hubo un alimento que ensanchó su corazón y su casa: las novelas. Las amaba. Lo sé porque yo también he amado así, solo que a otras cosas. A mí nunca me ha interesado la lectura, pero te juro que cada vez que me contaba lo que había vivido o sentido mientras leía encerrada en su habitación tal o cual novela, me daban ganas de empuñar una y no soltarla hasta dejarla seca. Supongo que el que aprende a leer bien, aprende a decir mejor. Y ella, sin duda alguna, tenía esa virtud. Así que su hijo disfrutó de escuchar lo que tuviera que decirle en cada momento. Ella supo contarle las cosas del mundo de muy buena manera. Porque el mundo solo es tal si se cuenta bien, desde el amor, con generosidad, pero sobre todo con mucho y muy variado vocabulario, cosa de la que ella iba bien pertrechada. De modo que no tardamos en ver al chaval paseando por la casa o por la calle con un libro de la madre bajo el brazo. Incluso antes de aprender a leer. Hoy la gente habla del conserje, o de ese hombre raro, o del majareta que ha hecho tal o cual cosa a los alumnos, pero yo siempre lo veré como aquel crío que se quedó sin una buena madre cuando más la necesitaba. Recuerdo la primera vez que Blanca me dijo que su hijo lo mismo te recitaba más de cien minerales que se quedaba callado durante dos o tres días. A ver, a mí no me sorprendió porque yo sabía que ese niño, para bien o para mal, no era como el resto de los niños. A fin de cuentas me dedico a contemplar lo que nadie quiere contemplar. Pero ella me lo dijo con muy poca tristeza en los ojos y con mucha esperanza en la cara. Supongo que ese comportamiento era la prueba inequívoca de que no se le parecía en nada a su padre. Y puede que tampoco a ella, cosa que no es mala porque cada uno tiene que ser como tiene que ser. Cuánto bien le hizo esa mujer a su niño mientras tuvo los pies sobre esta tierra. Concédele el descanso eterno y que brille sobre ella la luz perpetua. Amén. El último día que nos cruzamos, yo volvía a mi casa y ella iba en dirección contraria. Llevaba una semana sin verla, puede que dos, así que me brotó de dentro una alegría muy bonita. Su belleza siempre le concedió cierto aire enfermizo, eso es verdad, pero aun así, se la notaba bastante cansada, desvalida, algo ensimismada, con poco verbo para lo que ella era. Vestía una falda que le sobrepasaba la rodilla y una camisa blanca con ribetes en los puños abotonada hasta el cuello que abrigaba más de lo que ese día pedía el cielo. Se había dejado el pelo suelto, un punto despeinado, y eso tampoco era tan normal. Después de saludarnos, le conté de dónde venía y a qué me iba a dedicar durante lo que quedaba de tarde, cosa que me llevó un buen rato, y como vi que ella no abría la boca, le pregunté sin rodeos. ¿Cómo estás, Blanca? Me contestó que todo iba a estar mejor. Rebuscó en la bolsa que yo llevaba, agarró una de las manzanas y le dio un pequeño mordisco, nada, apenas una chispa. Qué dulce, dijo. Luego la volvió a dejar en el interior de la bolsa. Creo que solté una carcajada, pero la he buscado muchas veces en mi memoria y no termino de encontrarla. Adiós, bruja. Hasta luego, Blanquita. Nos separamos tres o cuatro pasos, se giró y me llamó. Oye, si te cruzas con mi hijo cuando vuelva de la residencia, dile que he dejado todo listo en el congelador. Ya está. Eso me dijo. Que le había dejado todo listo en el congelador. Cuatro horas después, una vecina llamó a mi puerta. Me lo soltó nada más abrir. Han encontrado a Blanca ahogada en la playa. Te juro por todos los santos que han velado por mí hasta hoy que nunca he vuelto a sentir semejante zarpazo. Le pregunté si seguía allí y me dijo que sí con la cabeza. Así que bajé a la carrera y me dejaron hacerle compañía hasta que llegó un hombre vestido de traje negro y me pidió, de muy malas maneras, que me separara del cuerpo. No sé por qué Blanca hizo algo así. Me lo he preguntado muchísimas veces. A cualquier persona, ese mordisco dulce a la manzana, por pequeño que fuera, le habría bastado para cambiar de planes. O escuchar mi carcajada sincera que ahora yo no soy capaz de encontrar. ¿Por qué, Blanquita? ¿Por qué lo hiciste? En el fondo, da igual. Era libre de hacerlo. La mujer más libre que he conocido. Señor de la vida y dueño de nuestros destinos, en tus manos depositamos silenciosamente este ser entrañable que se nos fue. Amén. Eso es, hijo. Amén. Un amén como un templo.

EL MUCHACHO DE LA MANTA DE HOSTIAS

Todavía hay gente que me llama así, cuando en realidad no me echó una manta por encima. Ni tampoco un edredón. Fue una vieja jarapa de muchos colores. Entiendo que es más divertido lo de la manta de hostias, claro, por lo de la frase hecha, pero al césar lo que es del césar: una vieja jarapa. Ese tipo fue a quitarme de en medio. Yo apenas tenía doce años recién cumplidos, volvía de jugar al fútbol por la zona de los descampados y de buenas a primeras sentí que todo se volvía negro. Hay quien dice que me echó la dichosa manta por encima y luego me dio la paliza, pero ese no fue el orden. Primero me dio un golpe tremendo en el ojo derecho que me hizo caer desplomado al suelo. Luego me cubrió para asegurarse de que, en caso de recobrar la consciencia, no lo identificara. Y ahí ya sí empezó a darme palos hasta en el cielo de la boca. Los médicos que me atendieron en urgencias les dijeron a mis padres que no me mató porque las sienes habían aguantado milagrosamente. Y cualquier persona que haya visto con sus propios ojos a ese hombre estará de acuerdo con esa palabra: milagrosamente. ¿Cuánto mide? ¿Uno ochenta y cinco? ¿Cuánto pesa? ¿Noventa o cien kilos? ¿Qué calza? ¿Un cuarenta y seis como mínimo? Eso es una máquina de matar. Y si la víctima es un niño, la letalidad no baja de un noventa y nueve coma nueve por ciento. ¿Por qué me salvé yo entonces? Pues porque Dios dejó caer en la escena a un viejo con una moto haciendo eses, y eso lo llevó a emprender una huida a la desesperada. Nunca me ha interesado responder a la pregunta de por qué me dio tal paliza. Ya sé que mucha gente lo relaciona con aquella trastada que le hicimos al dejarlo en el tejado del colegio, pero decir algo así supone reconocerle el derecho a una justificación. Y no la tiene. De verdad que no la tiene. Hay otra pregunta, en cambio, que sí me trajo por el camino de la amargura. ¿Fue él quien me asaltó aquella tarde o fue otra persona? Esa sí se me agrió en la garganta conforme pasaron los años, porque uno siempre tiene la necesidad de saber. El borracho que iba en la moto aseguró desde el principio que no pudo reconocer a nadie, y en el informe de la investigación se recogía que el conserje tenía coartada, que estaba en otro sitio a esa hora ese mismo día. Pero cada vez que me lo he cruzado y he podido mirar sus puños, sus zapatos, sus brazos, su mandíbula, esa forma tan particular de moverse, mi corazón me ha dicho que él es el responsable de aquella barbaridad. ¿Es suficiente con eso? Entiendo que para un juez nunca lo sea. Ni para la policía, que tuvo ocasión de hablar con él en unas cuantas ocasiones. Pero para mí sí lo es. Me ha costado mucho llegar a esta conclusión, he intentado mirarlo de todas las maneras posibles. Sé que fue él. Y, después de lo que ha urdido con todos esos niños inocentes del colegio, ya no albergo ni la duda más pequeña. Esperó con paciencia a que llegara el momento oportuno: una tarde en la que yo caminaba solo por un lugar apartado del barrio. Me golpeó el ojo derecho con el mango de un cayado que días después se encontró cerca de allí, y me dejó medio muerto. Me cubrió el cuerpo y luego... dos dientes menos, una costilla fisurada, seis puntos de sutura en la coronilla, cuatro bajo el labio superior y la cabeza hinchada como una pelota de playa. Tomé medicación para conciliar el sueño hasta los diecinueve años. Y las pesadillas, por mucho que sigo sacudiendo la cabeza en mitad de la noche, nunca han terminado de irse. Por supuesto, lo poco que me quedaba en ese colegio lo hice en otro lugar. Me aprobaron por pena porque ese año bastante tenía yo con que no se me cayera la baba mientras intentaba resolver una suma o una resta. Así que, como ya habrás concluido tú mismo, ese desenlace glorioso del que te ha hablado aquella compañera de clase es mentira. Yo nunca he dicho que mereciera esa paliza ni mucho menos que se me revelase como una lección de vida. Yo no estuve en la puerta de su casa para entregarle ningún paquete porque, entre otras cosas, no trabajo en una empresa de mensajería. Yo no he perdonado a este hombre ni creo que sea capaz de hacerlo jamás. Yo no tenía constancia de que fuera ella la que me responsabilizó de que el conserje durmiera tres noches en el tejado del colegio. Es más, yo no sé quién es esa compañera de clase, aunque su nombre me suena, eso sí lo reconozco, ni por qué ha decidido contarte tantas mentiras. Puede que tenga que ver con lo que te dijo de que aspira a ser escritora. Pero eso es algo que tú sabrás mejor que yo. En cuanto a lo de si alguna vez mis padres o yo hablamos con ese hombre después de la paliza, nunca, ¿para qué?, ¿qué ganábamos con algo así? Cada vez que llamó a la puerta de mi casa, mi padre lo amenazó con avisar a la policía. Y fueron unas cuantas. Más de cinco. Más de diez. Llegamos a perder la cuenta. No vuelvas por aquí o llamo a la policía, le advertía mi padre. Lo repito en voz alta y parece que los estuviera escuchando ahora mismo. A mi padre, gritar como un loco. Al conserje, llorar como un niño.

EL PADRE DEL AUTOR

Se me quitan las ganas de operarme. Es que parece que me están haciendo un favor. Me van a entrar por la ingle, atravesar el cuerpo, cambiar una válvula del corazón, pinchar brazos y cuello, tenerme con un pañal los días que ellos quieran, y lo venden como si estuvieran regalando viajes a Lanjarón. Hombre, seamos serios. Que a mí esto me trae más trastorno que beneficio. Y luego que si firma aquí y firma allá no vaya a ser que te quedes más tieso que la pata de un taquillón. Tan claro no lo tendrán entonces, ¿no te parece? Tú dirás que soy un cascarrabias, pero no me gusta cómo hacen las cosas, cómo tratan a la gente. Creo que lo mejor es que por ahora no le contemos nada a tu madre, porque ya sabes que se pone rara de narices, y el único que va a sufrir aquí esa rareza soy yo. Han dicho que como mínimo sería una semana de ingreso hospitalario, ¿verdad? Es que es de locos.

¿Dejo a tu madre sola todo ese tiempo? Yo no te quiero preocupar, pero que sepas que en los últimos meses no sabe ni dónde pone las llaves. Dime tú qué hago ahora. Porque con tu hermano ya sabemos que no se puede contar. Y tú siempre estás liado con lo mismo, así que... En fin... Te hablan de los riesgos que conlleva una operación como esta: infarto, derrame, impotencia, hemorragia, síncope, fallo multiorgánico, parálisis, pero sobre lo tangible de la vida, lo que se queda a medias, las cosas pendientes de hacer, sobre todo eso nadie dice ni mu. Mientras esté ingresado en el hospital, ¿quién se queda pendiente de lo que yo estoy pendiente cada día de mi vida? ¿Me puede responder alguien a esa pregunta? ¿Eso no lo tienen contemplado en la retahíla de consentimientos que me hacen firmar? Se me quitan las ganas de operarme. Ahora no me va a quedar más remedio que pedir favores, con lo poco que me gusta y lo caros que se pagan. Empezando por ti, y no te lo tomes a mal. Yo te agradezco que hoy me hayas acompañado a hablar con el cirujano. Me he ahorrado cincuenta minutos de autobús y sobra decir que estas noticias se reciben mejor si no estás solo. Pero la que se me viene encima no ha hecho nada más que empezar, y tú mismo lo has oído, que luego parece que soy un exagerado. Dame unos días para que piense en cómo voy a organizarme y ya te diré en lo que estaría bien que me echaras una mano. A cambio, sí, a cambio, no lo pienso decir de otra manera, yo puedo ir hablando con esas personas que me comentas, a ver si se animan a entrevistarse contigo. Aunque no utilizaré la palabra *entrevista*, porque entonces sé lo que me van a contestar. Invítalos a un descafeinado o sal a caminar con ellos. Te aconsejo que no te pongas muy estupendo. Esta es gente de la mar y aquí solo impones el respeto de los raros. En lo que respecta a mi opinión sobre el asunto, seré muy claro: ese conserje estaba como un cencerro. Que ahora el personal quiera ponerse a buscar en los detallitos una gran explicación a lo que les ha hecho a esas criaturas, pues perfecto, adelante, si aquí hay libertad de expresión, faltaría más. Pero que sepas que antes de que ocurriera nada, todos pensaban lo mismo en este barrio: el conserje tiene un golpe en la cabeza. Ahora bien, también entiendo que si estoy en lo cierto, si mi planteamiento es el correcto, pocas páginas vas a escribir tú. Cuestión por la que desde ya me declaro personaje irrelevante en tu nuevo libro. A veces, por suerte, las cosas son exactamente lo que se aprecia a primera vista, porque si no el mundo sería un lugar agotador. Y si al conserje del colegio, durante toda su vida, lo han llamado loco, rarito, grillado, majareta, maniático, ido, trastornado y artista, es porque el humo de ese incendio se contemplaba desde bien lejos. Otra cosa es que viéramos venir o no su última hazaña con los niños. Pero lo que hay detrás de lo ocurrido es lo mismo que había detrás de otros muchos actos de ese hombre. ¿O es que nadie se acuerda de cuando fue recogiendo firmas, puerta a puerta, para que declararan la playa del barrio santuario protegido en honor a su difunta madre? El cura por poco lo excomulga por la vía del punterazo en el culo. O cuando hizo ir a una patrulla de la policía a un puticlub porque aseguraba que tenían secuestrada a una mujer. O, y esta quizá sea la mejor de todas por incomprensible y trastornada, cuando convenció a los alumnos para que a su señal salieran corriendo de las aulas, bajaran al patio, se tumbaran bocarriba y buscaran en el cielo una bola de fuego. Vamos, no me jodas. Y que conste que yo no tengo nada contra él. Ni ahora, que ha metido la pata hasta el cuello, ni antes, que se dedicaba a actuar como un perturbado. Porque, dentro de lo que cabe, este hombre no es el peor que tenemos en el barrio. Aquí vamos bien servidos. En cualquier caso, yo a quien traté más fue a su padre, un hombre que no era de aquí y, por tanto, nunca dejó de ser un desconocido. Tuvo épocas de todos los colores: la de no salir de la farmacia, la de frecuentar bares y extraviarse más de la cuenta, la de discutir con su hijo en mitad de la calle y la de ayudar a los de la parroquia día y noche sin que nadie supiera por qué. A gusto del consumidor, vamos. Por muy farmacéutico que haya sido, jamás he envidiado su vida. Y eso que a mí me ha tocado un hijo vago y otro escritor, que no sé si vienen a ser una misma cosa. Es verdad que ahora, con todo esto de la válvula del corazón, me habría venido bien tener contactos en el gremio de la medicina, pero qué va, ni con esas, que nadie se imagina lo tranquilo que vivo yo con la pensión de jubilado, más lo poquito que me llega de cuando trabajé en Francia. ¿Te has dado cuenta de cómo nos han mirado al salir de la consulta? Esos médicos me tienen cogido por los huevos y lo saben de sobra. Como yo a ti en este momento. Se me quitan las ganas de operarme. Y a tu madre, por ahora, ya sabes, ni una palabra. Que luego se pone como se pone.

EL PESCADOR QUE ERA GAFE

Hablo contigo porque conozco a tu padre desde hace no sé cuántos años, pero que sepas que a mí no me gusta volver a las cosas que se han quedado atrás. Además, ya ha pasado demasiado tiempo como para que uno se pueda permitir el lujo de no tener claro si lo que se recuerda es verdad o solo fue un sueño. Por entonces yo era un chaval, un pescador joven, diecinueve años, 1984, y estaba aprendiendo lo básico para no estorbar en la cubierta. Supongo que esto es importante aclararlo porque en aquella época nadie me tomaba en serio cuando abría la boca. Esa tarde en concreto, volvíamos mi tío y yo en el barco de levar tres o cuatro palangres en los que apenas había caído nada, así que el patrón traía un humor de perros y ya empezaba a soltar muy de vez en cuando frases como A ver si es que este niño va a ser gafe o A ver si es que los peces alcanzan a olerle las tripas. Cuando ya estábamos maniobrando para acercarnos a la orilla, me aboqué a babor con el propósito de asegurarme de que el banco de arena no nos hiciera encallar, y entonces me la encontré flotando. La vi como te estoy viendo ahora mismo a ti. Quizá un poquito más lejos, pero tampoco mucho más, no te vayas a creer. Oye, tío, hay alguien bocabajo, dije yo. Tú estate atento al fondo a ver si la vamos a liar, dijo él. Es una mujer, dije yo. ¿Qué?, dijo él. Una mujer muerta, dije yo. Me cago en mi puta sangre, dijo él. Justo aquí, se está arrimando a la quilla, dije yo. A ver si no va a ser eso, dijo él. Apaga el motor que la vas a triturar con la hélice, dije yo. Como no sea lo que dices te juro que ya no embarcas más, dijo él. ¿Y yo qué he hecho?, dije yo. Como tengas razón tampoco embarcas más, dijo él. Que sí es, tío, que la estoy viendo, dije yo. Échate al agua y dime quién es, dijo él. Ni de coña, dije yo. Échate al agua que la muerta la has encontrado tú, dijo él. Y ya después de eso no nos dijimos nada más. Ni él ni yo. Para qué. Me zambullí mientras me dibujaba una cruz invisible en la frente y, cuando llegué a ella, le di la vuelta agarrándola por los hombros. Fue una cosa fácil. Parecía viva. Bueno, más bien parecía dormida. Esa mujer no podía llevar en el agua más de media hora. Estuve a punto de gritarle a mi tío que se trataba de Blanca, la del farmacéutico, la del Jarabes. Pero no hizo falta porque cuando levanté la mirada hacia el barco, él ya la estaba viendo con el mismo espanto que yo. Lo que vino después lo recuerdo de un modo confuso. Creo que entre los dos la empujamos hasta tierra firme y mandamos avisar al marido. Todo lo tengo entrecortado en mi cabeza. Ella tumbada bocarriba sobre la arena con la ropa pegada al cuerpo. Mi tío gritando que juraba por sus muertos que ya no me embarcaba más. El Galatea, que es así como se llamaba aquel barco, encallado en el banco de arena porque con tanto nervio olvidamos fondearlo. Y la curandera, que nadie sabía de dónde demonios había salido, sentada junto a la ahogada, cuchicheándole vete a saber qué, y amontonando piedrecitas al lado de pies y manos. Pero todo esto que te digo lo tengo en la cabeza sin unir, roto, hecho trozos. ¿Me entiendes? Como si fuesen fotos de distintas épocas de una vida que ni es la mía ni se le parece. En cualquier caso, tu pregunta la puedo responder sin miedo a equivocarme. Al marido no lo vi. A esa se la llevaron de la playa con los pies por delante y el Jarabes no asomó el hocico por allí. ¿Dónde estaba? Bueno... Vete a saber. Se han dicho tantas cosas desde entonces...

EL ASTRÓNOMO AFICIONADO

He estado investigando hasta donde he podido. La información que me diste es tan escasa que me ha costado la misma vida no dejarme arrastrar por suposiciones y prejuicios basados en todos esos rumores que me han llegado sobre el conserje. No estoy metido en una burbuja, ¿sabes? Yo también me acabo enterando de las cosas que pasan en este mundo. Y lo de los chavales de ese colegio ha salido hasta en la hoja parroquial de la última iglesia. Aun así, he intentado acometer el encargo con las condiciones que me planteaste, y puede que hayamos encontrado algo. Algo raro, ya te aviso. Antes de comenzar, tengo la obligación estatutaria de identificarme: soy el socio número *** de la Asociación de Ilustres Aficionados a la Astronomía, con sede en Madrid y extensión en Almería, cuyo código identificativo es AIAA-G7676136. Ahora sí, metámonos en faena. Hace más de diez años, el viernes 15 de febrero de 2013, a las 9.20 horas de la mañana, un meteorito atravesó el cielo de Cheliábinsk, ciudad perteneciente a Rusia y ubicada en la zona sur de los Urales. En realidad se le conoce como el bólido de Cheliábinsk, porque es lo que en sentido estricto era aquella enorme roca de condrita. Para que te hagas una idea más precisa, en la comunidad científica llamamos *bólido* a un meteoro que parece una bola de fuego atravesando el cielo y que va dejando un surco luminoso. Este en concreto tendría, antes de entrar en la atmósfera, una masa de diez mil toneladas y unas dimensiones de unos diecisiete metros de alto por quince de ancho. Pero esto solo es una estimación, claro, porque cuando este bicharraco apareció, lo hizo cagando leches: a más de sesenta mil kilómetros por hora y deshaciéndose como una pastilla de jabón contra una lijadora eléctrica. La particularidad de este bólido fue que, cuando estaba a unos veinte mil metros de distancia de la superficie (la atmósfera tiene unos treinta mil de grosor), pegó tal petardazo que le aflojó los dientes a los vecinos de Cheliábinsk. Y tú te preguntarás: ¿cómo de grande fue ese petardazo? Pues lo suficiente como para liberar una energía de unos quinientos kilotones, que vienen siendo unas treinta bombas como la que dejaron caer sobre Hiroshima (a mí estos símiles didácticos me sacan de quicio, pero entiendo que si no recurres a ellos la gente no se entera de nada). Claro, imagínate la situación: ves que una gran bola de fuego atraviesa el cielo, un rugido te cruje el tímpano y las ventanas se hacen polvo de cristal. ¿Tú qué habrías pensado? Eso es. Lo que pensaron ellos. Que se trataba del mismísimo fin del mundo. Y en el fondo tenían algo de razón, porque un día ese bólido no alcanzará una masa de diez mil toneladas, sino que superará el millón, y entonces sí nos iremos todos a tomar viento fresco. En cualquier caso, aquel día de mitad de febrero no fue ese gran día, y la cosa se saldó con algo más de un millar de personas heridas, de las cuales hospitalizaron a unas cien. Lo preocupante fue otra cosa. La detonación destrozó las ventanas de gran parte de las edificaciones de una ciudad en la que en esa época del año se alcanzan menos veinte grados centígrados. Así que se corría el riesgo de que lo que no había conseguido un meteorito, lo lograra el hermoso e implacable frío de los Urales. Dicen que el Estado desembolsó unos treinta y tres millones de euros, en rublos no sé cuánto es, para hacer frente a todos los daños en el menor tiempo posible. Pero cuando se habla de dinero público en Rusia, yo no me fío mucho. Como imaginarás, este acontecimiento resultó ser de interés mundial y durante unos cuantos días se abordó en informativos, periódicos y programas de diversa índole, planteando si estábamos preparados para repeler la llegada de más bólidos de estas dimensiones. De hecho, probablemente tú también lo vieras en la tele mientras te abrías una cerveza o te adentrabas en una siesta en tu butaca. El problema, y aquí viene lo anómalo para ti y para mí, es que esto ocurrió, como te he dicho antes, el 15 de febrero de 2013, a las 9.20 de la mañana, hora local. Es decir, que aquí, en España, tú y yo estábamos durmiendo porque hay un salto temporal de menos cinco horas. Pero no solo eso. Según la información que tú me facilitaste, el conserje sacó a los alumnos al patio, los tumbó en el suelo y les pidió que buscaran una bola de fuego en el cielo durante la mañana del 14 de febrero. Es decir, que solo faltaban trece horas para que ese bólido de condrita entrara en nuestra atmósfera. Eso es imposible. Ya te lo digo yo a ti. Pero imposible, imposible e imposible. Si la NASA no fue capaz de prever la irrupción de ese meteoro, ¿lo va a hacer un tipo que no sabría diferenciar entre un avión y una estrella fugaz? Aquí hay algo que no cuadra. O las fechas nos bailan o esta historia que se cuenta sobre el conserje no es cierta. Ya sé que en el barrio hay no sé cuántos de aquellos niños, ahora mayores de edad, que aseguran que ellos estuvieron tumbados buscando la bola de fuego en el cielo. Ya sé que es mucha casualidad que eso se produjera unas horas antes de que tuviera lugar el episodio del bólido de Cheliábinsk. Ya sé que se dice que este hombre a veces consigue saber cosas que no hay manera de conocer. Pero, entiéndeme, yo me debo al método científico. Y vincular una cosa con otra no tiene ni pies ni cabeza. ¿Fue una carambola entonces? Pudo ser. Estas combinaciones azarosas ocurren todos los días. A lo mejor no con meteoritos, pero sí con otros fenómenos no menos espectaculares. No obstante, tengo que reconocer que hay algo que me inquieta en lo acontecido. Si damos por verdadero el hecho de que él tuvo alguna manera, por imposible y loca que parezca, de saber de antemano que cabía la posibilidad de que un bólido entrara en la atmósfera y estallara sobre el cielo de este barrio, y no sobre el de Cheliábinsk, tal y como ocurrió, provocando un fogonazo de esa magnitud y una onda expansiva que nos levantaría del suelo a ti y a mí como si fuésemos plumas, y aun teniendo constancia de todo eso, pidió a los niños que se colocaran en esa posición en mitad del patio con los ojos abiertos de par en par, solo podía pretender una cosa: hacerles el mayor daño posible. Provocarles alguna lesión ocular, exponerlos al impacto de un fragmento, alterar su sistema neurológico y traumatizarlos de por vida. Resulta una hipótesis muy retorcida, lo sé, aunque, dados los antecedentes del sujeto en cuestión, imposible no es. Le fallaron los cálculos. Pero por muy muy muy poco. Trece horas de diferencia y algo más de cinco mil kilómetros de distancia, en este tipo de estimaciones, es apenas un descuido, un cero de más, una coma mal puesta, un número que no me llevé en una estúpida suma. Estamos hablando del tamaño de nuestra galaxia, no del hueco en el que vas a empotrar un armario. Así que la pregunta que yo me hago es la siguiente: si lo intentó una vez, ¿no lo iba a intentar en más ocasiones? Y la respuesta que yo me doy es la siguiente: por supuesto que lo iba a intentar, porque una cabeza así nunca para de rumiar, no está programada para el descanso, para el olvido. Y es ahí donde cobra todo el sentido del mundo lo que acaba de hacer con estos alumnos y con el sosiego de sus padres. A esta clase de persona es mejor tenerla de amiga. Por eso te voy a pedir, y espero que lo entiendas, que no reveles mi identidad. Que sí, que ya lo sé, que si este tipo me quiere encontrar, lo va a hacer, pero, bueno, me quedo más tranquilo así.

LA BIBLIOTECARIA SIN BIBLIOTECA

El sistema era diferente al de ahora. Pero porque no nos quedaba más remedio que hacerlo de otra manera si queríamos llegar a la gente. En aquellos años, te estoy hablando de finales de los ochenta, no había biblioteca en ese barrio. Vamos, ni en ese ni en casi ningún otro. Lo más parecido era un expositor en los estancos con novelitas románticas y del Oeste. Así que pusimos en marcha un programa de préstamo de libros basado en la figura de la bibliotecaria visitadora. ¿Has oído hablar de esto? Consistía en que unas cuantas bibliotecarias, siempre en su tiempo libre, acudían a estos barrios periféricos para mostrar a los usuarios un catálogo con una selección de títulos disponibles en la Biblioteca Provincial. Lo único que tenían que hacer los lectores era rellenar una desiderata con los libros, máximo tres, que querían que les lleváramos en la próxima visita. En ese catálogo, como podrás imaginar, no estaban registrados todos nuestros fondos. Se hacía un continuo trabajo de discriminación, atendiendo a criterios de relevancia académica, demanda histórica de los usuarios, novedad en el mercado, variedad de géneros, temas locales... Pero eso no impedía que si una persona deseaba leer algo que no encontraba en esas treinta o cuarenta páginas, pudiera solicitarlo o abrir un proceso de adquisición. Eran usuarias de pleno derecho. Recuerdo aquellos años como una época agotadora y, a la vez, muy satisfactoria, porque conseguimos que en muchos de esos barrios los índices de lectura crecieran de un modo vertiginoso. Y quizá fue ese logro, no lo sé, lo que propició que la Administración nos prohibiera continuar con este plan de llevar los libros a las puertas de las casas. La lectura siempre ha aterrorizado a quienes mandan, ¿no te parece? Aunque nosotras le pusimos a este programa voluntario el nombre de «Bibliotecarias itinerantes», el que terminó por cuajar entre las usuarias fue el de «Bibliotecarias sin biblioteca», cosa que nosotras nos tomamos como un halago porque había un punto de milagro en ser algo y hacer algo sin disponer del lugar que merece ese algo. Me acuerdo de la primera vez que Leo se acercó a mí para preguntar cómo funcionaba el sistema. Y eso que han pasado más de treinta años. Hasta ese momento, solo teníamos lectoras en el barrio, así que cuando vi acercarse a ese muchacho tan alto, tan repeinado y con una coordinación tan lenta y cuidada, me quedé perpleja. Algo que yo creo que percibió en mi cara, a tenor de la expresión de la suya. Por entonces él tenía veinte años, cinco menos que yo, y aún no había comenzado a trabajar como conserje en el colegio, aunque no le debía de quedar mucho. Me has preguntado al principio si conservo los registros de los libros que fue sacando en préstamo. No. Qué va. Si aquello que hacíamos yendo de barrio en barrio apenas constituía una actividad humanitaria y artesanal. Pero eso no implica que yo no recuerde cuáles fueron sus hábitos lectores durante el tiempo que llevamos a cabo aquel programa. Él sacaba tres libros casi todas las semanas. Y según me decía, cosa que al principio a mí me extrañó, le daba tiempo a leerlos todos. Siempre llevaba una libreta grande en la que anotaba aquellos títulos que se le iban cruzando en sus lecturas y que, por la razón que fuera, despertaban su interés. Se acercaba hasta la mesa plegable que yo misma instalaba, a veces a la sombra, a veces al sol, me entregaba los volúmenes que quería devolver, abría la libreta evitando dejar ver más de la cuenta y leía en voz alta lo que ese día estaba buscando. La mayoría de las veces, algunos de esos títulos no aparecían en nuestro catálogo itinerante, así que era bastante común que tuviera que esperar un tiempo hasta que yo consiguiera dar con tal o cual libro. Leo no hablaba mucho, eso ya lo sabrás, pero no significa que fuese imposible establecer con él una relación de confianza e, incluso, por qué no, de amistad sincera e íntima. En ocasiones compartía conmigo alguna particularidad sobre los libros que se había leído esa semana o me preguntaba por menudencias del trabajo de bibliotecaria o me contaba que su madre había sido, aunque él nunca empleó ningún tiempo pasado, la lectora más voraz que había en el barrio y muy probablemente en la región, sin yo saber el alcance que para él tenía la palabra *región*. En alguna ocasión le insté a que visitara la Biblioteca Provincial, aclarándole que yo misma me encargaría de hacerle de guía por sus instalaciones y fondos, pero él siempre se callaba o cambiaba de tema con lo que consideraba cierta torpeza o inmadurez, situación a la que le veía su encanto, por qué no reconocerlo a estas alturas. Sacaba libros en todas las direcciones que una pueda imaginar. De uno sobre fundamentos de la filosofía pasaba a un atlas histórico mundial y de ahí se encaminaba hacia un ensayo etnográfico o un catálogo de arte prehispánico. Te aseguro que no había semana que no me sorprendiera con sus elecciones. Una de aquellas veces me pidió un libro sobre los principios básicos de la química moderna, y yo, contagiada por su misma curiosidad, le pregunté si por casualidad conocía a los fundadores de todo ese tema, a los alquimistas. Recuerdo cómo abrió los ojos más de la cuenta. Tuve la impresión de que se quedaba solo allí mismo, frente a mí, delante de dos mujeres que esperaban su turno. Supongo que no imaginaba que fuese a implicarme de ese modo en su propio interés. Me dijo que no los conocía y se dio media vuelta. En cuanto estuve en la biblioteca, busqué entre los ejemplares expurgados hasta dar con un librito que en mi labor de ordenar y descartar había pasado por mis manos en unas cuantas ocasiones. Se trataba de un breviario que abordaba el tema de los alquimistas a lo largo de la historia, lleno de pequeñas láminas, figuras y esquemas, publicado por la Fundación Recreo en los años cincuenta. Aunque era un breviario tan bello como sencillo, esa colección estaba marcada por la desgracia: la humedad de esta ciudad la hacía trizas por mucho que la restauráramos. Así que cogí uno de esos pequeños volúmenes medio descuajeringados y, en mi siguiente visita al barrio, se lo regalé con una anotación, no de mi autoría pero sí de mi puño y letra. Decía así: «¿No nace, por ejemplo, el oro de la piedra que lo encierra, como la almendra de la pulpa que la cerca?». Quizá te preguntes cómo demonios recuerdo con tal precisión este episodio. Casi palabra por palabra, hecho por hecho, detalle por detalle. Supongo que la respuesta vive implícita en lo que viene a continuación. Cuando Leo tomó entre sus manos *La alquimia*, ese era el título del libro, se le coloreó la cara como le habría ocurrido a un niño que escucha un cumplido en mitad de clase. Tuve la impresión de que, por las muecas que hacía, más que a observarlo con interés, se dedicaba a averiguar cuántos gramos pesaba esa cubierta forrada de tela y sus algo más de ciento cincuenta páginas. Llegué a pensar que no iba a aceptar el obsequio, así que me adelanté a explicarle que ese libro era uno de los muchos descartes del fondo de la biblioteca y que su destino era acabar en un contenedor de basura. Se lo llevó como quien acoge a un cachorro que va a pasar la noche al raso. Y en las futuras semanas de préstamo de libros que compartimos, jamás me confesó nada ni sobre ese volumen ni sobre el gesto de regalárselo, así que continuamos con nuestros encuentros esporádicos en la plaza del barrio. Dejé de verlo cuando se suspendió el programa itinerante, pero supe de él una vez más. Muchos años después de aquello, veinticuatro, por si buscas precisión, mi marido entró en casa con un librito bajo el brazo. Me dijo que lo había cogido de nuestro buzón, que creía que sería para mí. Se trataba de un ejemplar de *La alquimia*. El mismo ejemplar. El que yo le anoté de mi puño y letra, en un estado de conservación inquietante, por cierto, porque parecía que no habían pasado ni el tiempo ni la humedad por él. Revisé cada una de sus páginas buscando alguna inscripción, cualquier marca que delatara su lectura, una pizca de desgaste que evidenciara por dónde había caminado su curiosidad, y solo encontré un fragmento subrayado en rojo que, si te soy sincera, a mí no me decía casi nada. Lo conservo, por supuesto, a veces he vuelto a él, y si es de tu interés, te lo puedo hacer llegar en cualquier momento, pero ya te adelanto que eso a primera vista tenía poco que ver conmigo o con lo nuestro. La cuestión es que, con ese libro de nuevo en mis manos, tuve la sensación de que apenas habían transcurrido unos cuantos segundos desde aquel lejano instante en que yo se lo entregara. Cuando se lo conté a mi marido, me hizo la misma pregunta que tú. Y yo le di idéntica respuesta a la que te voy a dar a ti: yo qué sé cómo supo cuál era la dirección de mi casa. Se la facilitarían en cualquier lado. Tampoco es algo tan difícil. En esta ciudad todo el mundo conoce todo de todo el mundo. A mí lo que me quemaba eran esas palabras subrayadas y el hecho de que deseara hacérmelas llegar. Fui a buscarlo a la dirección que en su día me dio para registrarse en el servicio de préstamo itinerante. Pero esa casa ya no era suya. Hacía tiempo que la había vendido a un matrimonio chino con el que tuve la oportunidad de hablar un rato, no mucho, porque los noté algo asustados, no sé si por mi inesperada presencia o por mis insistentes preguntas. Su vecina, una mujer muy mayor, yo diría que centenaria, me dijo que podría encontrarlo en el colegio porque era allí donde él vivía desde hacía ya muchos años. Al darle las gracias, me di cuenta de que mi mano estaba entre sus viejas manos y no tenía ni idea de en qué momento había llegado hasta ahí. Decidí largarme y no volver. Aunque a veces pienso que quien me dio la silenciosa orden de que me fuera y no volviera fue precisamente esa mujer. Sea como sea, cuando hace unas semanas vi en el periódico la foto de Leo y leí esos espantosos titulares con los niños en primer plano, supe que aquel día tomé la decisión correcta. Y no porque yo temiera que pudiera pasarme algo raro. Nada de eso. Fue porque durante todo el tiempo albergué la certeza de que Leo estaba llamado a cumplir misiones más elevadas. Tal y como hizo con nosotros, con mi marido y conmigo, que salvó nuestro matrimonio cuando estábamos a punto de caer vencidos.

EL MATRIMONIO CHINO

ÉL: Nosotros compramos casa al padre. Nosotros nunca hablamos con conserje.

ELLA: Pero primero compramos local grande de farmacia.

ÉL: Sí, primero local de farmacia. Ahora es bazar de muchas cosas. Yo conozco a tu padre también. Tu padre compra en bazar comida para perro suyo y siempre me llama Julián.

ELLA: Es gracioso.

ÉL: Me llamo Zhu Xan. Pero tu padre me llama Julián. Siempre ríe con ojos chinos como nuestros.

ELLA: Cuando farmacia ya no está abierta, nosotros compramos local de farmacia. Luego, más tarde, dos años o tres años, no recuerdo, el padre llama porque quiere vender casa. Nosotros decimos sí. Yo embarazada otra vez y la gente compra muchos artículos en bazar. Casa muy bonita y grande. Jardín verde. Precio bueno.

ÉL: Agradable negocio para todos. El padre vivía en residencia de gente mayor. Enfermedad grave antes de tiempo.

ELLA: En país nuestro eso nunca.

ÉL: Pero no estamos aquí en país nuestro.

ELLA: Personas mayores son importantes. Siempre. Primero personas mayores. Aquí nunca. Aquí residencia de gente mayor.

ÉL: Este país muchas risas a todas horas, pero gente mayor sola.

ELLA: Dicen que conserje enfadado con su padre porque vender casa que también de su madre y también de él.

ÉL: Nosotros sin culpa. Todos papeles firmados, todas las firmas bien, dijo abogada.

ELLA: Pero tenemos miedo un poco.

ÉL: No cuentes eso.

ELLA: Cuento todo.

ÉL: Todo no.

ELLA: Todo sí. Tenemos miedo un poco. Por la noche ruidos en casa. Mujer habla, pero no entendemos qué dice.

ÉL: Parece voz de mujer en habitaciones. No sé si palabras.

ELLA: Es mujer. Son palabras.

ÉL: No tengo claro.

ELLA: Llamamos a hombre extraño que sabe de personas muertas y dijo sí es mujer y sí son palabras.

ÉL: No cuentes eso.

ELLA: La mujer es...

ÉL: No cuentes eso.

ELLA: Pero...

ÉL: He dicho no. Habla de conserje. Solo conserje. No voz de mujer.

ELLA: Sabemos poco de conserje.

ÉL: Es verdad. Con nosotros nunca habla conserje, pero gente sí habla de conserje.

ELLA: No nos importa lo que mucha gente dice todo el tiempo sobre conserje.

ÉL: Todo mentira. Nosotros lo sabemos.

ELLA: Sí.

ÉL: También muchas mentiras sobre tienda nuestra.

ELLA: Si yo no hablo de voz de mujer en casa, tú no hablas de mentiras sobre tienda. Solo interesa conserje sobre todo.

ÉL: Vale. Dos hijos mayores de nosotros fueron colegio donde conserje trabaja.

ELLA: Hijos no estudian bien.

ÉL: Dicen que conserje parece chino porque trabaja todo el tiempo en colegio.

ELLA: Si no estudian bien, van a China. Allí siempre se estudia bien aunque no quieran estudiar bien.

ÉL: ¿Qué tienen que ver estudios de hijos?

ELLA: Hijos de ahora no son hijos de antes.

ÉL: Deja a hijos en paz. En país nuestro, una casa no es otra casa. ¿Entiendes? Pero aquí no. Aquí da igual. La gente quiere saber qué pasa a vecino de un lado suyo. Eso es fatal para todo.

ELLA: Un día una mujer se acerca a mí y dice que conserje no gustan chinos porque roban casa de su madre. Yo embarazada lloro y mi marido va a colegio a hablar con director, pero director dice que no sabe porque conserje está en hospital.

ÉL: No ahora. Hace diez años.

ELLA: No. Nueve años. Casi mismos años que hijo.

ÉL: Sí. Verdad. Director dice que conserje está en hospital por siete días. No sé qué pasa y pregunto si está bien, si es por venta de casa. No, dice director, y tranquilos, dice también. Así que nosotros tranquilos, ¿no?

ELLA: Pero mujer vuelve a bazar y dice que no podemos quedarnos con barrio entero y que vayamos a nuestro país.

ÉL: Dice gritos, muchos gritos. Y en bazar no dice gritos nadie, así que saco fuera de bazar y después policía pregunta y yo explico y policía dice que mujer no está bien de nervios y que cuidado con ella.

ELLA: Es verdad.

ÉL: Ya nunca más mujer en bazar porque nosotros cuidado con ella a través de un amigo también chino.

ELLA: Eso otra verdad.

ÉL: Y conserje tampoco problema.

ELLA: Conserje no compra artículo en bazar. Toda gente compra, incluso mendigo de barrio, pero conserje no. Eso es raro. Muchos años con tienda y nunca entra.

ÉL: Tampoco saluda.

ELLA: Tampoco sonríe.

ÉL: Tu padre sonríe como chinos. Con ojos cerrados. Entra a bazar y dice Julián, dame comida de perro que estoy engordando a perro para cena de Navidad.

ELLA: Es gracioso.

ÉL: Yo digo que perro viejo cura reuma. Y ríe con ojos cerrados y dice qué cabrón chino, sabe más que ratones coloraos.

ELLA: También dice que somos gente buena porque no damos tormento.

ÉL: Nosotros no sabemos qué pasa en casa de vecino de lado nuestro.

ELLA: No queremos saber. No importa. No damos tormento.

ÉL: Y gente dice que conserje ha hecho cosas malas ahora con niños y padres. Pero gente ha dicho siempre cosas malas de conserje.

ELLA: Y siempre mentira.

ÉL: Como de nuestra tienda.

ELLA: ¿Otra vez con tienda?

ÉL: Nosotros todo legal. Todo en orden. Impuestos en banco todos los días.

ELLA: Ahora importa conserje.

ÉL: Pues conserje es más normal que mucha gente de barrio. Aquí hay vecinos que están en cárcel o sin trabajo o siempre en bar o siempre racismo o siempre apuestas.

ELLA: O engaña a marido.

ÉL: O marido sabe y no importa.

ELLA: O hijo de otro.

ÉL: O roba en tienda.

ELLA: O va a iglesia y luego las cosas mal.

ÉL: En bazar la gente dice y dice y dice todo el tiempo.

ELLA: Pero nosotros no queremos saber lo que dice la gente todo el tiempo.

ÉL: Tu padre dice que perro suyo se llama Lomoplancha.

ELLA: ¿Es verdad?

ÉL: ¿Sí? ¿Perro es Lomoplancha?

ELLA: Tu padre es gracioso.

ÉL: En China tu padre nunca solo. Nunca residencia de mayores.

EL HOMBRE EXTRAÑO QUE SABE DE PERSONAS MUERTAS

Recuerdo aquel día como si fuera ayer. Dos chinos se pusieron en contacto conmigo y me dijeron que en su casa, entrada la noche, se escuchaban los alaridos de una mujer. El pánico era de tercer grado en la escala Verónica... Perdón... Disculpe... Es una broma que suelo hacer y de la que siempre me arrepiento. Retomo. Venían recomendados por una amiga que trabaja en este sector, pero que no toca el tema de las conexiones interdimensionales por una cuestión de alérgenos, así que cuando yo hablé con ellos ya habían dado unos cuantos tumbos y estaban más que desesperados. Me contaron lo que a su vez otra gente les había contado sobre la familia que había vivido antes que ellos en ese mismo inmueble. Hostia divina, qué inventiva hay en ese barrio. Habría pasado la tarde entera escuchando las venturas y desventuras de ese padre científico, esa madre embrujada y ese hijo alelado. Tres o cuatro noches después de aquella visita, aprovechando que había luna nueva y que mi mujer salía a cenar con sus amigas del gimnasio, celebramos en su casa una sesión de conciliación entre los huéspedes del aquí y del allá. Ya le adelanto que se desarrolló con casi absoluta normalidad porque estas operaciones están muy estandarizadas. No es como antes, que a las primeras de cambio las tijeras se te desmadraban y las posesiones podían costar alguna que otra vida. Nos sentamos a la mesa del comedor, porque era la más grande, levantamos las persianas a media altura, modulamos la energía interpersonal, elegimos los vectores más favorables, alineamos las ofrendas de captación, emitimos el código de llamada y esperamos en silencio unos diez o quince minutos, que no es un tiempo excesivo si tenemos en consideración cómo se encuentra el tráfico anímico desde que el mundo está atravesado por infrarrojos y ondas satelitales. Lo primero que nos dijo esa voz de mujer fue Hola. No es un dato baladí, puesto que el modo de abrir conversación de estos entes constituye su carta de presentación temperamental. Aquí, en este caso en concreto, ese Hola venía a significar que nos estaba esperando y que tenía ganas de echar un rato de conversación. Y a eso nos pusimos todos. Por cierto, de alaridos nada de nada. Era la voz serena de una mujer, porque quien hablaba era una mujer, que deseaba decir algunas cosas al respecto de su vida pasada y actual. Aunque no pueda confirmar científicamente que se trataba de la madre de esa unidad familiar, todo lo que extrajimos de aquella sesión pareció confirmarlo en un noventa y nueve coma cinco por ciento. Y es que las personas, una vez que fallecen, lo primero que pierden es el nombre y los apellidos en favor de una cadena alfanumérica y cromática, por lo que no hay manera de que se identifiquen de un modo indubitado ante quienes seguimos existiendo a este lado. Para que se haga una idea de cómo se desarrolló esta charla en concreto, aunque más o menos es extrapolable a cualquier otra, cuando se abrió el canal de trasiego energético, el matrimonio chino comenzó a escuchar esa voz lejana e ininteligible con la que llevaban conviviendo desde que entraron en la casa. Entonces yo actué como amplificador para ir precisando, palabra por palabra, lo que les iba diciendo. Aquí hay que hacer un trabajo importante de triaje porque estas ánimas no otorgan jerarquía a sus tormentos. Le pongo un ejemplo: les angustia en idéntica magnitud la revelación de la identidad de su asesino y el lugar donde dejó guardado el filtro de repuesto para la aspiradora inteligente. En este sentido, yo me he encontrado de todo. Voces que repetían sin cansancio referencias catastrales, fechas de caducidad, resultados deportivos, pactos electorales, diagnósticos errados, contraseñas de acceso, predicciones atmosféricas, fallos de certámenes literarios y órdenes ministeriales. En el caso que nos ocupa, no hubo mucho que descartar porque la conexión no se alargó demasiado, pero sí tengo anotada aquí alguna alusión a horarios de autobuses, títulos de libros, nombres de medicamentos, un recuerdo emocionado para una maestra y una voz quizá muy cansada para la edad que le suponíamos a esa mujer. Y, entre toda esa información inconexa, el mensaje que estaba buscando el matrimonio chino. Porque, claro, en algo nos tenemos que centrar si no queremos naufragar en la exégesis de toda la vida del finado. Más o menos el mensaje en el que nosotros pusimos atención fue este: no os preocupéis, soy un ánima de incandescencia, es decir, que era bondadosa, no me abandonéis a oscuras, es decir, que siempre dejaran alzadas algunas persianas cuando salieran de casa, evitadme los ruidos rítmicos y sostenidos en el tiempo, es decir, que cerraran bien los grifos para que no gotearan, y cuando escuchéis mi voz declamad mi nombre para que yo pueda recordarlo, es decir, Blanca, Blanca, Blanca, porque era el nombre de la mujer que creíamos que estaba hablando. Le dije al matrimonio chino que si tenía alguna pregunta había llegado el momento de que la formulara. Y, después de un silencio un tanto espeluznante, la china hizo una que me dejó ojiplático: ¿Conserje malo de la cabeza? El marido clavó la mirada en la mesa como si no la conociera ni de vista, y supongo que también tuvo la tentación de ponerse en pie y dar por concluida la conexión interdimensional. Pero la luz parpadeó, los cajones rechinaron como los dientes de un niño con fiebre, el frío nos amortajó el cuerpo, la vajilla comenzó a temblequear dentro del mueble del salón y una especie de hedor cítrico nos resecó las vías respiratorias, así que de allí no se movió nadie hasta que la voz de mujer pronunció dos palabras que, contraviniendo las reglas más elementales y remotas de la parapsicología, el matrimonio chino también escuchó y entendió sin necesidad de que yo amplificara nada: Tus muertos. Después de eso, fogonazo en el techo, silla al suelo, pasos en las habitaciones y el zumbido continuado del timbre de la puerta de entrada. Ese fue el final de la sesión. Con lo bien que progresábamos y lo tranquilos que ellos se iban a quedar después de escuchar una voz con semejante sentido común, y va la china y suelta la pregunta del millón. Que si el conserje padecía de la cabeza. Si yo estoy en el pellejo de ese matrimonio, al día siguiente he puesto a la venta la casa con todos los muebles y he tomado un vuelo transoceánico. Pero, como no era el caso, con el fin de tranquilizarlos les aseguré que esas palabras, *Tus muertos*, constituyen una fórmula litúrgica con la que se suele cerrar el vector de transmisión. Lo primero que me vino a la cabeza. Si es que... No sé... ¿Qué les digo yo en una situación como esa? Claro, el chino, que más o menos parecía espabilado, no me creyó, sin embargo ella se quedó encasquillada en esas últimas palabras y no paraba de repetirlas, pero cambiando el posesivo: Mis muertos, mis muertos, mis muertos, que no era exactamente lo que esa voz de ultratumba quiso puntualizar. Así que no me volvieron a llamar, a pesar de que les recomendé una despresurización espiritual de cada una de las estancias y les prometí un cincuenta por ciento de descuento en las futuras conexiones. Y este, *grosso modo*, podría ser el final de mi relato. Tengo buena memoria, y quizá albergue en algún que otro cuaderno más detalles sobre aquella noche, pero también existe el riesgo de que mezcle distintos episodios con distintas familias por distintos motivos, y faltar al rigor ontológico es algo que no me puedo permitir en este negocio tan competitivo y asfixiado, además, por el intrusismo. Por supuesto, nada de lo que hemos hablado tiene coste alguno para usted. Ayudar también es una buena manera de hacerse rico. Pero sí le voy a pedir, si no le resulta un incordio o una grosería, que me puntúe con cinco estrellas en un enlace que yo mismo le enviaré a su teléfono. A usted no le cuesta nada, y créame que a mí me hace un mundo.

EL AMIGO NECESARIO DEL AUTOR

A este hombre lo largan de un día para otro, cuando en su vida no ha hecho otra cosa que trabajar en ese colegio. La vibración que provoca un cambio así afloja el remache más apretado. Una noche pones el despertador para levantarte antes de que despunte el sol, y a la siguiente ya no hace falta que lo hagas más, ya puedes tirar el despertador a la basura y quedarte debajo de las sábanas hasta que te entren ganas de abrirte una lata de atún y un vasito de arroz precocinado. Día tras día hasta el último día. ¿Cómo se le llama a eso? ¿Una vida nueva? Una vida nueva es que te amputen las falanges de ambas manos en quinto curso de piano o que vayas a por el segundo hijo y te vengan trillizos. Esto que le hicieron a él fue sangrarlo como a un marrano y dejarlo con apenas un hilo de vida para que pudiera seguir tirando. Mira, Leo, que a partir de ahora ya no tienes que hacer primero lo que va primero, ni después lo que va segundo, ni, por supuesto, más tarde lo que va tercero. Y se quedaron tan a gusto, oye. Si te roban tus obligaciones y el orden que las soporta, sabes de sobra que lo que va a reinar a partir de ese momento es el caos. Y en el caos caben muchas cosas. Entre ellas, todo ese asunto de los niños gritando en mitad de aquella plaza, el miedo inconsolable de esa alumna yendo de la mano del conserje, y la policía, como siempre, sin saber por dónde empezar. La palabra *caos* proviene del griego antiguo y significa, más o menos, «espacio que se abre», «hendidura». Y tú te preguntarás con toda la razón del mundo: ¿Por qué sabe este el origen de *caos*? Muy fácil. Lo he buscado con toda la intención porque yo intuía que ahí había algo. Al conserje lo empujaron al fondo de esa hendidura, que es un lugar que no es exactamente la nada, que tampoco es estar ni aquí ni allí, ni arriba ni abajo, ni en un lado ni en otro, pero que algo tiene que ser porque hasta las aberraciones ocupan un sitio. Y eso, por lo que hemos visto, lo debió de desquiciar. Ya sé que no te gusta que me ponga muy trascendental, que debo limitarme a lo que sé a ciencia cierta, pero es que tengo la sensación de que todo esto que te digo no es otra cosa que una certeza muy gorda. Y si no, vayamos a lo concreto, a ver si llevo razón. A este hombre lo echan del trabajo con más de treinta años de servicio, cuando va camino de los sesenta años de edad. ¿Qué le queda entonces?

¿Has averiguado si tiene alguna afición? ¿Quiénes son sus amigos? ¿Pareja sí o pareja no? ¿Has dado con algún miembro de su familia por lejano que sea? ¿Cuáles son esas rutinas que lo ponen en pie cada día? No creo que tengas respuesta para ninguna de estas preguntas. Salvo que la respuesta sea la más dolorosa de todas. Es decir, que no tiene nada. Ni aficiones, ni amigos, ni pareja, ni familia ni rutinas. Algo que es muy difícil porque la mayoría de estas cosas se tienen, a veces, incluso sin querer tenerlas. Yo te voy a decir algo que no sé si será revelador, pero llamativo es un rato. Me lo contó Padilla. Sabes de quién te hablo, ¿no? El tipo que le hacía las sustituciones en la conserjería del colegio cuando él entraba esas temporadas en el hospital. Al parecer, el conserje iba con bastante frecuencia a una casa de citas. Se había encaprichado con una de las chicas y, según Padilla, se estaba dejando en ese enamoramiento más de lo que tenía. De hecho, creo que fue él quien propagó esa historia de que una noche el conserje llamó a la policía para que le rescataran a una medio novia que andaba retenida contra su voluntad. Bueno, pues comparto contigo este dato en concreto porque creo que responde un poco a una de las preguntas: a la de si tenía pareja. No tenía y, a la vez, parece ser que sí tenía, ¿no? Intenté que Padilla me contara algo más sobre el asunto, pero me dijo que lo único que podía dar a entender lo poco que él tuviera que decir era que también frecuentaba esos sitios, y que estaba casado, y que tenía dos chiquillas, y que lo más prudente era cerrar el pico a tiempo. Así que, por favor, llama como quieras a este hombre, pero no le pongas su nombre real, porque entonces me va a buscar a mí y la hendidura del caos saldrá a mi encuentro, y, como bien sabes, yo también estoy casado y tengo dos chiquillos.

EL HOMBRE QUE NO SE LLAMABA PADILLA

Que me rebautice como Padilla me parece una idea cuando menos brillante, porque, en esencia, es un nombre que no se ajusta en modo alguno a mi carácter, así que no creo que nadie intuya que soy yo quien expone los hechos acaecidos. Le voy a rogar, por añadidura, que aquello que tratemos lo escriba mejor de lo que yo lo hable, con palabras una pizca elevadas, pero sin traicionar su espíritu, porque eso también ayudará a despistar en un barrio donde la curiosidad es un fin en sí mismo. Cuando me telefoneó, pensé que su pretensión era ahondar en las continuas visitas al burdel por parte del conserje, pero ya veo que andaba errado. Bien. Mejor. Mucho mejor. Porque ese asunto del lupanar es un tanto incómodo. En cuanto a su interés actual, le diré que, en sentido estricto, yo no sé por qué razón ingresaba en el hospital con extraña regularidad. A mí me llamaba el director del colegio, más bien el secretario, y me convocaba para trabajar de tal día a tal otro, en conformidad con lo que habíamos acordado de palabra a cambio de un estipendio que transitaba lo que se conoce como *economía sumergida*. Las cuestiones médicas, así como las vinculadas con las relaciones sexuales remuneradas, nunca se hablaron abiertamente por razones que a todos nos parecerán obvias: la intimidad es sagrada. Ahora bien, abiertamente no, pero sí se abordaron de un modo más taimado por parte de algunos de los empleados de la institución educativa. Se filtró alguna información que defendía la hipótesis de que sus idas y venidas al hospital se debían a crisis nerviosas que requerían un tratamiento farmacológico importante. Por regla general, entraba un domingo a horas vespertinas y salía tres días después, un miércoles, esta vez a horas matutinas, a lo que había que añadir dos jornadas de reposo domiciliario. Siempre era así. Siempre el mismo *modus operandi*. Y eso, claro, despertó en mí cierta desconfianza, porque qué clase de crisis nerviosa está tan cronificada que sabes el momento preciso en que la vas a sufrir y el tiempo de tratamiento que va a requerir. Nunca me ha gustado pecar de suspicaz en demasía, pero alguna cifra nos bailaba en la resolución de esa anómala ecuación que era su historial clínico. Hice mis propias averiguaciones porque, como ya habrá deducido, yo era el principal beneficiario de que él pasara el máximo tiempo posible en el área de ingresos del centro hospitalario. Así que traté el tema con mi excuñada, la exconsorte de mi hermano, que es limpiadora subcontratada a tiempo parcial por la Consejería de Salud, para ver si ella, introduciendo un código en alguna computadora del departamento de servicios administrativos, o accediendo a algún archivador de la planta menos dos, conseguía dar luz a un misterio que siempre se ha mostrado más negro que los testículos de un *Equus asinus*. Me río porque me pregunto cómo escribirá usted esto que acabo de decir. Como ya imaginará, ni supo teclear código alguno ni dar con los archivadores subterráneos, entre otras cosas porque ni siquiera trabajaba en el mismo hospital que él frecuentaba. No obstante, como siempre tuvo destreza en el sinuoso arte de preguntar, fue sonsacando de aquí y de allá, y concluyó algunas cosas que, aun siendo contradictorias en su naturaleza clínica, no resultaban nada desdeñables en mi propósito de averiguar qué fermentaba bajo el enigmático episodio de sus ingresos. Por supuesto, en ese hospital también se abría paso la muy secundada línea de pensamiento de la crisis nerviosa incapacitante, pero había otros muchos diagnósticos que llevaron a plantearme si no corría yo algún tipo de riesgo en el desempeño del mismo trabajo que a él le había dejado el sistema inmunitario bien maltrecho. Hablo de periódicas sesiones de diálisis, tratamientos con antibióticos por vía intravenosa, purgaciones subcutáneas, lavados intestinales y calibraciones mecánicas de prótesis internas o externas. En el colmo de mis elucubraciones llegué a barajar la posibilidad de que bajo el colegio pudiera haber, como mínimo, un cementerio maldito o un sarcófago de amianto. De todas formas, mis necesidades pecuniarias siempre me llevaron a continuar las labores que él dejaba, haciéndolas si cabe con más ahínco ante el anhelo de que falleciera (sin sufrir) durante uno de esos ingresos. Paradójicamente, desde que le comunicaron el expediente de regulación de empleo y ocurrió lo que ya es *vox populi*, es decir, ese imperdonable acto de dar donde más dolía, en los hijos de los demás y en el corazón de los progenitores, mi teléfono no ha sonado. Y he tenido la exasperante sensación de que tanto el director como el secretario se muestran esquivos cuando me los cruzo en la entrada del centro educativo. A este respecto, mi cónyuge me anima repitiendo que lo que viene conviene, y que si no me llaman es para bien, y que si a ese hombre se le ha desconfigurado la cabeza es en gran medida por el colegio, y que nosotros siempre podremos seguir progresando con las prestaciones por desempleo de tipo asistencial o la renta activa de inserción. No sé si está en lo cierto, pero me da un sosiego que ni los opiáceos de tercera generación. Y aun así, sigo sintiendo en lo más profundo de mi caja torácica que me he estado preparando toda la vida para ocupar ese puesto. Me percibo conserje.

Me autoproclamo conserje. Y ansío ser El Conserje que necesita nuestro colegio. ¿Acaso es un anhelo utópico? Ahora que reflexiono en voz alta, que usted me escucha y yo ordeno todas mis ideas con tantos sustantivos, verbos y adverbios, me percato de que si explicita que soy el sustituto del conserje, en el barrio todo el mundo sabrá quién ha hablado más de la cuenta. Pero me es indiferente. A estas alturas no me importa lo más mínimo. Se lo juro. Quizá los vientos soplen a favor y alguien del colegio lea lo que está escribiendo y llame para ofrecerme un contrato indefinido a jornada completa con catorce pagas al año. ¿Por qué no? Estas singularidades ocurren. En cualquier caso, haga lo que haga con todo esto, siga llamándome Padilla. No deje de hacerlo. No sabría decirle por qué, pero durante el rato que llevo siéndolo me he sentido cómodo, aliviado, distinto. Como si me brindara la posibilidad de una nueva vida. Ya sé que no. No he perdido la cabeza yo también. Por eso he precisado como si. Padilla. Suena bien. Pa-di-lla-el-con-ser-je. Fácil y musical. Buenas tardes, Padilla, pásese por aquí para firmar el con-tra-to, que el puesto es suyo. ¿Qué? Yo lo veo. ¿Usted no?

EL PESCADOR QUE ERA SUPERSTICIOSO

Esa persona que estás mentando ni es mi sobrino ni es nada. Ya no. Por mucho que digan que se parece a mí. Y que conste que hablo contigo porque conozco a tu padre desde que éramos niños, porque si de mí dependiese, yo al pasado no vuelvo ni para recordar las noches en que nacieron mis hijas. En los ochenta y un años y cuatro meses de vida que cargo en rodillas y cadera, jamás me he cruzado con un hombre tan ruinoso como ese. Y no solo lo piensa un servidor; que aquí en el barrio lo rehúye todo el mundo en cuanto se lo cruza. Tú has dicho la palabra *gafe*, pero esa te aseguro yo que se queda muy corta para lo que realmente es. Si no, mira a tu alrededor y verás que nadie pronuncia su nombre en voz alta, no vaya a ser que se le pudra la vida por un costado. Aunque suene raro, recuerdo aquel día del ochenta y cuatro con alivio y descanso porque por fin me lo quité de encima, que si no llega a ser así, te juro por Dios que el aliento negro de ese hombre me saca de mi propia casa con los pies por delante. Que encontráramos a Blanca muerta en la playa solo fue la gota que colmó el vaso. Ya en las semanas anteriores la cosa empezó a ponerse resabiada: mi hija mayor abortó cuando ya tenía pie y medio en el paritorio, el motor del barco rompió a nueve millas de la costa, un guardia civil me requisó tres paños de redes de pesca porque se le antojó, me robaron la radio de transmisión en dos ocasiones y a mi mujer, que en gloria esté, la tuve que hacer volver de casa de sus padres tres o cuatro veces en una sola semana. ¿Y a que no sabes quién estaba presente en cada una de esas desgracias? Ni se te ocurra nombrarlo, que en realidad pregunto por preguntar. Lo de esa persona no era normal. Así que en cuanto me dijo que había una mujer tirada ahí bocabajo, me juré para mis adentros que a ese malasombra, por muy sobrino mío que fuese, lo sacaba yo de mi vida aunque tuviera que partir por la mitad el árbol genealógico. Y así lo hice. Me dejé unos cuantos pelos en la gatera, es verdad, pero nos quedamos en la gloria. Mi mujer, mis hijas, los nietos y bisnietos que llegaron después, el mecánico de El Galatea, el monaguillo que embarqué obligado para bendecir muchas de nuestras salidas y, por supuesto, yo. Todos en la bendita gloria. Desde entonces, y te estoy hablando de hace ya cuarenta años, pasa por mi lado y no levanta la mirada de la punta del zapato. Y que no se le ocurra hacerlo porque esa mala suerte no se cura con el tiempo. Quien es así se muere así. Ahora, si quieres, hablamos de aquel día, pero no esperes que te diga que aquello me puso triste o me retorció las tripas, porque venía yo de una racha tan agria que ni el grito de mi hija en mitad de la noche me habría acelerado el pulso. Aquella mujer llevaría muerta treinta o cuarenta minutos. No más. No hace falta ser médico para darse cuenta de algo así. Ya entonces hubo algún enterado que dijo que si le hubiésemos hecho el boca a boca durante un rato, habría resucitado porque la vida aguanta muerta más de una hora. Pero la cuestión es que no se lo hicimos y eso es algo que no se puede cambiar. Por cierto, no estaba flotando en el agua como dice ese desgraciado. Lo que pasa es que siempre que tiene ocasión quiere darse protagonismo para yo qué sé qué. Ella estaba tumbada, bocabajo, en la orilla, a merced de las mismas olas que la habían devuelto a tierra. Y nosotros la cogimos por pies y manos, la dejamos en la arena con cuidado y, no mucho después, le echamos por encima una de las mantas con las que cubríamos las redes, las nasas y los palangres; la que vimos más remediada, nunca hubo mucho lujo. A mí, que la gente se quite la vida tirándose al agua no me asombra. Y supongo que a ti tampoco porque me ha dicho mi hija menor que hace un tiempo ya escribiste un libro sobre ese muchacho que se ahogó en la balsa del Paraje de la Costumbre. En cada sitio se recurre a lo que se tiene. Y aquí tenemos agua dulce y salada, turbia y cristalina. Si tuviéramos buenas ramas de olmo, nos los encontraríamos con la ropa sequita y colgados como ristras de ajos. En cualquier caso, qué más da cómo decida una persona quitarse de en medio. Si acaso hay algo que importa, cosa que dudo mucho, es el porqué. Y solo importa a la familia, claro, no a toda esa gente que se acerca a dar el pésame para ver la mueca con la que el muerto se va al infierno. Así que no tengo nada inteligente que decir sobre este asunto. En cuanto a lo de su marido, el Jarabes, tal y como te ha contado el maldecido ese, es verdad que no bajó a la playa mientras el cuerpo de su mujer estuvo bajo la manta. Pero qué significa eso. Nada. Muy poco. En este barrio, a la mínima te entierran bajo una montaña de mentiras sin siquiera saber de qué va el tema. Don Pedro Almada se pasó por mi casa tres o cuatro días después de aquello. Vino a agradecerme de corazón que pusiera en tierra firme a su mujer y, sobre todo, que no la dejara sola. No tiene importancia, dije yo. Treinta y ocho años recién cumplidos, dijo él. Muy joven, dije yo. ¿Qué te contó?, dijo él. ¿Qué me contó?, dije yo. Sí, dijo él. Nada, la encontramos tarde, dije yo. ¿Nada?, dijo él. Eso es, dije yo. Siempre hizo lo que quiso, dijo él. Mujeres, dije yo. ¿Cómo estaba?, dijo él. Quieta para siempre, dije yo. ¿Su cara?, dijo él. Como si estuviera dormida, como si hubiese descansado, dije yo. Lo sabía, dijo él. ¿Qué sabías?, dije yo. Y no me contestó. Probablemente le ofrecí un vaso de vino, y probablemente me lo aceptó con la mirada porque había hábitos de ese hombre que yo conocía muy bien. Después de aquella conversación, hablamos decenas de veces, pero nunca volvimos a lo que ocurrió aquel día. Cosa que siempre agradecí porque, como te he dicho antes, a mí el pasado, más que un consuelo, me parece una maldición. Digan lo que digan ahora, era un buen hombre: cuando llegaba un temporal detrás de otro y no salíamos a faenar durante semanas, siempre me fio los medicamentos que necesitaba mi mujer para la cabeza y mi hija mayor para su anemia; en el bar convidaba más de la cuenta a sus vecinos; sacó a ese hijo adelante a pesar de lo larga que es la sombra de una madre ahogada; si el problema eran las mujeres, tal y como más de uno cree, durante algún tiempo se rejuntó con una alemana con estudios a la que yo nunca le vi una mala cara; cuando cayó enfermo se retiró a la residencia para no dar por culo al personal; y, una vez que perdió la cabeza, se apagó como la bombilla de un patio trasero, sin que nadie se diera cuenta. La gente dice que no se llevaba bien con su hijo, con el..., ¿cómo lo llaman ahora?, sí, el Majareta, qué hijos de puta, siempre tienen una etiqueta para cada miserable, pero eso es tan mentira como tantas otras cosas que se han dicho. Y si no, sube al cementerio y mira su lápida.

Antes de escribir sobre una piedra, se le da muchas vueltas a cada palabra porque eso no se borra nunca, se queda para siempre. No es como escribir en un trozo de papel. Y eso lo debes de saber tú mejor que nadie. Así que hazme caso. Si tienes tiempo, date una vuelta por allá arriba, busca la lápida y lee lo poquito que su hijo le dejó escrito ahí.

EL MARIDO DE LA BIBLIOTECARIA SIN BIBLIOTECA

No es algo de lo que me guste hablar con desconocidos. Y pensaba que a ella tampoco, pero ya veo que no es así. De verdad que no creo que sea conveniente que me extienda demasiado sobre este asunto porque el que más se fastidió fui yo y, además, poco importan las explicaciones que podamos darnos a estas alturas. Lo tratamos muchas veces y, hartos de repetirnos lo mismo, hicimos borrón y cuenta nueva. Así que empezar otra vez con la misma cantinela... No sé yo. Aquel día, a eso de media mañana, abrí el buzón y me encontré, junto a una factura de la luz y un folleto de un supermercado, un libro pequeño, viejo, cuyo título no me decía nada, con un tejuelo en el lomo y el sello de la biblioteca donde mi mujer llevaba trabajando más de veinte años. ¿Qué pensé yo? Pues lo primero que me vino a la cabeza: que alguien de nuestro bloque había dejado el libro para devolverlo porque así lo habría acordado con mi mujer. De modo que lo subí a casa, lo puse en un cajón del mueble de la entrada y ahí estuvo hasta que volví a acordarme a la mañana siguiente, momento en que lo busqué y se lo di. Fue entonces cuando puso esa cara de atontada, de no saber ni dónde estaba, de tierra trágame, ¿sabe a qué me refiero? Y de inmediato caí en la cuenta de que, en realidad, en todos los años que llevábamos viviendo en ese bloque, nunca nadie le había dejado en el buzón un libro de la biblioteca con el fin de devolverlo, así que se me empezó a poner a mí también la misma cara de atontado. Recuerdo todo aquello como si fuese ayer porque hubo un tiempo en que casi no existió otra cosa en mi vida que ese mismo ayer. Entré en la cocina, ella estaba sentada frente al descafeinado con leche y las galletas de canela de siempre, me apoyé en la encimera y fui directo al grano: ¿De qué va todo eso del libro? Como ya la cosa había empezado a fermentar en su cabeza, me soltó, todavía con bastantes titubeos, la historia de ese hombre al que le regala un libro sobre los alquimistas hace veinticuatro años, no uno ni dos ni tres, repito, veinticuatro años, que se dice pronto, y que en ese momento, sin ninguna razón aparente, a ver quién se cree eso, decide devolverlo a nuestro buzón. Lo primero que me salió del cuerpo fue calcular dónde estaba yo veinticuatro años antes de que ese libro cayera en mis manos.

Y el resultado fue demoledor: llevábamos cuatro años de novios, uno de matrimonio y todavía no me habían dado destino aquí, así que un servidor seguía trabajando en el centro penitenciario de Jaén, es decir, bien lejitos de mi señora esposa. ¿Qué pensé entonces? Pues, siendo benévolo conmigo mismo, que estaba intentando convencerme de algo a lo que ni ella misma sabía dar orden. Ves a tu mujer con la mirada traspuesta en la mesa de la cocina y te cuenta no sé qué de un tipo raro, un libro sobre química, de hace ya casi media vida... ¿Qué? ¿Usted qué le habría preguntado en ese momento? Porque yo lo tuve claro a los cuatro segundos. No. A los dos segundos. ¿Y este hombre cómo sabe dónde vives? Se le abrieron los ojos como dos latas de atún. Y entiendo que fuera así, porque la pregunta era buena, pero, sobre todo, muy procedente. Era una pregunta que estaba y sigue estando en el corazón de lo que ocurrió aquel día. Pues, aun así, se indigna y, manoteando en el aire todo lo que pudo, me suelta que lo verdaderamente importante no es eso que yo entiendo tan importante; que la clave está en unas líneas subrayadas en no sé qué página del libro. Las piernas comenzaron a temblarme, y ahí, en mi opinión, debió parar. Pero a ella no se le ocurrió otra cosa que comenzar a leerlas en voz alta como si estuviera formulando un sortilegio. Ya está. Suficiente para un cuerpo como el mío. La tensión arterial se me fue al carajo y los ojos se me quedaron vueltos. Y doy gracias a Dios, porque de no haber sido así, me habría sulfurado más de la cuenta y ya por entonces andaba fatal de las arritmias. Cuando me recompuse, me encontré sentado en su silla, frente a su descafeinado y sus galletas de canela, como si hubiésemos intercambiado los papeles, como si nos hubiésemos mudado al otro lado del espejo de nuestra vida. Le voy a reconocer una cosa: yo siempre he tenido miedo a morirme. Ya sé que puede parecer una estupidez porque todos vamos a morir en algún momento, pero quien siente esto que yo siento vive paralizado por un horror infinito. Tiene nombre y difícil cura. Se llama *tanatofobia* y no se la deseo ni a mi peor enemigo. He estado incapacitado trece años por este trastorno, y he llegado a tomar seis pastillas diarias y a asistir a terapia dos veces en semana. Entiéndame, por tanto, cuando le digo que en el momento en que, una vez recuperado de aquel vahído, ella arrancó a darme más explicaciones, ante el temor de que me quedara tieso en el suelo de la cocina, le supliqué que parara, que no dijera ni una sola palabra más. ¿Fue esa decisión un gravísimo error, tal y como me aseguró mi padre, que en paz descanse? Existe la posibilidad. Porque lo cierto es que, cuando algunos días después me encontré con fuerzas para volver a abordar el tema, ella ya tenía una versión en la que las piezas encajaban al milímetro y no parecía un episodio tan rocambolesco. Por supuesto, volvimos al tema muchísimas veces, pero ella se mantuvo fiel a su relato y me resultó imposible, o quizá no quise, encontrar una grieta por la que colarme. Así que llegamos al acuerdo de olvidarnos del tema, de no volver a sacarlo, de, como le he dicho antes, hacer borrón y cuenta nueva. Por todo esto que le comento, me ha resultado sorprendente que mi mujer haya hablado con usted sobre el asunto y, de un modo muy especial, que me haya pedido a mí que también lo haga. No entiendo su motivación. Pero ya le digo yo que seguro que la tiene porque no da puntada sin hilo. En cualquier caso, como no hay mal que por bien no venga, esto me da la oportunidad de sacarme del pecho algo que nunca le dije a ella. Dado que mi padre, que en gloria esté, nunca creyó la versión de mi mujer, se fue a buscar a este hombre a ver qué sacaba en claro. No le resultó muy difícil. Lo encontró hablando con un mendigo en la puerta lateral de la parroquia de la Virgen del Carmen y desde ahí lo siguió cautelosamente hasta un colegio donde se reveló que trabajaba de conserje. Después de darle vueltas y más vueltas a una posible estrategia de aproximación, por cierto, no le he dicho que mi padre fue policía municipal toda su vida, decidió abordarlo a primera hora de la mañana, un poco antes de que entraran en clase los alumnos, porque eso le daba la tranquilidad de que si la cosa se ponía fea, el tiempo estaría acotado por la llegada de la chiquillería. Le cuento lo que mi padre me dijo, casi palabra por palabra, y ya le advierto de que no son pocas, porque no he sido capaz de sacármelas del corazón. *Hijo, ese hombre es un armario ropero de casi cien kilos. No me he acercado más allá de dos metros porque si dice de agarrarme, me parte por la mitad. Imagina lo que sería capaz de hacer contigo. ¿A que no sabes qué cara ha puesto cuando le he enseñado la placa? La que tenía. Su gesto no ha cambiado un ápice. El tipo es frío como una lápida de mármol. Otra cosa bien distinta ha ocurrido cuando le he preguntado si conocía a doña Fulanita de Tal, tu señora esposa, ya sabes. Ahí sí se le ha descompensado algo en su interior porque los labios se le han puesto blancos como la cal viva. He sacado mi cuaderno para dar tiempo a su respuesta, y he anotado lo primero que me ha venido a la cabeza, como si ya estuviera registrando indicios determinantes. ¿La conoce o no?, le he vuelto a preguntar en vista de que no decía nada. Atento a lo que me ha contestado: Creo que mi madre la puso en mi camino. Por si no lo has pillado, a quien puso en su camino fue a tu santa esposa, ¿vale? Yo con esa respuesta habría tenido más que suficiente, pero como te conozco y sé que le habrías encontrado alguna disparatada explicación, le he devuelto con agilidad otra pregunta para traerte algo más concluyente: Pero ella no te hace las mismas cosas que te hacía tu mami, ¿no? Y aquí tienes todo lo que me ha dicho para que tú hagas con eso lo que te salga de la punta del nabo: Nunca podré devolverle lo que hizo por mí. Luego se puso muy nervioso, supongo que porque lo había empezado a desenmascarar y, para confundir, añadió que lo iban a operar y que le había devuelto el libro por si no salía vivo del quirófano. Poca complicidad no tenían, ¿no te parece? ¿Sigues pensando que solo es un hombre raro que deja misteriosos libritos en el buzón a tu mujer? ¿O ves tan claro como yo que estos dos pájaros tenían más vida de casados que tú? Hijo mío, ese tipo le está cogiendo la toma de tierra a tu señora esposa. Haz un par de maletas y vente a casa conmigo, que yo ya he pasado por esto y me sé de memoria el final.* Como entenderá, después del relato de mi padre, me costó muchísimo volver a mirar a mi mujer de la misma manera. Y me llevó bastante tiempo colocar todos los pensamientos, buenos y malos, en el mejor sitio posible. Pero lo cierto es que mientras todo eso ocurría, mientras intentaba reconfigurar lo que hasta entonces había sido mi vida de medio pensionista aterrorizado, volví a reparar en el aroma frutal de su cabello, en los dedos cortos de sus pies, en sus dientecitos de ratona, en los pliegues que ya le hacía la piel en el cuello y en las axilas, en los ruiditos que emitía en el baño... Y volvimos a follar como hacía años que no follábamos. En casa, en la biblioteca, en el coche e incluso en el dormitorio donde habían yacido mis padres. Cualquier sitio era bueno para sacar afuera esa invencible furia que nos gobernaba. De seis pastillas diarias pasé a una y media. Me di cuenta de que lo más lejos que podía estar de mi propia muerte era amando a mi mujer, estando dentro de ella, bebiéndome lo que su deseo era capaz de generar, esperándola desnudo en casa, amasándole las tetas y el culo, imaginando su cara de placer sobre mi cara de placer. Y supongo que eso es lo mismo que a ella le pasó durante algún tiempo: que lo más lejos que podía estar de mi muerte era tirándose a ese tipo de los libros. Así que de buenas a primeras aprendí a no culparla, a no juzgarla, a no castigarla. No es que me hiciera gracia su deslealtad. Claro que no. Pero es mi mujer, la quiero con toda el alma y nadie mejor que yo sabe lo mal que se pasa cuando sientes todo el tiempo que te acecha la muerte, sea propia o ajena. Además, que en algo siempre hemos estado de acuerdo ella y yo: sin ese librito en el buzón, nuestro matrimonio se habría ido al traste. De modo que algo de gratitud sí que le debemos a ese hombre. Por cierto, por aquella época, a mi padre, que Dios lo tenga en su seno, le dio un golpe de calor y se quedó listo en la puerta del estanco con una Bonoloto apretujada en su puño. Quien lo vio caer asegura que murió feliz. No quiero que me malinterprete por lo que voy a decir, pero creo que eso también ayudó a que yo follara más tranquilo, más libre, más sano. Esto último no sé cómo explicarlo. Aunque supongo que tampoco hace falta, ¿verdad?

EL SECRETARIO DEL COLEGIO

Que espere sentado pacientemente. Antes de volver a contratar a Padilla, aquí un servidor se calza el uniforme de conserje y se pone a abrir y cerrar puertas, a arreglar persianas y a encharcar jardineras como un descosido. Menudo sinvergüenza está hecho ese interfecto. ¿Tú te crees que si no fuese primo hermano del concejal de zona íbamos a contar con él? Lo que pasa es que este vago sabe lo que tiene que callar y lo que no. Seguro que no te ha contado la última que protagonizó. Ahí le puse la cruz para siempre. Fue memorable. Decidimos comprar una máquina de aire acondicionado portátil porque las dependencias de dirección y secretaría son un horno en los meses de junio y julio. Yo mismo hice el pedido en una página web que garantizaba el envío en menos de diez días. Pues nos metimos en la última semana de junio y no terminaba de llegar. Así que me puse en contacto con la empresa para que me explicaran a qué se debía tanta demora. Me contestaron al instante: según sus registros, el paquete había sido entregado el 27 de mayo, es decir, tal y como ellos aseguraban, ocho días después del pago por transferencia. Podría darle más suspense al asunto, pero estoy convencido de que ya te imaginas dónde estaba la máquina de aire acondicionado portátil. Enfriándole los huevos a Padilla en el salón de su casa. Ese tipo no pisa más el colegio mientras yo esté sellando documentos aquí. Y me da igual que sea primo del concejal o hermano de la mismísima ministra de Educación. Que vengan a pedirme que lo contrate bajo cuerda, que voy a tener preparada la grabadora. En cuanto a todo lo que te haya podido decir ese hombre, yo te recomendaría que lo pusieras en cuarentena. ¿Es verdad que Leo dejó de desempeñar su labor durante algunos periodos, intermitentes, muy acotados, comunicados con antelación y debidamente justificados? Sí. ¿Y qué? Ahí está el parte de ausencias del centro, que es público para la inspección y ajustado a la ley de protección de datos. Cualquier información que se exceda de eso conllevaría una vulneración de alguno de sus artículos, y como no lo he hecho nunca, tampoco voy a empezar ahora. Aquí todo el mundo habla sin ningún tipo de pudor, pero lo único cierto es que pocos conocían a Leo como para decir algo que resultara riguroso. Sin perder de vista que se trataba de un empleado cuyo superior directo era el secretario, es decir, yo, y que eso condiciona cualquier relación personal que vaya creciendo con el paso del tiempo, es decir, la nuestra, me atrevo a afirmar que fuimos y somos amigos. Incluso hoy, después de todo lo que ha ocurrido, de todo lo que me ha hecho. Mis propuestas de mejora, así como mis requerimientos, nunca fueron un motivo de discordia entre él y yo. Los aceptaba de buen grado y su silencio siempre fue cómplice y leal. Lo he visto crecer. Cómo no voy a considerarlo un amigo, si fue él quien montó en casa la litera donde durante tantos años durmieron y soñaron mis hijas; si la madrugada en que se me inundó el salón y el comedor, acudió con una bomba para achicar agua antes de que el parqué se echara a perder; si cuando ingresaron en el hospital a mi difunta madre, y esto me emociona sobremanera, la acompañó (por razones que no vienen al caso) durante cuatro noches, y fue él quien me dio la noticia que nunca quise recibir. ¿Tengo derecho a llamarlo *amigo*? Yo creo que sí. Eso no significa que justifique sus actos. Cómo voy a hacer eso si soy el principal afectado por lo que hizo; si debí ser yo quien diera cuenta de las ausencias de aquellos alumnos; si fui yo y nada más que yo quien no telefoneó a la empresa de transportes cuando recibí la factura de un minibús que este centro no había contratado. Pero, aun así, quiero que entiendas que los sentimientos van por otro lado y que el día que me enteré de que lo jubilaban anticipadamente, si es que eso era una jubilación, me negué en rotundo a darle yo la noticia. Era lo menos que podía hacer. No debía tener enfrente a un amigo. El amigo lo debía tener al lado. Así que pensé en acompañarlo a su cita con el director para que no se sintiera solo y desamparado en un momento tan complicado como ese. Lo que pasa es que no pude porque coincidió con una visita del técnico de prevención en riesgos laborales y me vi en la obligación de guiarlo por estas instalaciones. Supongo que muy bien no le sentó. Me hago cargo. Pero no tengo la menor duda de que eso es algo que tiene arreglo; que solo debemos sentarnos a hablar. Nunca ha ido conmigo eso de hacer leña del árbol caído. Menos aún si en ese camino se entrecruza la amistad. Así que ahora me gustaría decir algunas palabras que nacen de la conmoción psicológica que estos hechos me han provocado, y que demuestran que yo pude equivocarme en alguna que otra cosa, pero que la culpa de lo sucedido no es mía. Luego, si ves que no son pertinentes, que no aportan nada, que no están a la altura de lo que tú buscas, siéntete en la libertad de borrarlas. Pero, entiéndeme, creo que si no las digo, me voy a arrepentir toda la vida. ¿Vale? Te lo agradezco. Allá voy.

LA MUJER ALEMANA CON ESTUDIOS

Espera un momento que aparte lo que tengo en el fuego. Y si no, mejor vente conmigo a la cocina, que allí podremos hablar más a gusto que en el porche o en el salón. Es el lugar más confortable de la casa. ¿Y sabes por qué? Porque no parece una cocina española. No te vayas a ofender, pero es así. Qué horror de arquitectura, qué frío, cuánta humedad en las casas de este sur. Compruébalo tú mismo. Por aquí. Sígueme. ¿Hueles ya el aroma de la tarta de manzana? ¿Sientes esta temperatura? Es como atravesar una frontera. Ahí, un país; aquí, otro. No me digas que no. Mira esos fogones y ese horno de leña. Pueden tener más de sesenta años y funcionan a la perfección. ¿Y qué me dices de este ventanal que da al jardín? Me empeñé en que estuviera formado por un único paño de cristal, y en qué me vi de conseguirlo porque todos los cristaleros me decían que se acabaría quebrando por los cambios de temperatura. Pues ahí lleva varias décadas dejando pasar la luz. Por cierto, cada pieza de este suelo hidráulico la he traído de Núremberg. De hecho, toda la cocina es una réplica casi exacta de la que tenían mis padres en su casa, que está en Tubinga, donde yo nací. ¿Has estado alguna vez en Alemania? ¿No? Ay, ¿qué os pasa a los españoles con los viajes? No te ofendas, pero es que mira que os cuesta salir de la madriguera. Por cierto, me he dado cuenta de la grabadora que llevas, y no me importa, la verdad, ya ves tú a mí, yo no tengo nada que esconder, pero ni se te ocurra hacerme hablar a trompicones en lo que tengas que escribir. Si eres bueno en lo tuyo, sabrás cómo hacerlo. Y ahora siéntate, por favor. Esa jarra tiene agua caliente. Aquí hay bolsitas de infusión. Eso de ahí es azúcar, aunque no te la recomiendo. Sírvete tú mismo. A veces me planteo si cerrar esta casa a cal y canto y volver con los míos el poco tiempo que me quede, pero... No sé... De verdad que no lo sé. Dicen que la nostalgia es la artrosis del cerebro, así que hay que andarse con mucho cuidado. Porque aunque nací, me crie y estudié allí, donde realmente he vivido los episodios más importantes ha sido aquí, en esta vieja casa y en este seco paraje, donde llevo acomodada más de cuarenta años, que se dice pronto. Conocí a Pedro, yo lo llamaba Peter, a mediados de 1990, poco después de que mi hija, recién terminada la educación secundaria, decidiera marcharse a Colonia con el hijo de puta de su padre. Una carambola. Lo dejo en eso, en un azaroso choque de canicas, porque no sabría decirte si en el fondo me pareció un acto de fortuna o de mala suerte. Mi vecina Anja, que en paz descanse, estaba convaleciente por una operación de vesícula, y me pidió que me pasara por la farmacia del licenciado don Pedro Almada. Así lo llamaba siempre que se refería a él. He de decir que por entonces en esta zona no teníamos ni un mísero herbolario, así que cada una iba a la farmacia que le pillara más cerca o en la que le abrieran una cuenta de confianza. A las dos o tres semanas de vernos por primera vez, ese hombre y yo salimos juntos a curiosear qué podía ofrecerle el uno al otro. Era unos cuantos años mayor que yo, ni apuesto ni feo, más alto de lo que acostumbran a ser los españoles, tampoco te enfades por esto, con abundante cabello recio, muy inteligente en lo suyo, y carente del más mínimo sentido de la flexibilidad tanto física como mental. Lo cierto es que me sentía bastante bien con él, especialmente durante las primeras semanas, porque salir a cenar o charlar durante algún paseo me hacía arrinconar la tristeza que me había dejado la reciente marcha de mi hija. Aun así, casi desde el principio supe que eso estaba abocado a una fangosa nada. Las señales, sin ser muy alarmantes, siempre estuvieron a la vista. La primera vez que entré en su casa, por ejemplo, me espantó la oscuridad en la que estaba sumida. Ninguna ventana dejaba entrar ni un mísero fotón. Recuerdo que fue encendiendo lámparas aquí y allá, a pesar de que no serían más de las cuatro de la tarde, y me explicó que sus vecinos eran tan entrometidos, en esto puede que tuviera algo de razón, que lo obligaban a ser meticuloso en lo que a su privacidad se refería. De aquella tarde también recuerdo un fuerte aroma cítrico que me resecó la nariz, un par de grifos que goteaban sin parar en ningún momento, el ruido de puertas que se abrían y cerraban a su paso, y una imponente estantería cuyos libros, algunos dañados o directamente sin cubiertas, estaban a medio colocar. Por supuesto, yo ya conocía bastantes detalles sobre su vida: el trágico fallecimiento de su mujer unos años antes, la pésima relación que mantenía con su único hijo, la envidia que despertaba entre los vecinos su holgada situación económica o el recelo que generaba el hecho de que no fuera oriundo del barrio. Todo esto me lo contó él mismo. A lo que había que añadir lo que las azarosas circunstancias iban revelándome poco a poco: por ejemplo, que su hijo, que por aquel entonces tendría unos diecinueve o veinte años, ya pasaba temporadas en la casa de la vecina, una mujer de la que todo el mundo decía que sabía escucharles las tripas a los moribundos. De hecho, a mi querida amiga Anja se las escuchó, aunque no le valió de mucho. En el tiempo que duró nuestra relación no llegué a dormir nunca en esa casa. Habría preferido hospedarme en cualquier hostal de mala muerte antes que ducharme en ese baño, adormecernos en el sofá o acostarnos en aquella cama. Algo me decía que ahí no, nunca, bajo ningún concepto. La casualidad hizo que, en una de esas pocas veces en las que estuve allí, su hijo abriera la puerta principal y se plantara en mitad del salón, mientras Peter había salido a comprar algo y yo disponía la mesa para merendar. Nos quedamos mirándonos como lo habrían hecho dos gatos que no quieren problemas, pero que tampoco los rehúyen. Era muy llamativo lo poco o nada que se parecían físicamente padre e hijo. Quizá en la altura... Pero poco más. Leo, al menos aquel joven Leo, era guapo, con el cabello peinado de un modo infantil, las pestañas largas y negrísimas, y una tez aceitunada que la luz de las lámparas acentuaban. Me presenté como la amiga de su padre y le pregunté si le apetecía un té o un café. Él, ante mi propuesta, desvió la mirada y me dijo que solo estaba ahí para coger unos libros. Fue entonces cuando volví mis ojos hacia la enorme estantería y reparé en que ya apenas quedaban quince o veinte volúmenes y que, por tanto, mi impresión inicial había sido errónea: los libros no estaban pendientes de ser colocados, se estaban yendo poco a poco. Hizo lo que dijo que iba a hacer, después subió las persianas por completo, maldijo el incansable goteo de los grifos y se marchó dedicándome una mirada tierna y unas palabras con las que, si pretendía perturbarme, lo consiguió de sobra: Ten cuidado con el alquimista. Yo, por mi parte, en cuanto salió de casa, devolví las persianas a su posición original, porque intuía que dejarlas así provocaría algo que a su vez provocaría otra cosa y otra cosa más hasta verme arrastrada hacia esa vida escacharrada que ellos habían construido. A partir de ese día, no sabría explicarte por qué, quizá por el resentimiento que intuí en ese joven, nació en mí una enorme curiosidad por él, por lo que había sido desde que era un niño hasta ese momento y por las extrañas razones de esa relación tan enturbiada. Mi deseo de saber me llevó a hacer preguntas a las que Peter rara vez daba respuestas, y cuando las daba, no dudaba en rebozarlas en una buena capa de vaguedades que yo no sabía cómo desmigar. De hecho, nuestra relación llegó a su fin sin que yo lograra averiguar mucho sobre Leo. Una noche, ya entrada la madrugada, Peter telefoneó para decirme que no podía seguir adelante con nuestra relación. Lo gracioso, por no decir exasperante, es que llevábamos más de un mes y medio sin saber el uno del otro, por lo que yo ya había interpretado que todo estaba más que finiquitado. Mi respuesta a esa llamada, o quizá el sentido del humor que empleé, vete a saber, no le sentó nada bien. Luego supe que había empezado a salir con otra mujer y que estaba minimizando el riesgo de que se produjera alguna situación incómoda, sobre todo en público, que era algo que siempre le había obsesionado. En cuanto a tu interés por su hijo, como te he comentado, poco puedo saciarlo. Su padre me confesó en más de una ocasión que ese joven tenía problemas para asumir lo inevitable, supongo que hablaba de la desgraciada muerte de la madre, y que, en determinadas situaciones, tampoco me precisó cuáles, podía llegar a ser imprevisible, y eso empezaba a darle miedo. Bueno, visto desde ahora, después de secuestrar a todos esos niños, no parece ningún disparate, pero en aquel momento siempre tuve la impresión de que Peter hablaba de otra cosa. Durante una cena que preparé aquí, en esta casa, en esta misma cocina, se desahogó en el tono más amargo que yo le escuché en toda nuestra relación: él sentía que aquello, en no mucho tiempo, iba a acabar muy mal. Decía que no era justo que recayera sobre sus hombros la responsabilidad de algo que él solo había hecho por el bien de todos: de Leo, de su mujer y de él mismo. No sé si lo miré con curiosidad. Con espanto, seguro. Le propuse que pidiera ayuda a alguien; si no a mí, a quien él entendiera que podía aliviar esa desazón que yo no terminaba de entender. Y de repente, mientras recuperaba los cubiertos y volvía a enfrentarse con determinación al plato de *spätzle* con cebolla rehogada, le cambió la mirada y, no sin cierta soberbia, me soltó que sí, que tenía toda la razón del mundo, y que ya llevaba un tiempo pensando en pedir ayuda a un viejo compañero de carrera que había hecho fortuna con un laboratorio farmacéutico, que quizá allí le encontrarían un lugar, un menester, y que si eso no funcionaba, iría a ver a su hermano mellizo, al tío de Leo. No sé si puedes imaginar la cara que se me quedó. En los meses que llevábamos juntos, no es que nunca hubiera hablado siquiera superficialmente de esa relación fraternal, es que jamás había referido la existencia de un hermano, que, para mi mayor incredulidad, era mellizo. Es más, siempre que había dibujado sus conexiones familiares, las había reducido a un árbol genealógico tísico y lleno de borrosos difuntos a los que no daba ni un mísero nombre de pila. Su desconcertante habilidad para emborronar y ocultar cualquier cosa de su pasado se adentraba en lo patológico. Aquella cena concluyó antes de lo previsto y, por supuesto, no me reveló la razón concreta de sus preocupaciones. Pero estoy convencida de que esa breve conversación marcó una cruz en la casilla que desmantelaba lo poco o mucho que habíamos ido construyendo durante esos meses. ¿Si se arrepintió de haber mencionado a su hermano en aquel momento? Eso lo tengo tan claro como que ahora estás tú ahí sentado. Llevaba dentro de sí la misma oscuridad con la que castigaba cada habitación de su casa. De hecho, es muy probable que no supiera vivir sin ella o, algo mucho peor, que no mereciera esa luz. Quizá por eso aquel día su hijo levantó las persianas antes de marcharse: para hacerlo desaparecer. ¿Te apetece un trozo de tarta de manzana?

LA MUCHACHA QUE ERA UNA BRUJA

Hola, qué tal, soy ***, me ha dado su número de teléfono la chica con la que habló hace unos días. No puedo quedar con usted porque entre el trabajo y los exámenes apenas tengo tiempo, y, como tampoco le conozco, no me apetece mantener una charla, así que este mensaje de audio me parece una buena opción. Espero que a usted también se lo parezca. Le advierto que no puede poner mi nombre en ningún lado. Si lo hace, tendremos como mínimo problemas legales. La única razón por la que estoy haciendo esto es porque me han dicho que está interesado en Leo, y, como lo que ha ocurrido no le hace justicia, voy a contarle algunas cosas que no sé si serán importantes pero son verdad, y eso, teniendo en cuenta lo que he leído en la prensa, no me parece poco. La primera vez que lo vi fue en mi trabajo, y de eso hace ya unos diez años. Estaba tomándose un refresco en la barra del *** y me acerqué a charlar. Al principio, tengo que reconocerlo, me pareció un tipo bastante raro. Costaba sacarle las palabras, olía a algo que me recordaba a la madera húmeda, sonreía con una sinceridad casi adolescente, aunque ya hacía tiempo que había saltado la cuarentena, y no apartaba la mirada del vaso que tenía enfrente. Le sugerí que nos trasladásemos a un reservado, que allí tendríamos la intimidad que yo creía que requería el momento, pero me dijo que prefería quedarse justo donde estaba porque él había venido a otra cosa. Yo, puesto que así me lo tenían encomendado entonces, le pregunté que a qué había venido, y él me contestó que a veces se sentía tranquilo cuando se tomaba los refrescos en compañía. Aquí el refresco más barato cuesta más de veinte euros, le dije yo. Y él, mirándome de reojo, añadió que nadie en su sano juicio lo consideraría un precio excesivo. A partir de ese día, sus visitas fueron relativamente frecuentes, a excepción de algunos meses, no sabría precisar ni cuántos fueron ni dónde colocarlos en el calendario, en los que desapareció, según me dijo luego, por una intervención médica en la que todo había salido bien. En cualquier caso, no tardamos en tratarlo con la familiaridad que fue mereciendo. Incluida la encargada, por supuesto, que en cuanto se enteró de que era conserje en un colegio y sabía reparar cisternas, grifos, cerraduras, enchufes, puertas, persianas, incluso neveras y máquinas de aire acondicionado, comenzó a pedirle favores que ella pagaba con más refrescos en compañía para que, a su manera, siguiera sintiéndose tranquilo. Vamos, que no conozco a mujer más tacaña. Tuve la suerte de que conmigo congeniara, así que casi siempre fui yo quien lo acompañó un ratito al otro lado del refresco. Como ya sé por dónde suelen ir las cabezas cuando se abordan estos asuntos, le aclararé que jamás me propuso que nos retirásemos a una habitación. Jamás es jamás. Nunca. No hubo excepciones. Así que ese tema se puede apartar sin temor a perder información relevante. Quédese tranquilo. Hablamos de mil cosas, eso sí, sobre todo yo, porque si algo tenía Leo era una inagotable generosidad para escuchar lo que tuviéramos que decirle o preguntarle. Me aconsejó a su estilo, llamémoslo así, porque él desprendía un estilo muy particular por los cuatro costados, sobre las posibilidades que tenía el ciclo formativo de Atención Sociosanitaria, que es el que empecé hace ya algunos años, quizá demasiados, y en el que, aunque muy despacito, me está yendo tan bien que algunos profesores me han cogido cariño y a veces se pasan por el ***. También he de reconocer que, porque es de ley que si recibes tienes que dar, le pregunté en muchas ocasiones sobre algunos temas que sabía que le interesaban y le avivaban el ánimo. Por ejemplo, lo importantes que son las corrientes marinas para que la especie humana no desaparezca (no llegué a entenderlo nunca); o de dónde salen los nombres de los elementos de la tabla periódica (algunos orígenes me sonaban, pero me hice la tonta); o por qué seguía leyendo libros que ya había leído demasiadas veces (recitaba fragmentos cuando menos te lo esperabas y eso daba un poco de escalofrío). Se mostraba tan educado, tan atento, tan solícito y tan prudente, que casi era como encontrarte un unicornio en mitad de una casa a la que solo acuden tipos con mal aliento y ganas de aligerarse los huevos. Disculpe por esto último, pero es que es así. Leo, al contrario que la mayoría de clientes, no nos confió muchos detalles sobre su día a día, su infancia, su familia o sus preocupaciones. Y es de valorar, porque la discreción en estos tiempos se ve menos que un lince en el campo. Pero, aun así, las muchachas y yo teníamos claro que algo no había ido bien en algún momento de su vida. Y lo sabíamos porque todas nosotras nos hemos sentido de un modo parecido. A veces decíamos, todavía lo hacemos, que nuestra vida se asemeja a un frigorífico: sigue enfriando, cada vez hace más ruido y la parte que no queremos que nadie vea la pegamos a la pared. Hace unos cuatro o cinco meses, no más, un cliente se puso de malas con una compañera y me vi en la obligación de intervenir. De un tiempo a esta parte, yo ya no estoy para lo que no estoy, no sé si me entiende, le he cogido un poco de dentera a la faena del cuerpo a cuerpo, pero para dar hostias como panes me siento estupenda y por eso sigo yendo al ***. Así que ese día me planté frente a ese hombre y le señalé la puerta de salida. Lo que escapó por su boca: bruja, puta, muerta de hambre, escoria, basura y no sé cuántos piropazos más. La reacción de Leo, que esa misma tarde había sustituido unas cuantas cerraduras de las habitaciones, fue rapidísima. Se acercó a él, se quitó la chaqueta, se la lanzó a la cara y le golpeó la cabeza con una llave inglesa de un tamaño que yo no había visto antes. Se lio la de Dios es Cristo. El tipo seguía gritándome bruja, bruja, bruja, mientras la frente le sangraba como a un marrano y preguntaba que quién demonios le había partido la cabeza porque con la chaqueta en la cara no había tenido tiempo de ver nada. Al final no nos quedó más remedio que llamar a la policía para que las cosas no se fueran de madre, y tuvimos que esconder a Leo en el almacén. La encargada se estuvo planteando si prohibirle la entrada, por mucho que desde que él llegara no hubiera vuelto a gotear un grifo y las ventanas cerraran como si no tuvieran más de treinta años. Pero el asunto, por suerte, se fue calmando con el paso de los días y él pudo seguir con sus refrescos, la tranquilidad y nuestra compañía. Yo le expliqué en cuanto tuve oportunidad que él no debía meterse en nuestros temas, que hay gente dentro del *** que ya nos cuida y que lo único que podría traerle otra reacción como esa eran problemas imposibles de solucionar. De hecho, hasta donde yo sabía, ese hombre había seguido indagando y ya estaba al tanto de quién le había abierto la frente de par en par, así que le pedí que se anduviera con ojo. En esa misma conversación comenzó a hablarme de las brujas a lo largo de tiempos y países remotísimos que supongo que habría encontrado en los libros que leía, porque yo a él nunca le vi mucha cara de viajero. Me aseguró que esas mujeres habían sido perseguidas, acusadas de ser brujas y rodearse de más brujas, encerradas en sus casas, sometidas y silenciadas. Me puso mal cuerpo, para qué le voy a engañar. Pero tampoco es que le encontrara mucho encaje a ese discurso con lo que había sucedido en el ***. En cualquier caso, signifique lo que signifique todo eso de las brujas, vengan de donde vengan esas palabras, busquen lo que busquen, estoy convencida de que con esa llave inglesa en el centro milimétrico de la frente de aquel hijo de puta, Leo se colocó en el lado de los buenos. Y yo le estaré agradecida siempre. Precisamente por eso me pongo en contacto con usted. Porque quiero darle las gracias una vez más. Aunque este audio ya supere los siete u ocho minutos, lo podría haber resumido con un mensaje de apenas nueve o diez palabras: Gracias, Leo, por ponerte de parte de las brujas. Con eso habría sido suficiente para mí. Aunque supongo que para usted no.

EL CONCEJAL DE ZONA

Disculpe tanta prisa, pero es que tengo una mañana de locos. Hoy asisto a siete compromisos y tres almuerzos, ¿usted cree que eso es normal? Por no hablar de unas cuantas horas de papeleo que no sé de dónde voy a sacar, pero que no me queda más remedio que hacer si no quiero que el inútil del presidente de la confederación de empresarios se me plante en la puerta de la concejalía. Tengo para usted el tiempo que tarde en llegar el coche del consistorio, no se lo tome como algo personal. Pero, vamos, que me da a mí que va a ser más que suficiente. Si me está grabando con algún cachivache, muchísimo mejor, porque no me gustaría que pusiera en mi boca palabras que yo no haya pronunciado. Llevo cinco legislaturas y media siendo concejal. He formado parte de tres partidos políticos y he ocupado cargos en seguridad ciudadana, cultura y fiestas mayores, patronato de deportes, limpieza, gestión de residuos y cementerios, Administración pública local, relaciones institucionales con el obispado y portavocía municipal. O dicho de otro modo: hace años que me salieron unas buenas y recias plumas en los cojones. Sé lo suficiente de esto como para tener claro que si intentas colocar a un medio hervido, por muy familiar tuyo que sea, en cualquier puesto de trabajo que no merezca, se te va a acabar volviendo en contra. Así que jamás se me habría ocurrido dar la cara por ese Padilla, que ni siquiera es mi sobrino, sino hijo de un primo hermano con el que no me hablo porque como mínimo es feminista. Jamás le he pedido a nadie del colegio ni directa ni indirectamente que contrate a ese desportillado, que no me ha traído nada más que problemas. Yo conozco a quien va cacareando todo esto. Y usted también, claro. Por eso estamos hablando ahora mismo. Porque ya le ha ido con el cuento. Pero ¿sabe qué es lo inexplicable e irritante en este asunto? Que ese hombre, el gilipollas del secretario del colegio, no esté masajeándome las ingles cada día de su vida. ¿Y quiere que le diga la razón? Yo se la digo. Pues porque cuando pillaron al jefe de estudios, su compañero y amigo del alma, haciéndose pajas en el coche de una compañera, fui yo quien calmó los ánimos y pidió al periódico que tratara el asunto con el cuidado que merecía, ¿me entiende? Son temas muy desagradables que a nadie le gusta ver en portada. Y mucho menos a la maestra de Gimnasia, que por aquella época no estaba casada y tenía toda la vida por delante. ¿Usted cree que una cosa así no le habría costado el puesto a la directiva al completo? Hombre, por favor, que ese depravado ya tenía acartonada la tapicería del asiento trasero. Mire, le voy a confiar lo único relevante que he aprendido en el desempeño de mi trabajo: el mundo está lleno de desagradecidos. Da igual lo grande que sea el favor que tú hagas, que si te tienen que dar una patada y echarte a la cuneta, lo van a hacer sin dudar lo más mínimo. Y, si no, que se lo digan a ese conserje, al mismo que ahora la ha liado en el colegio. Yo no justifico nada porque eso estaría fuera de todo sentido común. A un nieto mío le hace lo que les ha hecho a esos niños, y aquí un servidor se lo lleva por delante con el todoterreno que tengo en la finca. Pero ¿es normal que echen como a los perros a un tipo que ha estado partiéndose el lomo por la institución durante más de treinta años? ¿De verdad creían que podían hacer algo así y no sufrir ninguna consecuencia? ¿Dónde pensaban que se iba a ir ese hombre? ¿A qué se iba a dedicar? Menuda panda de hijos de puta están hechos esos tres. Un director depresivo y carcomido por la soledad, un jefe de estudios pervertido y un secretario que no le dio consuelo a su madre ni en sus últimas horas. Es más, para que se haga una idea de la calaña de este sujeto, le diré, acérqueme bien esa grabadora, que obligó al conserje a que lo acompañara a arrojar las cenizas de su difunta madre a la playa, sabiendo como sabía, porque es que no había nadie en ese barrio que no lo supiera, que en esas mismas aguas se había quitado la vida la madre del otro quince años antes. Hay que ser muy retorcido. Y, claro, al conserje se le rebalsaron los nervios y le dio un brote de locura allí mismo, así que si no llega a ser por la gente que andaba cerca, le hace papilla la cabeza. Luego el secretario se dedicó a relatar el suceso como a él le dio la gana, claro: que el Majareta hacía sesiones espiritistas en la playa y que iba diciendo por ahí que convertiría aquello en un santuario en honor a su madre. Pero, vamos, que de los setecientos cincuenta euros de multa por tirar las cenizas allí, que es un delito ecológico, no lo libró nadie. Ese barrio es una auténtica locura, y el equipo directivo de ese colegio, una broma macabra de la vida. Ahora ponen cara de que no vieron venir nada, pero eso no se lo cree nadie. ¿O usted sí? No, usted no. Por eso está aquí. Porque no se fía de ellos. ¿A que ese desgraciado chupatintas no le dijo que quien sí fue colocado a dedo fue ese conserje? No el muerto de hambre de Padilla, que lo único que hizo fue pintar algunas aulas por cuatro migajas. No, no. El conserje al que ellos ahora han jubilado por decreto —lo llaman así, *jubilación*, ¿verdad?— ha estado media vida ahí porque su padre, un farmacéutico muy bien relacionado, habló con quien tuvo que hablar en su día para que le dieran el puesto de trabajo. Si se lo digo sin escamotear ni una sola palabra, es porque no hay nada ilegal. No soy tan retrasado como ellos. El colegio ha pertenecido desde siempre a Los Nuevos Hermanos, y esta gente pone, mueve y quita a su antojo, faltaría más. Tengo constancia de todo esto porque, como ya sabrá, a lo largo de los últimos años este hombre ha estado envuelto en algunas cosas incómodas, digámoslo así, que luego han quedado en nada porque probablemente eran eso, nada, pero que siempre hizo revolotear cierta preocupación sobre el ayuntamiento. Nos costó encontrar a alguien que estuviera presente en aquellos años y supiera por qué el farmacéutico y Los Nuevos Hermanos llegaron al acuerdo de contratarlo con ese buen sueldo, casa y suministros cubiertos. Nos costó la misma vida dar con esa persona, como digo. Y lo más gracioso es que la teníamos delante de nuestras narices. ¿Le han hablado alguna vez de su tío? Me refiero al hermano del difunto farmacéutico. ¿No? Qué bien. En ese caso, será un placer hacer los honores.

EL HERMANO MELLIZO DEL FARMACÉUTICO

Siempre he sido un fantasma que ha vivido entre fantasmas. Ahora, porque tengo setenta y ocho años y nadie se acuerda de comprobar si sigo vivo. Antes, porque tomé la peor de las decisiones y, a partir de entonces, pocos quisieron cruzarse conmigo. Me he acostumbrado a merodear por... ¿Cómo decirlo? Por otra dimensión. Sí, eso es. A estas alturas debo de estar hecho de lo mismo que el hueco de debajo de la cama. No me he casado, no he tenido hijos, he trabajado hasta los domingos y casi todo lo importante de esta vida, más que vivirlo, lo he encontrado en lo que tuvieran que decirme otras personas. Entre todo eso que te han contado hay pequeñas verdades con las que han levantado una gran mentira, pero también soy muy consciente de que a veces es justo que la historia de uno no merezca ni una sola verdad. Y me temo que ese es nuestro caso; el mío y de mi familia. En mi descargo te diré que nunca he peleado por lo contrario, y eso, supongo, quiere decir algo bueno sobre mí. Si esta vez rompo mi silencio y hablo contigo, si estoy aquí sentado frente a ti y no te he cerrado la puerta en las narices, es porque el concejal ya me ha advertido de que lo vas a escribir con mi testimonio o sin él, y quizá, en este momento de mi vida, me pueda permitir el lujo de hablar y ser escuchado. A punto de cumplir los dieciocho años ocurrió algo por lo que pagaré hasta que se me pare el corazón, que ya no debe de faltar mucho. Desde entonces he tenido tiempo de darle tantas vueltas como he querido o necesitado, sin que haya podido sacar, ya te lo adelanto, casi nada en claro. Quizá, vete a saber, estés aquí para que eso cambie en el descuento del partido, para que me eches una mano antes de irme al otro barrio. Eso tendría su gracia, ¿no te parece? Una tarde de abril del año 1963, un amigo y yo tomamos una decisión incomprensible para todos e inexplicable para mí, sobre todo para mí. Por eso digo que quizá tú puedas ayudarme en esto de volver a mirar hacia un pasado que nunca ha terminado de irse, que nunca me ha dejado en paz. Una niña camina por mitad de un descampado, y ese amigo plantea uno de esos cruces del destino a los que tanto se recurre cuando aún no sabes nada de la vida pero te empeñas en saber algo. El azar de los necios, lo llamo yo. Ese mismo amigo dice lo siguiente: Si tiramos una piedra y le damos a esa niña, significa esto o aquello, y ese esto o aquello es cualquier cosa que estuviéramos deseando con el alma misma, con las tripas de la razón. Luego, como quien abre una puerta y la señala, me pregunta si estoy de acuerdo con lo que acaba de proponer, a lo que yo respondo atravesando el umbral y diciéndole que sí, que por supuesto, que cuente conmigo. Más o menos ocurre así. De modo que miramos al suelo, buscamos un par de piedras, ni muy grandes ni muy pequeñas, las calibramos en la palma de la mano, las encerramos en el interior del puño, contamos hasta tres, uno, dos y tres, y las lanzamos con toda la fuerza que nos da el cuerpo. Si has venido a ayudarme tal y como te he dicho antes, quizá este sea el mejor momento para hacerlo. Cierra los ojos y mira conmigo hacia aquel día. ¿Ves algo?, ¿puedes seguir la trayectoria de mi piedra? Porque yo juraría que salió en dirección casi opuesta a donde ella estaba. Pero ¿cómo demonios se puede saber si esto que yo digo ahora es verdad? Tal vez no se pueda. Tal vez sea una locura. Lo que sí ocurrió es que esa niña cayó desplomada como si alguien la hubiese desconectado. Nos hemos jodido la vida. Esas habrían sido mis palabras de haberlas encontrado. ¿Sabes cuáles fueron las de ese amigo? Le has dado. Así que coloqué en el centro de mi mente lo que significaban y el hecho de que él las pronunciara. A partir de ahí, día tras día, semana tras semana, año tras año, no dejó de repetir que no cogió piedra alguna, que cómo iba a hacer algo así, que siempre pensó que se trataba de una broma, que es de locos confiar el destino de nadie a abrirle o no la cabeza a una niña. Repetir, repetir y repetir para borrarlo todo. En el informe del forense se concluyó que la muerte de la niña se debió a un traumatismo en el pterion, que rompió a su vez la arteria meníngea media y dio lugar a un hematoma epidural. Cosa que yo memoricé como una canción de escuela, como un misterio del rosario, porque no se cansaron de leérmelo una y otra vez para que nunca se me olvidara. En realidad, podrían haber puesto que la causa de la muerte fui yo, mi sola existencia, mi manera de respirar, y a todo el mundo sin excepción le habría parecido perfecto. Eso que cuentan de que fue enterrada en un descampado o emparedada en un balate o sumergida en una balsa de riego son maledicencias a las que todo el mundo estaba acostumbrado y que, en el fondo, nadie creyó. Porque en realidad la policía la encontró justo donde cayó muerta. Ya la tarde del día de después de que la niña fuese inhumada, nos sentamos mi padre, mi madre, un abogado, un policía, un hombre que no sé qué pintaba ahí y yo mismo en la cocina de mi casa. Hablaron durante un buen rato. Mi padre contestó que vale. Mi madre guardó silencio. El abogado dijo que era la mejor solución. El policía aseguró que volvería en un par de días a por mí. Y el hombre dio las gracias antes de marcharse. Asumí ante un juez que la piedra que golpeó la sien izquierda de esa niña salió de mi mano derecha. Un accidente, una chiquillada, una desgracia. Así que la cosa se quedó en cinco años de prisión, que acabaron siendo tres y medio por buen comportamiento, un puesto de trabajo que compensara esos años de encierro y algún dinero que sirvió para agrandar la venta de mis padres y aligerar la carrera de mi hermano mellizo. Al poco de salir de la cárcel me fui a hacer el largo servicio militar que le debía al país y, una vez licenciado, después de dar unos cuantos tumbos, tomé posesión del puesto que me tenían reservado: enterrador jefe en el cementerio municipal, labor a la que le he dedicado casi toda mi vida, y a la que le dedicaré, además, toda mi muerte, porque no sé si sabes que uno de esos nichos me pertenece según la ordenanza municipal. No es muy difícil deducir que la razón de que todo se desarrollara de esta manera no fue otra que apartar de aquel fatídico día a ese querido amigo, sobrino del gobernador civil, que a su vez era máximo responsable de Los Nuevos Hermanos en la provincia, y al que le bastaba con levantar el teléfono para que se abriera la tierra a tus pies. En esta vida, seguro que ya lo sabes, y si no lo sabes lo acabarás aprendiendo, todo ocurre por algo. De hecho, puede que ahora te estés preguntando por qué te confío una historia que en su día oculté, asumí y sufrí yo solo. Bueno, hay rigores que no aguantan la edad. Ni la mía ni la de ese viejo amigo. Y no está de más que antes de irme al otro mundo su nombre quede escrito en algún lado. Esta información nos lleva, como es obvio, al puesto de conserje que mi sobrino ocuparía casi treinta años después. Pero, si no te parece mal, dado que no acostumbro a hablar a menudo de esto, me voy a permitir el lujo de ir por partes. Durante casi toda mi vida, la relación entre mi hermano mellizo y yo ha sido inexistente. Es más, hay pocas personas que hayan sabido de nuestro vínculo de sangre o que, en caso de que en otro tiempo hubieran estado al tanto, hoy en día sigan vivas y, además, lo recuerden. Tampoco lo culpo por ello. A fin de cuentas, salvo mis padres, todos me sacaron de aquella vida que habíamos compartido hasta que murió esa niña. Cuando me atreví a volver a casa, mi hermano ya se había convertido en un prometedor farmacéutico, había contraído matrimonio y en su casa ya respiraba una criatura que garantizaba el linaje y la reputación de la parte buena de los Almada. ¿Qué pintaba en esa historia un expresidiario que ahora se iba a encargar de enlucir los nichos del cementerio? Poco o nada, seamos sinceros. Así que tomé el camino que con ninguna sutileza me habían marcado y me dediqué a blanquear, tabicar, limpiar, velar y escuchar a los muertos. Enfrascado en esas tareas estuve en silencio, que también es otro buen nombre que se le da a la distancia, durante bastantes años, hasta que un día se presentó su mujer en mi casa. Te estoy hablando de mediados de 1983. Soy Blanca, me dijo, tu cuñada. Esa fue la primera y única vez que la vi, que la escuché y que pude decirle algo. La verdad es que era una mujer de una tenacidad apabullante. Me advirtió de que mi hermano, por supuesto, no estaba al tanto de aquella visita porque le tenía radicalmente prohibido cualquier contacto con nuestra familia, y me expresó su necesidad de saber algunas cosas sobre nosotros, sobre mis padres, sobre la propia infancia de Pedro, ya que su hijo, entrado en la pubertad, le preguntaba por ese vacío sobre el que flotaba una parte importante de su vida. Yo le conté algunas cosas. Tampoco había tanto episodio destacable. Y, por supuesto, incluí el relato que te acabo de confiar a ti, omitiendo, claro está, la compañía de aquel amigo, para que entendiera la razón de que su marido no quisiera saber nada de mí. Como era de esperar, la noté sobrecogida con la horripilante muerte de esa niña. Quizá hasta temerosa de tenerme delante. ¿Quién puede mostrarse indiferente ante una animalada como esa? ¿Quién puede seguir mirándome de igual manera después de saber algo así? Esa mujer, ya te lo digo yo, no pudo. Por eso no volvió por aquí y solo supe de ella, casi un año después, cuando corrió la noticia de que la habían encontrado muerta en la playa. Un suicidio. Todo el mundo lo decía. La pobre no estaba bien, la mala vida, ya sabes, las cabezas que no lo aguantan todo, la tristeza, la parte negra de los días. La mujer, que no quería seguir adelante. Lo escuché muchas veces. Puede que hasta yo lo dijera en más de una ocasión. Un suicidio. Y aun así siempre me hice una pregunta: ¿Y su hijo qué? Yo la escuché hablar una sola vez sobre su hijo, y me bastó para pensar que jamás habría tomado una decisión como esa. Sí, ya lo sé. No es que quien decida coger ese camino quiera morirse, es que no quiere vivir como vive, pero... Esa pregunta... Tendrá una contestación, ¿no? Siete años después de su fallecimiento, a comienzos de 1991, mi hermano se presentó en el cementerio y durante apenas unos segundos tuve la ridícula intuición de que me traía esa respuesta. Pero, como era de esperar, no se trataba de eso. Se había enterado de que la conserje del colegio del barrio donde tenía la farmacia se jubilaba a finales de curso y quería que hablara con alguien de Los Nuevos Hermanos para que contrataran a su hijo. Llevábamos sin vernos casi treinta años, pero lo reconocí en cuanto lo vi acercarse a la escalera donde me había subido para adecentar un nicho. No imagines una conversación que estuviera a la altura del tiempo que habíamos perdido. Qué va. Ese nunca fue el estilo de nuestra familia. Se limitó a pedir lo que buscaba. Ya está. Quiero que hables con alguien para que cuenten con Leo en uno de los colegios. No dijo tu sobrino ni mi hijo, tal y como sí hizo su mujer. Dijo Leo, y eso fue más que suficiente. Me quedé mudo. Por mucho que el tiempo hubiera corrido, yo no estaba preparado para ese reencuentro, para volver a sentir su arrogante manera de dirigirse a mí, su costumbre de emponzoñar el fondo de cada palabra. Solo cuando comprobó que yo era incapaz de abandonar mi silencio, me explicó brevemente que si no sacaba a Leo de casa, si no conseguía ese trabajo, su hijo y él acabarían mal porque desde el fallecimiento de la madre mantenían una relación exasperante. Añadió que ya no era un niño; que no atendía a razones; que Leo era una persona muy poco normal. ¿Vas a hacerlo o no?, me preguntó justo antes de darse media vuelta y salir del cementerio. No le contesté porque no encontré ninguna palabra que acudiera en mi ayuda en aquel momento, pero es más que obvio que hice lo que me pidió. Fui donde tenía que ir, dije lo que tenía que decir y ellos hicieron lo que tenían que hacer porque en esa casa nunca olvidan ni deudas ni deudores. Después de eso, tal y como me esperaba, se lo tragó la tierra. No volví a estar frente a él hasta que, veintidós años después, Leo, mi sobrino, qué raro me sigue sonando, encomendó a un tipo extraño, desharrapado, más sucio que limpio, que me comunicara que acababa de fallecer mi hermano mellizo. Ahí supe que Blanca llegó a hablarle de mí en alguna ocasión. Pasamos juntos una ventosa noche de febrero en uno de los tanatorios de la capital. Los tres. Solos. No vino ningún amigo o conocido a darle el último adiós. Le pregunté si es que no había comunicado a nadie el fallecimiento de su padre. Me contestó que no, y añadió, para mi mayor asombro, que quería que yo me encargara de los pormenores de la lápida, que él lo había intentado con toda la ayuda del mundo, pero que, para fortuna del fallecido, esa gestión había acabado bastante mal. Supuse que una explicación como esa entraba dentro de lo que mi hermano consideraba una persona muy poco normal. Por supuesto, acepté y cumplí. Sobra decirlo, pero no era esa una tarea que me resultara ajena. Incluso me hicieron un buen precio. Mármol gris, letra romana tallada y un epitafio que en aquel momento me pareció justo: Me dieron la oportunidad de ser amado. Nos hemos visto alguna que otra vez, me refiero a mi sobrino y yo, pero reconozco que es muy difícil rehacer algo que en realidad nunca estuvo hecho. Supongo que estarás interesado, yo lo estaría, en saber por qué atendí esa petición de hablar con Los Nuevos Hermanos si él nunca quiso saber nada de este sepulturero, si me apartó de su vida como si fuese un perro enfermo. Yo también me he hecho esa pregunta muchísimas veces. Y solo he sido capaz de contestarla con otra pregunta para la que tampoco tengo respuesta. ¿Por qué le dio ese nombre a su hijo? ¿Por qué Leo? ¿Por qué, a pesar de todo, llamarlo como yo?

EL AMIGO NECESARIO DEL AUTOR

La gente del barrio anda revolucionada. Ya sabe todo el mundo que estás indagando por aquí y por allá, y eso no es bueno para lo que nos traemos entre manos. Por suerte aún no tienen claro de qué va el asunto. Algunos me han preguntado, pero les he dicho que no estoy al tanto, que no me has contado nada todavía. Casi nadie me cree, claro. La cuestión es que eso me lo pone muy difícil a la hora de hacer algunas averiguaciones, porque cuando me ven a mí te ven a ti. ¿Entiendes por dónde voy? Como si tú y yo fuésemos uno, cosa que, bien mirada, no carece de lógica. Tengo la sensación de que ahora mismo pregunte a quien pregunte va a decirme algo. Y eso es muy peligroso, puesto que, bueno, ya sabes, la gran desazón de la vida: qué es verdad y qué no. Por ahora me ha resultado imposible contactar con las dos o tres personas que me dijiste, pero eso no ha sido excusa para dejar de darle vueltas a lo que hizo el conserje y —no te vayas a molestar por esto, por favor— cuál podría ser la mejor manera de contar todo lo sucedido. Ya sé que no me corresponde a mí tomar decisiones en lo que a este tema se refiere. Ni siquiera sugerir propuestas. Sin embargo, no podrás negar que hay algo en la historia de este hombre que te empuja a plantearte cómo debería contarse para que cualquiera que nunca se haya cruzado con él crea a pies juntillas lo que ocurrió. Eso sí que es difícil. Y es que todo se nos está llenando de paradojas. O de oxímoron. Siempre confundo una cosa con la otra. Creo que en este caso es paradoja. Y si no, escucha esto y me sacas de dudas. ¿Quién debería contar esta historia? El conserje, eso es algo obvio. Pero, claro, a él no lo tenemos aquí, así que esa opción está más que descartada. Regresemos, pues, a la pregunta inicial dándole una vuelta de tuerca. ¿Quién no debería contar esta historia? Tú, que llevas más de treinta años viviendo fuera del barrio y quizá seas el que menos contacto ha tenido con él. Pero si no la cuentas tú, que eres casi el único escritor que conocemos, quién lo va a hacer. En esa encrucijada me hallo desde hace días y no sé qué dirección tomar. Tú dirás que no me preocupe por algo que no es de mi incumbencia. Sin embargo, no puedo estar de acuerdo con esa apreciación. Yo creo que la historia de ese hombre habla más de la gente del barrio que de él mismo. Y entre esa gente estoy yo, así que sí, mi palabra tiene su lugar en todo esto. Me da la sensación de que para que todos entendamos lo ocurrido es necesario que cada uno cuente su parte. Ya sea grande o pequeña. Importante o irrelevante. ¿No te parece? Si crees que estoy diciendo una estupidez, interrúmpeme. En este sentido, he pensado en una especie de aforismo que concentre lo que quiero expresar: Cada uno, su cristal, y entre todos, una vidriera. Pero una vidriera imponente, con muchos colores y atravesada por una luz intensa. ¿Qué? Suena bien, ¿verdad? Tiene ritmo. Es pegadizo. ¿Tú crees que alguien lo habrá dicho antes que yo? A lo mejor lo he leído por ahí y voy pregonando que es mío. Eso sería un poco vergonzoso. Ya sé por qué pones esa cara. Pero si me atrevo a hablarte con esta franqueza, es porque no entiendo otra manera de formar parte de esto. Siempre te veo ensimismado en tus propias preocupaciones literarias, en qué harás con este o con aquel personaje, dónde deberías colocar tal capítulo, cuál tendría que ser el sentido último del relato. Como si eso fuese lo más importante para el lector cuando abre cualquier novela. Pues mira, no es así. Eso no le interesa a nadie más que a los escritores. No sé qué es lo más importante, pero sí que eso no lo es. Y frente a todo ese galimatías, yo te digo algo poniéndome en pie: danos la voz a nosotros, que hemos salido y entrado de la historia de este hombre como si fuera la nuestra. Incluso dale la voz al lector, aunque reconozco que no sé si esto es técnicamente posible. ¿Qué es lo peor que puede pasar? ¿Que no des con ningún desenlace? Bueno, qué más da, de eso va la vida, ¿no? De que llegue un último día en el que casi todo se te quede a medias. ¿O es que la gente se muere con la casa ordenada, el informe entregado, los besos dados, las disculpas pedidas y los perdones aceptados? Vamos, no fastidies. Échate a un lado y danos la voz. Échate a un lado, de verdad. Hazme caso. Y no te enfades, que aunque la voz no sea la tuya, la escritura siempre lo será. Nosotros lo decimos. Tú lo escribes. ¿Qué puede salir mal?

EL SACERDOTE DE LA PARROQUIA DE LA VIRGEN DEL CARMEN

Vamos a ver si le damos una vuelta de tuerca a todo, porque la feligresía está decayendo con estrépito. Qué desastre, qué vergüenza y qué descorazonador el mundo que les estamos dejando a nuestros hijos. Es que por no creer ya no creemos ni en el dinero. Pero, bueno, en esta esquinita del mundo vamos a poner en marcha una estrategia de reactivación de la fe, la compasión cristiana y la rendición de pecados ante Dios entre los vecinos del barrio, que, como bien sabes, históricamente han sido muy devotos de nuestra Virgen y de algún que otro santo de buena fortuna y mejor amor. Porque mira que son ignorantes y mezquinos los hijos de puta estos. Lo mezclan todo. Y lo digo con cariño, eh. No me malinterpretes. En este sentido, nuestro anhelo, como te he dicho antes, es que personas de cierta relevancia social participen de un modo visible en las actividades que va a desarrollar esta parroquia. Nada del otro mundo. Echar un rato, arrimar el hombro, dejarse ver, a lo mejor hacer una modesta campaña publicitaria o leer en la misa del domingo alguna epístola o parábola, según se tercie. Y, claro, justo a ti te teníamos en mente para esta línea de actuación. Así que cuando recibí tu llamada, pensé: Ay, Señor mío, cabroncete, siempre tiras tus dados a tiempo. Me alegra de corazón que hayas aceptado nuestra humilde propuesta porque, aunque pueda parecer una cosa menor en el devenir del mundo, estoy convencido de que va a ayudar a que la fe refulja con más intensidad en el pecho de este barrio. Lo necesita. Lo necesita mucho. ¿Te has dado una vuelta por estas calles en los últimos meses? Esto tiene que cambiar. Tanto desempleo, tanta desgana, tanto rendido a la peor de las suertes: la negación espiritual. De modo que no me canso de repetirlo: muchas muchas muchas gracias por tu generosa disponibilidad. Y ahora, sin más rodeos, vamos al motivo de tu visita, que no es mi intención hacerte perder el tiempo con estos temores de viejo párroco de vieja parroquia. Por cierto, viejo párroco de vieja parroquia, pero no recuerdo haberte visto nunca por aquí. A lo mejor cuando eras más joven, ¿no? ¿Qué edad tienes ahora? A tus padres sí los he visto en más de una misa de difuntos y cuando han despedido del trabajo a tu hermano o estaban esperando los resultados de una biopsia. En fin, da igual, nada que no tenga remedio con tu valiosísima participación en lo que está por venir. Y perdona, que me estoy desviando otra vez. A lo que íbamos. Leo, el conserje, solía frecuentar la puerta lateral de la parroquia y charlar distendidamente con Fernando, el que fue nuestro único mendigo hasta que murió hace cosa de seis o siete años. Como mucha otra gente caritativa del barrio, le traía comida y bebida, ropa de abrigo y, en fechas señaladas, algunos billetes pequeños para que le diera una alegría grande al cuerpo. Quizá la única ofrenda que él y solo él le hacía a diferencia del resto era un montonazo de libros que iba acumulando en el portalón y que solía leer al cuchicheo, como si rezara un rosario o te confiara un secreto. Siempre con un bisbiseo que a veces resultaba musical y otras, desagradable. Fernando era un tipo muy querido. Inofensivo, educado para los tiempos que corren, con un envidiable sentido del humor y esa elegancia natural que nada tiene que ver con el dinero. Su historia es tremenda. Fue el segundo hijo de un matrimonio que, volviendo de viaje de un hospital de Granada, se pegó contra un eucalipto cuyo tronco era más grueso que todos los pilares juntos de esta iglesia. Se quedaron en el sitio, claro. Al menos en parte. Porque el impacto fue tan terrible que las extremidades salieron disparadas y no las encontraron todas. Los dos hijos hicieron vida con una tía por parte de padre que vivía en Murcia, para ser exactos en Caravaca de la Cruz, que ya sabrás que es tierra de peregrinación para nosotros y para los incontables devotos de la Santísima y Vera Cruz. Con el paso de los años, por lo que sé, el mayor de los huérfanos se fue a Alemania, dejando atrás una canallada imperdonable. En cambio, el menor, es decir, nuestro Fernando, un buen día volvió al barrio y asumió vivir al sombrajo de decisiones equivocadas: más alcohol de la cuenta, largas temporadas de desempleo, pequeñas deudas para salir de los apuros y mucha desesperanza para un cuerpo que nunca dio un paso más allá de los sesenta kilos de peso. Por suerte para su alma, siempre fue un hombre de fe y se mantuvo al margen de la delincuencia y de las ideas impuras. Por eso la gente del barrio lo quiso y lo trató con la dignidad que merecía. Pero la relación entre Leo y Fernando no se origina con la limosna que le llevaba a la puerta lateral de esta nuestra parroquia. Se fraguó mucho antes, cuando Fernando era alumno de este colegio, y Leo ya era dueño y señor de la conserjería. Quienes compartieron alguno de aquellos momentos escolares recuerdan que el pequeño Fernando pasaba recreos, horas muertas y tardes enteras al rebufo de un conserje que le explicaba cómo funcionaban las llaves de paso de las fuentes del patio, cómo se diferenciaba un viento malo de un viento bueno o cómo salir de una balsa de riego si tienes la desgracia de resbalar y caer dentro. Precisamente fue Leo, en el ejercicio de sus funciones, quien subió a la clase de Fernando para pedirle que bajara a la entrada porque algo irremediable les había sucedido a sus padres. Unos dicen que, nada más salir del aula, abrazó al chaval y empezó a llorar con un desconsuelo infinito sobre su pequeño hombro. Otros, que no hizo nada porque nunca fue persona de mostrar sus sentimientos. Yo más bien estoy con estos últimos. Tampoco es que lo conociera demasiado, pero, con motivo de aquel episodio en que sacó a algunos alumnos al patio con el fin de contemplar una luz en el cielo, seguro que te habrán hablado de eso, la dirección del centro se puso en contacto conmigo para ver si le encontraba alguna explicación razonable. Por entonces había vecinos que aseguraban que aquella acción del conserje estaba relacionada con el reciente hallazgo en los alrededores del cementerio de unas huellas fosilizadas sobre una gran roca, que no tardaron en atribuir a la Virgen María, san José y una mula de pezuña inquietantemente pequeña. Santo Dios, solo con recordarlo me muero de vergüenza ajena. ¿Ves lo que te digo? Aquí la gente tiene la brújula escacharrada. ¿Te puedes creer que me vi en la obligación de bendecir la piedra porque alguien había hablado con la diócesis y me llamaron al orden por incumplimiento de mis funciones eclesiásticas? Ese día no faltó nadie a la ceremonia. Tendrías que haberme visto: ahí estaba yo dando chorretazos de agua bendita, gritando glorias y pidiendo padrenuestros muy por encima de nuestras posibilidades. Ahora bien, cuando tuvimos que desescombrar la zona y acotarla con un cordón rojo y cuatro borlas, no arrimaron el hombro ni los monaguillos. En cuanto a lo de Leo, más que investigar sobre el asunto, le comuniqué a la dirección del centro lo que yo sabía y pensaba: que justo una o dos noches antes de ese día, el de los alumnos tumbados en el suelo y una luz cegadora que debía atravesar el cielo, al conserje le dieron la terrible noticia de que su padre había fallecido en la residencia de ancianos. Yo lo supe porque era, y sigo siendo, el párroco encargado de dar la comunión o extremaunción a los residentes según se tercie, pero en el barrio no se enteró casi nadie porque fue voluntad del hijo que se llevara el asunto con discreción; cosa que me disgustó, la verdad, porque ese hombre se ha dejado muchos billetes en esta casa y se merecía una buena misa de difuntos. Y tú te preguntarás que qué relación puede haber entre ese fallecimiento y la decisión de sacar a los alumnos a contemplar el cielo, ¿no? Pues la que él quisiera darle. ¿O es que Jesús no les lavó los pies a sus discípulos como gesto de humildad en lugar de simplificar la escena diciendo soy el más humilde de todos? ¿O es que en este barrio no han querido ver en una piedra la prueba irrefutable de que José, María y un borrico pasaron justo por aquí cuando iban camino de Belén, que nos coge a más de cinco mil kilómetros por carretera de peaje? ¿O es que las palabras *luz*, *cielo* y *muerte* no son de las más empleadas en los versículos de la Biblia? Yo no lo veo tan difícil de conectar. Si se quiere, se liga todo. Solo hace falta tener cierta tendencia a la abstracción, al simbolismo, a la espiritualidad, que es en esencia lo que nos diferencia de una nutria o de la maroma de un barco. Claro que, teniendo en cuenta cómo están las cosas por aquí, ponte tú a explicárselo a los quince o veinte que vienen a misa los domingos. Ni se me ocurre. El conserje y yo nos saludábamos cuando nos cruzábamos en la calle, pero no éramos de mantener largas conversaciones. Y bien estuvo que fuera así, porque me dio algún que otro disgusto que yo nunca supe olvidar. ¿Te puedes creer que el secretario del colegio me avisó de que este hombre estaba recabando firmas para que declararan la playa santuario de silencio y yo qué sé qué más? Santuario de silencio, decía. En este barrio, ni santuario, ni silencio ni pollas en vinagre. Y perdona la expresión. En este barrio, la Virgen, el Señor y el niño que está en la cuna. Punto final. Yo entiendo que lo que le pasó a su madre fue durísimo, inconmensurable, el súmmum del dolor, pero todo tiene unos límites. Y esos límites son el respeto a la palabra de Dios. En fin, que dejé de verlo, más bien empecé a verlo menos, cuando murió Fernando, el mendigo.

Volví de uno de mis retiros espirituales y me di cuenta de que en el portalón ya no había nadie. La chica que limpia la sacristía me contó que de madrugada le entró una fiebre muy alta y una ambulancia se lo llevó deprisa y corriendo, pero que ya iba medio muerto porque la lengua, tiesa, blanca y por fuera, le brillaba como una daga. Le celebré una sentida misa de difuntos a la que vino bastante gente. Manda huevos que a veces sea necesario que la muerte nos visite para que la iglesia vuelva a ser la casa de todos. En cuanto a eso que Leo ha hecho con los alumnos, solo diré que los niños son sagrados en esta y en cualquier religión, y que no hay Dios que no castigue algo así. Diría alguna cosa más, pero me temo que no conviene a nadie. Así que, salvo que me preguntes por otra persona u otro asunto, en poco más te puedo ayudar. ¿Te importa si te llamo un día de esta o de la próxima semana y comentamos lo que tengo pensado hacer en la iglesia? ¿Conoces nuestro coro? Podrías recitar algún poema. Tuyo o de cualquier otro escritor. Eso me da igual. Lo importante es que se entienda, eso sí, que cuente una historia con sus personajes y su misterio, porque si no la gente desconecta y empieza a cuchichear y se enrarece el ambiente. También he pensado en formar una compañía de teatro. Poco a poco. Sin prisa. Con chavales jóvenes que quieran dejar los vicios. Autos sacramentales, alegorías, fábulas, quizá un pequeño musical, que ahora está muy de moda.

Pero, si te parece, lo hablamos con calma cuando tú puedas. Ahora es que se me hace tarde para la misa en el centro penitenciario. Allí son muy quisquillosos con los horarios.

LA CONFERENCIA EJECUTIVA DE LOS NUEVOS HERMANOS EN ASAMBLEA PLENARIA

Ante la situación de alarma generada por la acción de un antiguo empleado de esta honrada casa, los miembros reunidos en asamblea plenaria de la Conferencia Ejecutiva de Los Nuevos Hermanos, celebrada en sede oficial, sita en plaza del Cordero sin Defecto, número once, manifiestan lo siguiente: 1. Que el episodio tuvo lugar cuando ya se había comunicado la ruptura de la relación contractual entre el susodicho y la empresa. 2. Que, como principal parte afectada, hemos tomado las medidas oportunas con el fin de que se esclarezcan los hechos y se subsane cualquier perjuicio físico, moral y económico. 3. Que, inspirados en los principios de la Doctrina Social de esta casa, fieles a nuestra misión, que nos invita a ofrecer una orientación moral, a iluminar las conciencias y a impulsar la búsqueda de soluciones a los desafíos, queremos compartir la siguiente reflexión: La buena palabra de nuestro Santísimo Cristo Jesús Redentor nos llama a ser hijos del mismo Padre que fundamenta la fraternidad. Esto nos obliga a todos sin excepción a buscar la verdad y el bien del prójimo, excluyendo toda violencia, cultivando el perdón cristiano y estimulando el ejercicio de la caridad social. Elevamos nuestra oración al Señor para que acreciente en nosotros la convicción de que la concordia sigue siendo posible.

EL RESPONSABLE DE COMUNICACIÓN SOCIAL DE LOS NUEVOS HERMANOS

Me voy a cagar en mi santa existencia. Pero ¿usted cree que nosotros podemos perder el tiempo en aclarar lo que hace o deja de hacer un tipo que está como un cencerro? ¿Sabe la cara que me puso el presidente cuando le trasladé la conveniencia de que la Conferencia Ejecutiva publicara un comunicado sobre lo sucedido? Eso no se me olvida a mí en la vida. Llevo días durmiendo con un ojo abierto y un pie en el suelo. Y todo desde que un concejal del ayuntamiento me dijera, de pura casualidad, que alguien, es decir, usted, estaba preguntando sobre el asunto. Vamos a ver, vamos a ver, vamos a ver, porque no quiero perder los papeles en un día que ya de por sí no ha empezado con buenas noticias. Siéntese, se lo ruego. Flaco favor le estaríamos haciendo a la verdad si nos pusiéramos a mezclar una cosa con todas las demás cosas. Este tipo hizo lo que hizo porque le salió de los huevos. Punto. ¿Me entiende? ¡Punto! Y luego, si se quiere, y por lo que veo usted quiere, en otro lugar muy lejano del pasado, casi en una dimensión paralela, en una galaxia que está a tomar por culo de aquí, se decidió su contratación para el desempeño de la labor de conserje, por las razones que ya hemos deslizado en el comunicado: el ejercicio de la caridad social y el perdón cristiano. Nadie puede pasar por alto que somos los primeros damnificados, junto con esos pobres niños, de cuanto decidió hacer este hombre cuando le trasladamos lo que hemos llamado *jubilación anticipada*, por no decir a las claras no vengas a trabajar, que ya te pagamos igualmente. Ni siquiera el despido, que también podría haber sido porque, respetando la ley, habríamos estado en nuestro derecho. La cuestión es que si empezamos a conectar esto con aquello, una cosa con otra y lo de más allá con lo de más acá, vamos a salir malparados todos. Y en esto me vuelvo a incluir yo y lo vuelvo a incluir a usted. Creo que hemos sido muy comprensivos y tolerantes en el comunicado que ya le hemos entregado en primicia. Si lo vuelve a leer con atención, verá que nuestra postura sigue siendo la misma de antes de producirse los hechos que nos han traído hasta aquí, y eso es de valorar muy positivamente, teniendo en cuenta que muchos de los padres de las víctimas están pidiendo por escrito y de viva voz la cabeza de este hombre. ¿Me quiere explicar qué relación existe entre la barrabasada que ha cometido el conserje ahora y la decisión de que nuestra honrada organización lo contratara hace más de treinta años? ¿Qué gana usted, él o nosotros pulsando el botón que abre la puerta del volquete de confusión, por no decir de estiércol, que nos va a caer encima? Porque una cosa le voy a decir sin ningún tapujo: si esto termina tomando un camino indeseado, la prejubilación se impugna, adoptamos medidas legales contra él y contra usted, y ese colegio, si es necesario, se cierra durante una buena temporada. Me gustaría que se tomara su tiempo para pensar sobre todo este asunto y las presumibles consecuencias que puede traer. Y no es una amenaza. Es la descripción objetiva anticipada de lo que sucederá, porque uno ya tiene alguna experiencia en esto. Tampoco es tan difícil ver qué pieza hará caer cada pieza. Yo creo que usted me entiende a la perfección. Por cierto, no le he ofrecido nada de beber. Disculpe. Son los nervios. Ya le he dicho que la mañana ha empezado mal para mí y, además, esta historia de ingratitud y cinismo me enerva sobremanera. La familia nos suplicó que lo contratásemos porque era un inadaptado social que iba a terminar por hacerle algún daño a su padre y a quien se pusiera en medio. Eso lo tenemos por escrito en nuestro archivo de buena fe. Y nosotros, quien fuera de nosotros, porque yo en aquel tiempo, a comienzos de los noventa, estaba pegándole patadas a las piedras, como institución comprometida con la verdad y el bien del prójimo, decidimos acogerlo como uno de los nuestros y darle techo, amor, compañía, orden y supervisión. Sí, lo que está escuchando. También orden y supervisión. Porque ¿quién, durante todos estos años, varias décadas, que se dice pronto, ha conseguido que este hombre no solo se mantuviera dentro de unos límites razonables, sino que contribuyera de un modo indubitado al bien de la comunidad? Nosotros. Los Nuevos Hermanos. Y bien orgullosos que nos sentimos por ello, a pesar de los sinsabores que a veces traen el altruismo y el compromiso con la palabra de Dios. Contratamos a ese hombre y lo volveríamos a hacer si se dieran idénticas circunstancias. Es más, hablaremos bien de él siempre. Pero ha de saber que ese *siempre* se puede diluir como un azucarillo en un café si alguien pronuncia el nombre que nadie debiera pronunciar. ¿Me entiende? Contésteme. ¿Me ha entendido? No juguemos a confundirlo todo. Esta es una casa que ha velado por la limpieza, la moral y la justicia desde que se fundó hace ya más de un siglo. No vamos a tolerar que peligre aquello en lo que creemos y por lo que vivimos. Ni un poquito. De modo que, en cuanto usted salga por la puerta, nosotros haremos público ese comunicado de la Conferencia Ejecutiva, y a partir de ahí las cosas dependerán de las decisiones que tomen. Él y, por supuesto, usted también. No sé qué relación tiene con el conserje. Alguna habrá cuando está sentado ahí. Así que, a la primera oportunidad que tenga, le ruego que le comunique de nuestra parte —nosotros lo hemos intentado y ha sido imposible— las siguientes palabras: La verdad está hecha del mismo barro que la mentira. Y ahora sí, dígame, qué quiere que le ponga de beber. Hoy tengo por delante un día muy largo, así que lo voy a acompañar con lo mismo que usted tome. ¿Me permite que le recomiende un brandi? Si le da cargo de conciencia, se lo bendigo en un santiamén y listo. Que no, hombre, que no. Que es broma. Dígame: ¿por quién brindamos?

EL PADRE QUE EXIGIÓ UNA INVESTIGACIÓN

Nosotros no hemos pedido la cabeza de nadie. ¿Para qué? Analizados los hechos, las cosas se piden solas. Si quiere le envío una copia del escrito que registramos en su momento en la secretaría del propio colegio. Pero, vamos, sobra decir que este trámite era absolutamente prescindible porque, dada la magnitud de lo sucedido, ya estaban obligados a iniciar la investigación y a adoptar medidas. De modo que la única razón por la que lo hemos presentado es para ver si así podemos estar informados de todo lo que ocurra, y para que luego no se diga que los padres y las madres del alumnado de este colegio no están comprometidos con la educación de sus hijos, tal y como se ha sugerido con muy mala baba en algunos medios de comunicación. A día de hoy, no hemos recibido ninguna respuesta por escrito. Creo que tienen hasta tres meses para hacerlo y mucho me temo que van a agotar el plazo. Pero sí puedo decirle que me citaron a una reunión informal en la rectoría que Los Nuevos Hermanos tienen en la capital, en la ya famosa plaza del Cordero sin Defecto, y que allí estuvimos la madre de otra alumna afectada y yo. A esa reunión asistieron el director y el secretario del colegio, un tipo que dijo ser el jefe de comunicación y un hombre muy mayor que se identificó como un siervo de Dios y que fue el único que habló. En aquel encuentro abordó muchísimos temas. Tantos que mi compañera y yo nos mirábamos desconcertados porque no sabíamos hacia dónde nos quería llevar con la infinita perorata: la unidad de España, el relativismo moral, la disolución de la fe, la proclamación de la nada, la imposición del todo vale, el alquiler por las nubes y los impuestos disparados. Hasta que hizo una pausa muy hostil, no le miento si digo que su silencio duró dos o tres minutos, y entonces pronunció el nombre y el primer apellido del conserje: Leo Almada. Y luego añadió: Ay, los Almada. Nos pidió tranquilidad y que nos fuéramos a casa con la certeza de que la institución sabría cómo afrontar lo que tuviera que llegar. Nosotros intentamos en algún momento de su intervención preguntarle cómo era posible que se hubiera hecho realidad tal pesadilla, qué había fallado para que nuestros hijos acabaran en el centro de esa locura, de qué modo se podía justificar que el conserje hiciera desaparecer un minibús lleno de niños. Pero, en cuanto veía que íbamos a pronunciar palabra, alzaba la voz y cantaba un salmo responsorial al que todos respondíamos con un amén o un roguemos al Señor te alabamos óyenos, según lo que buenamente nos cuadraba. Ahora puede resultar un pelín ridículo, pero ese hombre sabía lo que se hacía, ese hombre era dueño y señor de hasta la última palabra del diccionario. Nos aseguró que, a veces, la mejor reacción es la que no se produce de modo súbito, sino la que brota y crece como la hiedra. Y que ellos estaban orando con el fin de que Dios iluminara las piedras a las que esa hiedra debía agarrarse para coger impulso y continuar con su ascenso. No le voy a negar que sostuvo tanto la metáfora de la planta trepadora, que yo me perdí y no alcancé a entender en toda su hondura lo que intentaba explicarnos. La madre que me acompañaba, en cambio, se sintió conmovida y así me lo dijo al salir, con los ojos arrasados por las lágrimas y un inquietante temblor de mandíbula. Ahí se le notó que llevaba media vida siendo catequista. En cualquier caso, si saqué algo en claro de aquel encuentro, no vino de lo que nos dijo ese hombre o del sentimiento de la mujer que me acompañaba, sino de lo que deduje yo mismo. Y es que me da la impresión de que todos tienen sus propias razones para que nadie sacuda más de la cuenta este avispero. Aquí también incluyo a padres y madres, no te vayas a creer. Porque dígame usted a mí qué hacemos con los niños si a esta gente le da por cerrar el colegio hasta que se aclare todo lo ocurrido. Además, que, por mucho que ahora estemos enzarzados en este acto del diablo, nadie le va a negar que el colegio tiene cosas buenas y muy buenas; que aquí el que más y el que menos está satisfecho con la manera de enfocar la educación. Vieja escuela, ya sabe. Los alumnos salen con un poquito de mili hecha y las alumnas, con un diploma de hogar. Luego ya que cada uno coja el camino que quiera, que para eso vivimos en un país moderno. Esperaremos con paciencia a que nos llegue la respuesta a nuestro escrito. Pero mucho me temo que, independientemente de lo que se diga ahí, las cosas del día a día van a cambiar muy poco. La justicia ya ha cogido las riendas del asunto y, con el paso de las semanas, la gente, sobre todo la que no vio expuesto a su hijo, se quedará con que las aguas han vuelto a su cauce natural. Salvo que se descubra algún detalle que ahora mismo se nos esté escapando, claro. Eso podría cambiarlo todo. No sé si usted sabe algo que nosotros no. Si es así, le ruego que lo comparta conmigo. Por el bien de nuestros hijos e hijas. Y si el problema es que no se puede enterar nadie, cuenta usted con mi absoluta discreción. Soy una tumba. Dígame: ¿cambio a mi hijo de colegio?

EL MENDIGO QUE NUNCA ESTUVO MUERTO

Qué malo me puse aquella noche. Me entró un frío por el cuerpo que pensé que me quedaba en el sitio. Y del dolor mejor ni hablar, porque es nombrarlo y todavía se me afloja la mandíbula. No era de este mundo, se lo aseguro, y si lo era, qué mundo más horroroso nos ha tocado vivir. Tengo un recuerdo hecho de intermitencias, de diapositivas que se superponen. Al principio, un primer plano de la manta con la que solía taparme, luego los zapatos negros de una mujer, el olor del incienso mezclado con el de la orina, unas manos apartándome el pelo de la cara, el remolino de las luces de la ambulancia, las voces girando a toda velocidad, el tejado a dos aguas de la iglesia, el barrio entero a vista de pájaro, cada vez más pequeño, minúsculo, apenas como un punto final, hasta que me vi viajando agarrado a la cola del cometa Halley.

Diagnóstico: un atasco intestinal grave en el que las heces se resistían como un gato enganchado a una cortina. Cuando desperté de ese viaje astral, no podía ni estremecerme. Era como si alguien quisiera vaciarme tirando de un anzuelo. La fiebre, además, no terminaba de irse, así que me tuvieron en el hospital once días con una dieta rica en calmantes, antibióticos, ultrasonidos y estertores de mi compañero de habitación, hasta que logré desalojar toda la basura que llevaba semanas acumulando dentro. Once días tumbado en la cama de un hospital dan para mucho. La cabeza tuvo tiempo de sacar a la calle los muebles viejos y la ropa pasada de moda, ya me entiende. ¿Sabe cuántos años hacía que no descansaba sobre un colchón como Dios manda? Casi los mismos que no comía tres veces al día sentado en una mesa con un televisor enfrente. O que me duchaba con agua caliente y gel con aroma de coco. Una enfermera me trajo unas pantuflas de su marido con el escudo del Barcelona que eran de una comodidad que yo ya había olvidado por completo. Y mientras le llegaba la hora al de la cama de al lado, un celador me prestó una radio con auriculares para que no escuchara el glugluteo que le salía del agujero de la garganta. Con apenas treinta y siete años me vi en una situación y con unos pensamientos que no hablaban bien de mi futuro. En cuanto me dieron el alta, ni se me pasó por la cabeza volver al barrio y mucho menos al portalón de la iglesia. Quita,

quita. Me planté aquí, en Caravaca de la Cruz, donde mis tíos nunca me negaron un plato en la mesa y una cama donde cerrar los ojos. De hecho, cuando mi tía me vio llegar, ni siquiera preguntó qué me había pasado. Y eso que en aquellos días no pesaba más de cincuenta kilos y vestía una chaqueta del área de digestivo que las enfermeras me habían regalado a mi salida del hospital. Precisamente fue ella, mi tía, la que me dijo que le había llegado la noticia de que en aquel barrio se pensaba que me había muerto de una fiebre endemoniada y que como prueba horrorosa había dejado una mancha en el suelo donde deliré aquella madrugada. Que piensen lo que quieran, le contesté yo. Y no lo dije de malas. Lo dije en su sentido literal. Que piensen lo que les apetezca o les venga mejor en cada momento. En realidad, siempre fueron bastante generosos conmigo, así que no tengo nada que reprocharles. Al contrario. Todavía conservo algunas de las cosas que me ofrecieron mientras estuve ovillado en aquel portalón. Mire, este escapulario que casi no me quito nunca me lo regaló el párroco el primer día que dormí a la sombra de la iglesia. Repito: el primer día. Como si ya supiera que iba a estar allí los próximos seis años. Ese hombre tiene un corazón que no le cabe en el pecho. Le gusta irse por ahí a hacer sus cosas, ya sabe a qué me refiero, él los llama *retiros espirituales*, pero tiene una fe inquebrantable y nunca me pidió que me echara unos metros más allá de la puerta de la casa parroquial. Y eso que no es agradable que lo primero que veas y huelas en el día sea a un tipo que ni se ducha ni se afeita. Además, tengo que decir que como él hubo muchos. Y sí, entre ellos, por supuesto, Leo, el conserje. Para mí, un amigo. Aunque quizá esa palabra se quede corta. Le podría contar muchas cosas sobre él, pero me temo que no las compartió conmigo para que ahora haga yo lo mismo con usted. Eso, no obstante, no me impide contestarle a algunas de esas preguntas que me ha hecho porque me afectan de una manera directa y ahí sí tengo yo algo de soberanía. No es verdad que, siendo un niño, me pasara los días enteros correteando detrás del conserje mientras él hacía su trabajo. Y tampoco es verdad que fuera él quien me dio la noticia del fallecimiento de mis padres. Me la comunicó el director del colegio en compañía del maestro de Religión, mientras este último no paraba de decirme que no me preocupara, que Dios los había fichado para jugar en su equipo de fútbol. Lo que sí hizo Leo por mí fue otra cosa más importante que todo eso. O al menos más determinante. Cuando yo apenas era un chaval, compartió conmigo su amor por los libros y no paró hasta que hice mía esa pasión. Cada dos o tres semanas, como quien se acuerda de regar una maceta en la ventana de la cocina, aprovechando que yo estaba jugando durante el recreo, me metía un libro en la mochila y así, cuando llegaba a casa, lo descubría, a veces con alegría y otras, también tengo que decirlo, con sopor. A mí los que me gustaban en aquel entonces eran los de pandillas en un pueblo, los de aventuras por las vías del tren, los de fantasía al otro lado del espejo y ya, si salía algo relacionado con el mundo subacuático, mi vida se suspendía el tiempo que durara la lectura. Pero lo cierto es que a veces me encontraba libros que versaban sobre el origen de las abejas, las corrientes marinas o por qué la atmósfera es mejor que un cristal antibalas. Estos, en muchas ocasiones, no me los leía enteros, aunque lo intentaba ante el temor de que me sacara conversación sobre alguna parte del libro y yo no supiera por dónde tirar. Me he preguntado muchas veces por qué hizo algo así conmigo. Y yo creo que la única respuesta radica en la posibilidad de que no solo lo hiciera conmigo. Es decir, es muy probable que compartiera libros con más alumnos del colegio, lo que pasa es que dudo mucho que, después de la putada que ha hecho a esos niños, alguien vaya a reconocerlo abiertamente. Cuando mis padres tuvieron aquel accidente, yo estaba terminando 8.º de EGB y mi hermano ya hacía tres años que estudiaba en el instituto. Nos tuvimos que instalar aquí, en casa de mis tíos, y fue desde aquí, por tanto, donde seguimos descubriendo lo que nos iba ofreciendo la vida. Que en mi caso fue una adolescencia aletargada en un instituto del que apenas recuerdo nada, la carrera de Ciencias Medioambientales junto con un doctorado muy bregado en Geología, mi primer trabajo en una fábrica de calzado, un matrimonio que no duró más de dieciocho meses, la imperdonable traición de mi hermano, el horroroso fallecimiento de mi tío y la incapacidad de recomponerme cuando sentí en mi cabeza que todo saltaba por los aires. Este es un aceptable resumen de aquella época. Y se lo cuento porque en ninguno de esos momentos de mi vida dejé de abrir un libro. Leía cada día con el mismo instinto con el que me abrigaba cuando hacía frío o me echaba algo al estómago si tenía hambre. Soy consciente de que la lectura, por muy bueno que sea el libro, no convierte a mi hermano en mejor persona ni le inocula el principio de lealtad a mi mujer ni le extirpa a tiempo un tumor a mi tío, pero a mí siempre me ha traído un alivio que no he encontrado en otros sitios, y eso se lo debo a Leo. Por desgracia, también llegó a mi vida el alcohol, que es un atajo bastante asequible para encontrarles acomodo a los dolores. Bueno, más bien a los tormentos. Cuando todo se fue al traste, cuando mi tía me dijo un centenar de veces que no soportaba ver en qué me había convertido, me quité de en medio y volví al único sitio en el que yo había sido despreocupadamente feliz. A ese barrio. Y le juro por Dios que, una vez que estuve allí, intenté rehacerme hasta donde pude, hasta donde mis fuerzas alcanzaron, pero lo innegable es que a los pocos meses ya estaba exhausto, hueco por dentro y tumbado en una colchoneta de camping a los pies de la parroquia. Al principio, cuando se acercó al portalón, ni lo reconocí. ¿Cuántos años habían pasado? ¿Casi veinte? Fernando, te he traído algunas cosas, me dijo Leo con familiaridad, mientras rebuscaba en una mochila que se había descolgado de la espalda. Esas cosas eran un termo lleno de café, una chaqueta cuyo interior estaba tejido con una lana que no me he vuelto a cruzar en mi vida y cuatro desvencijadas, muy castigadas, novelas de la colección Austral que todo el mundo ha visto alguna vez pero pocos han leído. Me puse a llorar durante un buen rato, y él, sin decir ni hacer nada, me acompañó como quien aguarda a que escampe para tender la ropa recién lavada. A partir de ese momento nos vimos casi todos los días. A veces, mañana y tarde. Conversábamos sobre nuestras inquietudes más mundanas, comentábamos algunos de aquellos libros, le contaba las cosas que otros vecinos me habían contado para que siguiera contándolas por ahí, me traía lo que él entendía que podía necesitar y yo cumplía con los favores que me iba pidiendo. Supongo que esto último lo hacía para obligarme a mantener la mente ocupada en algunas tareas, casi todas ellas más de su estilo que del mío. Por ejemplo, me encomendaba comprar algún que otro artículo en el bazar chino del barrio, que, curiosamente, estaba donde una vez estuvo la farmacia de su familia; o que en mitad de la noche, cuando nadie me viera, metiera un libro en un buzón; o que le diera un recado importante —la muerte de su padre, sin ir más lejos— a un tío suyo que, por viejo y antiguo sepulturero, me provocaba temblores nada más acercarme. La misma noche del día en que murió su padre, se pasó por el lateral de la iglesia para preguntarme, en mi ya lejana condición de doctorado en Geología, si yo sabía de algún tipo de piedra que fuese adecuada para fabricar una lápida. Le contesté que lo normal solía ser el mármol o el granito, porque son fáciles de trabajar y permiten un pulido muy vistoso. Pero él me dijo que por ahí no iba el asunto. Que quería el nombre de una piedra que, en caso de que su padre volviera a abrir los ojos allá adentro, nunca la hubiera visto antes, que ni siquiera pudiera sentir el suave alivio de lo conocido. Me sobrecogieron esas palabras. Yo sabía que la relación con su padre estaba mal, pero jamás había imaginado la magnitud de ese desprecio. Le dije que, en ese caso, pondría una lápida de condrita, que seguro que no se la habría cruzado nunca en la vida. Después le expliqué que, en realidad, si quería esa roca, se la tendría que pedir al mismísimo cielo y con toda la ayuda que encontrara, porque solo nos llega con la caída de meteoritos y en fragmentos no muy grandes. Lo que vino después fue una historia que nadie ha podido olvidar en el barrio. Supongo que ya está al tanto de lo que ocurrió a la mañana siguiente con los alumnos tumbados en mitad del patio del colegio. Claro que está al tanto. Allí no hay quien no lo cuente a su manera, ¿verdad? Aunque en realidad, por mucho que los vecinos retuerzan la historia, solo hay una explicación para aquello. Leo estaba cumpliendo con lo que yo le había indicado: pedirle condrita al cielo con toda la ayuda que encontró. A veces, cuando las cosas se ponían intensas, y el día que murió su padre sin duda se pusieron, le costaba ir un poquito más allá de lo literal. Y esa limitación era muy jodida, aunque algunos le viéramos cierto encanto. En cuanto a la canallada que dicen que hizo con los alumnos después de que lo largaran, poco le puedo aclarar yo. Desde que me vine aquí, no he vuelto a hablar con él, y supongo que sé lo mismo que cualquier persona que haya leído la noticia en el periódico. Pero ya le adelanto que a mí todo ese asunto de la niña que encontraron en el hotel no me cuadra con Leo. ¿Por qué iba a hacer algo así? ¿De verdad alguien cree que, en todos los años que dedicó a ese colegio, nunca pensó en dejarlo por su propio pie? Claro que sí. Muchísimas veces. Si en el fondo aquel era un trabajo de mierda. Lo sé porque él mismo me lo dijo en varias ocasiones. De hecho, yo lo animaba a dejarlo, a empezar una vida distinta en cualquier otro lugar si intuía que podía ser un poco más feliz de lo que era. Y él, en un par de ocasiones, me confió que había un viejo compañero de carrera de su padre que había montado un laboratorio no sé dónde, y que ahí seguro que le encontrarían un buen desempeño: en la portería, en las noches, en la limpieza, en los almacenes... Y volvería a empezar. Otra vez de nuevo. Una historia desde el principio. Así que no le veo ningún sentido a que cometiera esa salvajada por el hecho de que decidieran echarlo de esa casa. No puede ser esa la razón. De hecho, estoy convencido de que si lo llamase en este momento, compartiría conmigo todo lo que ocurrió y saldríamos de dudas. Pero eso es algo que nunca haré porque ya no merezco su complicidad. Hubo un tiempo en que sí. Y ese merecimiento fue una de las mejores cosas que me han pasado en la vida. Debí despedirme de él. Qué menos que eso. Y, sin embargo, no lo hice. ¿Por qué? Bueno... Si hubiera vuelto a escuchar su voz, no habría sido capaz de dejarlo solo. Porque eso es lo que él era cuando yo no estaba allí: un hombre infinitamente solo.

EL CONDUCTOR DEL MINIBÚS

Llevo ya algún tiempo de baja psicológica. No solo por lo que ocurrió ese día. También por todo lo que vino después. Esto siempre es así, no sé de qué me extraño; cuando las cosas se ponen feas, los de arriba se acuerdan de los de abajo. De modo que ese jueves, pasada la media mañana, recibí una llamada de mi jefa para preguntarme, el tono ya se lo puede imaginar, que cómo se me había ocurrido dejar a los niños con el Majareta. Yo, al principio, no sabía ni de qué me hablaba. De hecho, pensé que se estaba refiriendo a mis hijos, que les había pasado algo, que la gran pesadilla de pesadillas se cernía sobre mi familia. Pero, poco a poco, entre tanto grito y tanta amenaza, acabé por agarrar la hebra de lo que me estaba reprochando, y entonces, ahí sí que sí, se me vino el mundo encima. Después de eso me hicieron la vida imposible en el trabajo. No había día en que no me advirtieran de que este sindiós me lo iba a comer yo y solo yo, y que lo único que esperaban era que no tuviera los santos cojones de meter a la empresa en ningún lío. No aguanté. Qué va. Qué va. No aguanté. Fue imposible. No... No... Perdón, es que todavía se me quiebra la voz. Ha habido días en los que, nada más abrir los ojos, lo único que encontraba en mi mente era el deseo de tirarme bajo las ruedas de uno de aquellos autobuses y acabar con tanto sufrimiento. Con el mío y con el de mi familia, porque ellos también han sido víctimas de todo esto. Sé que puede parecer exagerado, pero es que tengo atrincheradas en mi cerebro la voz de mi jefa y sus palabras. Mi psiquiatra dice que, para que lo supere, primero tengo que entenderlo bien, y, con ese fin, me pide que imagine que mi cabeza es una enorme lata de conservas y esas amenazas, un puñado de malolientes sardinas en escabeche que hay que tirar a la basura. Pero... ¿qué le digo? A mí eso no me ayuda en nada. Menos mal que mi cuñado, que es abogado penalista, se puso al frente de la situación, porque, si no, le digo yo que este hombre que le habla ahora no está en la misma dimensión que los vivos. Hace unos días recibí una propuesta de conciliación entre empresa y trabajador. Están al tanto de que tengo grabadas las llamadas telefónicas y las conversaciones en la oficina. Pero yo ya no quiero comprensión, no busco unas disculpas, no me conformo con una indemnización. Voy a llegar hasta donde las fuerzas me alcancen.

A mí me han traído la ruina mental y moral, y no descansaré hasta que ellos sientan lo mismo. Yo no vivo. Que ellos no vivan. Yo ardo en la rabia. Que ellos ardan también. Para que entienda el motivo de este fuego que me consume, le voy a detallar todo lo que ocurrió aquel día. Y le juro por mis hijos que esta de aquí es la verdad y nada más que la verdad. Esa mañana, al llegar al garaje, me dirigí a la oficina de servicio como siempre he hecho desde que me contrataron, para que me dieran lo que nosotros llamamos *la comanda del día*, y me comentaran, si lo estimaban oportuno, cualquier detalle que no estuviera anotado ahí. Ya sabe, desvíos por cortes de tráfico, advertencias de averías menores en los coches o recordatorios de alguna parada intermedia no consignada en la ruta oficial. El trabajo de aquella jornada era tan sumamente ordinario que mi estancia en esa oficina no duró más de dos minutos. Yo tenía que ponerme al volante del minibús número cinco y conducir hasta el dichoso colegio, porque a las nueve y media de la mañana debía recoger a unos veinte alumnos para una actividad extraescolar en el centro de la capital. Ese era el pan nuestro de cada día. Como dice mi cuñado en su escrito de acusación, no constituía un servicio de especial desempeño ni nada que se le pareciera. Recoges, llevas, dejas y vuelves a recoger para volver a llevar y dejar. No había otra matemática para aquel encargo. Así que a eso me puse. Cuando llegué al punto acordado, justo en la explanada que hay a la espalda del colegio, me encontré a todos los alumnos a cargo del conserje y en compañía de algunos padres. A partir de ahí se desencadena todo. Abro la puerta, le pregunto a Leo si todo bien, me dice que todo como siempre, y empieza a llamar por su nombre y apellidos a cada alumno, a acompañarlo a su asiento y a ponerle el cinturón. En unos quince minutos estaban todos dentro: veinte alumnos y sus respectivas mochilitas. Además, le pregunté, por supuesto, si las maestras no venían, y él me dijo, sin siquiera mirarme, que solo los acompañaría él porque no querían dejar a ningún niño fuera, así que ellas irían en su coche particular y nos veríamos en el punto de llegada. ¿Es procedente eso? Me cago en mi suerte, claro que no es procedente. No soy tonto. Conozco la normativa de mi trabajo. Pero es que no era la primera vez que se procedía así en ese colegio. Yo a Leo lo conozco desde que comencé a trabajar en esta empresa, y he ido con él y con los alumnos a visitar yacimientos arqueológicos, museos etnográficos, granjas escuela, reservas de animales, obras de teatro y conciertos navideños. Y la mayoría de veces el procedimiento era ese. Llenaban el minibús de niños, unas veces a cargo del conserje, otras veces a cargo de Padilla, un monitor muy apañado, por cierto, y las maestras se iban en su coche tan tranquilas. Ya está. ¿Y por qué lo hacían así? Pues porque le salía más barato al colegio y, como todo el mundo sabe, ya piden demasiadas cuotas ilegales a las familias. Un minibús costaba doscientos diez euros, y dar el salto al autobús suponía un incremento de trescientos cincuenta euros más. Así que ese día hicimos lo que tantas veces habíamos hecho y por lo que nadie, ni padres, ni empresa de transportes, ni docentes ni equipo directivo, se había quejado porque todos estaban al tanto del dichoso procedimiento, porque todo era como siempre: yo al volante, Leo a mi lado y los alumnos detrás montando un follón de tres pares de narices. Un trayecto de unos treinta y dos minutos. Cuando llegamos a la plaza del Cordero sin Defecto, me estacioné en la parada de taxis, Leo organizó la bajada lo más rápido que pudo y, como ahí no podía estar mucho tiempo, arranqué el minibús y me largué. Ya está. ¿Que debería haber comprobado si las maestras estaban allí? Bueno... ¿Por qué iba a hacer eso? ¿Dónde dice que yo deba encargarme de algo así? Mi trabajo era el que era. Conducir un minibús lleno de alumnos. En ningún caso asegurarme de que los empleados de ese colegio estuvieran cumpliendo rigurosamente con sus obligaciones. Hice lo que decía la comanda que tenía que hacer. ¿Me entiende? Y después me fui a cumplir con otros servicios que se consignaban en esa misma comanda, hasta que sonó el teléfono y escuché a mi jefa desquiciada, insultándome, acusándome y amenazándome. Yo entiendo que fueron momentos de mucha confusión y que nadie quería comerse esa enorme mierda. Pero, hombre, mover a conciencia todas las fichitas para que el máximo y único responsable de la empresa de transportes fuese el conductor es una canallada que no pienso perdonar nunca. Porque las noches que he pasado en vela, las lágrimas que han visto mis hijos y el silencio que me ha separado de mi mujer conforman una factura que alguien va a tener que pagar. Y, por supuesto, cuando eso ocurra, cuando se haya pagado, buscaré al hijo de la gran puta del conserje. Que a mí me da igual que sea rarito o que lo hayan echado del colegio o que no supiera lo que hacía porque la cabeza no le daba para más. Ese también pasa por caja. Y si no lo hago ya, si no le parto la nuez de un codazo en este momento, es porque la medicación me deja justo de fuerzas.

LA SACRISTANA DE LA PARROQUIA

A mí ese hombre me estaba dando más problemas que otra cosa. Como usted comprenderá, no puede ser que yo me esté encargando de hasta el más mínimo detalle para que la iglesia luzca como espejuelo de asno, y él esté apestando la puerta y dando una imagen indecorosa de lo que debe ser lo sagrado. Eso no quita que si me lo encuentro cagado, meado y medio agonizando, llame a la ambulancia para ver si la cosa tiene remedio, que fue exactamente lo que hice aquella madrugada. Como el párroco estaba de retiro espiritual, yo me había quedado al cuidado exclusivo de la casa parroquial, porque aquí hay algunas alhajas muy golosas y son demasiadas veces las que han intentado asaltar este pedazo de cielo. Ya estaba conciliando el sueño aquella noche cuando escuché el espantoso graznido de un pájaro, que luego resultó no ser un pájaro, sino el mendigo Fernando con un pie y medio en la tumba. De modo que me volví a vestir para salir a la calle a ver si estaba en mi mano hacer algo por él. La ambulancia no tardó mucho en atender el servicio, pero a mí se me hizo largo el tiempo que me dediqué a apartarle el pelo de la cara y a repetirle que solo Dios da y quita, y que si había un buen lugar para morirse, era ese en el que estaba, a los pies de una iglesia que ya había saltado el siglo y medio de antigüedad. Él, estrujado por un tormento que no he vuelto a ver en mi vida, no atinaba a balbucear mucho, pero a mí me pareció oír algo sobre una luz cegadora, un gran cometa y un cielo negro, y ahí fue cuando supe que ese hombre no viviría para contarlo. Antes de que lo subieran en la ambulancia, tuve tiempo de ponerle a la vista el escapulario que le colgaba del cuello por el lado de la Virgen del Carmen, que siempre fue buena madre de los extraviados. Descansa en paz y que tu vida sea eterna, le susurré. Y el médico me miró con el desprecio de quien no sabe ni persignarse. No dormí en toda la noche. Por eso me puse a despejar la acera donde él había malvivido y a darle mochazos de salfumán por si conseguía aclararla un poco. Ni con esas fui capaz de apaciguar los nervios que como rayos me cruzaban el pecho de lado a lado. A los dos días, mucho estaba tardando, vino el conserje a preguntarme si ya se sabía algo de Fernando, y yo le dije lo mismo que le he dicho a usted: que se lo llevaron en volandas cuando daba las últimas bocanadas de aire. Bueno, cómo se puso ese hombre. Que dónde estaban sus cosas, que dónde estaban los libros, que dónde estaba su manta, que dónde estaba su carrito. Qué dónde dónde dónde. Me dio miedo. Así que no me atreví a decirle que lo había tirado todo al contenedor porque lo único que se podía sacar de esa montaña de basura era una de esas pestes que hace unos siglos se llevaba por delante a media Europa. Con qué ojos más oscuros y más vacíos me miró. Ahí yo ya supe que este hombre acabaría haciendo algo que todos lamentaríamos. Y mire usted por dónde, no estaba muy equivocada. Más de una vez se lo dije al párroco. Padre, que estos dos, el mendigo y el conserje, son mucho más que amigos. Pero siempre me contestó que no hiciéramos un trabajo que solo le corresponde a Dios. Se refería a juzgar, claro. Y aunque no le faltaba razón, a mí tampoco me faltaba puntería. Que nadie viese nada entre ellos significa en puridad eso: nada. Porque no hace falta besarse por las esquinas o retozar con alguien a la vista de todo el mundo para declarar que este o aquel es tu único y verdadero amado. Y si no que vengan y me lo digan a mí, que yo les contaré todo lo que sé sobre el amor, la lealtad, la admiración y el deseo que siento por Jesucristo, nuestro señor. En cualquier caso, no es mi condición hablar mal ni de este ni de cualquier otro hombre, así que vayamos a esa preocupación suya que lo ha traído hasta aquí. Después de que Fernando se marchara al otro mundo, el Majareta no frecuentó ni los alrededores de la iglesia. Supongo que evitaba darse de bruces con la mancha marrón tirando a negra que había dejado sobre la acera. Por cierto, ahí sigue, por si quiere verla. Y yo, por el contrario, apenas he ido por ese colegio donde él trabajaba. Así que poco trato hemos podido tener ese hombre y una servidora. Lo único que he sabido de él ha sido a través de los niños y las niñas que vienen a iniciación a la fe cristiana y que se vieron afectados, pobres criaturas, por lo que él les hizo de palabra, obra y omisión. Bueno, y por la reunión que tuvieron el párroco, el jefe de estudios del colegio y un hombre que venía de parte de Los Nuevos Hermanos, justo una semana después de que todo sucediera. Yo estuve y no estuve presente, ya me entiende. Entre que servía el café y las galletas danesas, y que no me podía alejar mucho de la puerta por si requerían mis atenciones, seguí con humildad y discreción todo lo que ahí se dijo sobre el conserje. Nada malo. No deje correr libre el pensamiento. ¿Usted cree que si se hubiera tramado algo pernicioso iba a estar yo hablándole de esto? Una buena sacristana se debe más al silencio que a la verdad. Con eso se lo digo todo. Lo que pasa es que aquella tarde no se comentó nada que no supiera cualquier vecino del barrio. Así que en sentido eftricto no incumplo ninguno de mis mandamientos si comparto con usted lo que probablemente haya compartido todo el mundo: este hombre había perdido la cabeza y ya estaba diciendo y haciendo más tonterías de la cuenta. Ha debido de tener un buen ángel de la guarda para que no lo hayan largado del colegio mucho antes. El hombre que venía de parte de Los Nuevos Hermanos les preguntó varias veces si tenían constancia de que el conserje hubiera comentado por ahí un episodio violento que había protagonizado en un local de la capital. No dijo el nombre del local. Pero *local* suena a lo que suena, ¿verdad? No soy yo la única que piensa mal, ¿no? Ellos, el párroco y el jefe de estudios, contestaron que no habían escuchado nada. Y el hombre les dijo que estuvieran atentos a eso, porque no se podía ir por ahí abriendo con alegría y desparpajo las cabezas del personal. Si el párroco añadió algo al escuchar esto, yo no alcancé a oírlo. Pero el jefe de estudios sí preguntó, en un tono bastante risueño, que a qué personal se estaba refiriendo. Se hizo un largo silencio. Yo aguanté la respiración durante más de minuto y medio ante el temor de que mi asma crónica me delatara al otro lado de la puerta. Alguien arrastró una silla. Supongo que el hombre que venía de parte de Los Nuevos Hermanos. Alguien dio algunos pasos. Supongo que él también. Alguien cerró la ventana que yo había abierto esa tarde. Supongo que él mismo para que nadie oyera lo que iba a decir. Entonces carraspeó con rudeza y casi canturreó a lo gregoriano estas palabras dirigidas al jefe de estudios: ¿Te sigues colando en los coches de las maestras? Se hizo otra vez la nada. Así que aproveché la ocasión para retirarme porque no estaba yo para aguantar la respiración cada dos por tres.

LA MADRE DEL AUTOR

¿Que por qué te he pedido que vengas? ¿Tú qué crees? No te pregunto por preguntar. Contéstame. ¿Tú qué crees? Eres el hijo listo. Seguro que das en la diana. Ya llevaba algunos días pensando si llamarte o no porque veía a tu padre un poco raro. Tú me entiendes: cuando atraviesa el pasillo sin apenas tocar el suelo y habla lo justo para que no repares en él. Por mucho que se me olviden los nombres y no sepa ni dónde dejo las llaves, no he perdido la cabeza. Qué más quisierais. Ese hombre y yo vamos camino de hacer cincuenta años juntos, así que nos hemos conocido y aborrecido con hartura. Cada vez que me cruzaba con él por la casa, le decía a ti te pasa algo, a ti te pasa algo, a ti te pasa algo y a ti te pasa algo. Y él me replicaba que me estaba volviendo loca de tanto repetir lo mismo y que lo único que iba a conseguir era barruntar ruina. Mira tú por dónde, hace cuatro o cinco mañanas, mientras desayunábamos, veo que se le va la cabeza hacia atrás y luego hacia delante y otra vez hacia atrás como si fuese un muñeco de trapo. Se me calaron los dientes del susto que llevé. Menos mal que el vahído le duró cinco o seis segundos, porque si la cosa se llega a alargar un poco más, nos encuentran tiesos a los dos con la frente clavada en las tostadas de mantequilla. Ahí el asunto cambió, claro. No tuvo escapatoria. Lo cogí por la nuca y le dije al oído a ti te pasa algo. Y entonces me contó que al final lo tienen que operar del corazón y que tú estás al tanto porque lo has acompañado al hospital. Ay, Señor, dame fuerzas y contención. En ese momento, no te lo voy a negar, se me juntó tanta sangre dentro de la cabeza que pensé que iba a salir de mala manera por algún sitio. Pero luego, mientras exprimía unas naranjas para devolver algo de color a la cara de tu padre, fui colocando cada pensamiento en su cajoncito, arrinconando las ganas de ir a tu casa a buscarte, repitiéndome entre dientes que todo estaba bien e iba a estar mejor, hasta que amontoné la claridad necesaria para recuperar el sitio que me correspondía. Y, claro, tú pensarás ahora que te he hecho venir para decirte lo mala persona que eres por ocultarme algo que podría haber costado la vida a tu padre, a mí y entremedias a ti. Pero esta vez no te voy a dar por el lado del gusto. No pasa nada, hijo. Te callaste. Y eso no lo va a cambiar nadie. Lo importante es que estamos a tiempo de actuar, ya tenemos fecha para la operación y he vuelto a coger las riendas de la salud de tu padre. Así que sobre este asunto solo voy a advertirte una cosa: que yo no te vea asomar por el hospital, ¿vale? No has estado a la altura, no eres fiable, me cuesta mirarte a la cara y no quiero que tu padre vuelva a pedirte una locura y tú estés dispuesto a concedérsela a cambio de mediar entre tú y no sé quién. Cuando lo operen, yo te diré si todo ha ido bien o mal. Hasta ahí puedo llegar. Y ya lo verás en el momento en que le den el alta. Por el barrio, claro. Porque por la casa tampoco quiero que aparezcas durante algún tiempo. Anda, mira, he hablado igual que me haces hablar en tus novelas. Perfecto entonces. Punto y aparte. Hoy te he pedido que vengas por otra razón. Ayer estuvo aquí el cura del barrio. Creo que es la primera vez que un cura se sienta en el mismo sofá donde tu padre se queda traspuesto después de comer. La estampa habría sido hermosa si las razones de su visita hubieran sido otras bien distintas. ¿A que ya sí sabes por qué te he llamado? Dice que ahora te has hecho el mejor amigo del conserje y que no sabe bien por qué estás metiendo a la parroquia en un asunto muy feo en el que no tiene nada que ver. Pero ahí no queda la cosa. Ojalá quedara ahí. Cree que has presionado a la mujer que limpia en su casa para que diga lo que tú necesitas oír, y eso ya le parece más peligroso. Entre otras cosas, porque se le está pasando por la cabeza la conveniencia de ponerlo en conocimiento de la diócesis provincial, por si desde allí se piensa que hay que actuar de alguna manera concreta. Menos mal que el hombre está por la labor de que todo esto quede en lo que verdaderamente es: nada. ¿Me has escuchado? Nada de nada. Qué suerte tenemos de contar con un párroco así. Tan comprensivo. Tan razonable. Tan piadoso. He pensado que entre tú y yo podríamos hacer algo para darle un poco de tranquilidad. A nosotros no nos cuesta nada y les hacemos un bien muy grande al cura y al barrio. Sé que a ti esto no te importa. Porque... En fin... ¿Cuánto vas a la iglesia? Poco. ¿Cuánto crees que te queda para morir? Mucho. Si creyeras que te queda poco para morir, a lo mejor irías mucho a la iglesia. Sería al revés. Es ley de vida. ¿Entiendes por dónde voy? Tu padre y yo tenemos que ir más que nunca porque ahora es esa válvula del corazón que no abre y cierra como debiera, pero mañana será la vesícula, las rodillas, la cabeza o el bazo, que no sé ni dónde está ni para qué sirve, pero que a algunos les da mucho tormento. No es que tengamos miedo a morirnos. Es que no nos apetece. Parece lo mismo, pero no lo es, créeme. Lo que haya después de cerrar los ojos a mí no me espanta. He sido una cristiana rigurosa, así que lo normal es que, cuando suceda lo inevitable, me den una cómoda silla en un palco digno. Yo he pensado, a ver qué te parece a ti, que te acerques hoy mismo a la casa parroquial y zanjemos el asunto. No voy a ser yo quien te apunte al oído lo que tienes que decir. A fin de cuentas te dedicas a eso: a decir todo el rato. Encontrarás las buenas palabras que nos saquen de este apuro. Además, quiero que quede claro que el cura no me ha pedido que te diga nada. A este hombre no le falta inteligencia como para hacer algo así. Pero, a las puertas de un quirófano, que es justo donde estamos tu padre y yo, nos vendría muy bien que nos tuviera presentes en sus plegarias, y no que la diócesis provincial al completo esté cagándose en nuestros apellidos por todo eso que estás removiendo tú. Ya sé que lo que tenga que pasar está en las manos del cirujano y de Dios. Pero también un poquito en las tuyas. Reconozcámoslo. Así que no te hagas el tonto, que si tu padre se queda en la mesa de operaciones, es algo que vas a arrastrar el resto de tus días. Hay momentos en la vida en los que una se da cuenta de lo ridículo que es perder el tiempo buscando fuera lo que ya está dentro. No me importa por qué el cura se va de retiro de silencio cada vez que se le antoja. No me importa por qué la mujer que le limpia la casa ha querido desahogarse contigo. No me importa por qué tu padre te sigue el juego a pesar de estar ya en la punta del trampolín del más allá. No me importa por qué el colegio decidió quitarse de encima al conserje. Y, si me apuras, no me importa por qué ese desgraciado dejó a esos niños abandonados al filo de la muerte. Lo único que me importa es la terrible certeza de que no sabría qué hacer si le pasara algo a tu padre. Quiero seguir levantándome por la mañana y escucharlo canturrear en la ducha mientras le preparo el descafeinado con leche, la tostada de mantequilla y la pastilla de la tensión. Repetirle una y otra vez que también se peine por la parte de atrás de la cabeza. Decirle hasta irritarlo que es un callejero, que ha olvidado hacer esto o aquello, que nadie me ayuda con la casa, que paso mucho tiempo sola, que busque las llaves conmigo. Cortarle las uñas de los pies y que él me las corte a mí. Y guardarnos los abrazos y los besos para Año Nuevo y los cumpleaños que estén por llegar. Y si para que todo eso siga ocurriendo tú tienes que ir a hablar con el cura, vas a ir. Ya te lo he dicho antes. Yo sé que tú a esto no le encuentras la misma importancia que yo. Y tú sabes que yo no se la encuentro a lo que haces con tu vida. Así que lleguemos por una vez a un acuerdo: tú vas a la casa parroquial a aclarar este asunto y, a cambio, yo te doy el nombre de una mujer que fue muy amiga de la madre del conserje y que está al tanto de muchas cosas de ese hombre. Es de vergüenza que nuestra relación tenga que ser así. Pero es que ya no disponemos de tiempo para que sea como a mí me gustaría que fuese.

EL AMIGO NECESARIO DEL AUTOR

Aleluya. Nunca mejor dicho: ¡aleluya! Ya ha salido de dudas el barrio. Ha sido entrar la Iglesia en acción y enterarse hasta el último mono de que estás indagando en la vida del conserje. No es muy difícil imaginar por qué una cosa está conectada con la otra, ¿verdad? Están pensando en coger las riendas del relato. Ahora eso se ha puesto muy de moda. Todo el mundo quiere dominar el relato como si así fuese a dominar su vida. Nos merecemos la extinción, qué quieres que te diga. Hasta donde he averiguado, el cura se ha pasado por la barbería, el consultorio médico, la asociación de vecinos y unas cuantas casas de particulares para desmenuzar el tema como quien no quiere la cosa. El hijo de puta es más hábil que una gota de mercurio. Porque no se está centrando en el hecho de que tú estés interesado en lo que hizo Leo. Va por otro lado el muy zorro. A lo que se dedica es a contar en cada sitio una o dos anécdotas supuestamente protagonizadas por el conserje porque sabe que eso es más efectivo que soltar un virus respiratorio en una guardería. De tal modo que cuando tú vayas preguntando por ahí, el personal cuente lo que él ha ido contando a su vez. Sencillo y eficaz como un tenedor. La Iglesia, en este tipo de operaciones de alta inteligencia, nos lleva más de dos mil años de ventaja, y eso se tiene que notar por algún lado. Como podrás imaginar, toda la palabrería que va compartiendo aquí y allá dibuja a un conserje inestable, enfermo y oscuro. En resumen, que da tanta grima como un hilo de baba. Pero lo más jodido es que está falseando algunos hechos de un modo tan burdo y simplón, que hasta el más tonto del barrio podría desmentirlos si no resultaran tan sabrosos y crujientes en la boca del vecindario. Escucha esto. El barbero ahora dice que el conserje, cuando tenía trece o catorce años, en realidad da igual la edad, se tomó una caja de pastillas que sisó de la farmacia y que por eso no le funciona la cabeza sin hacer ruido. La chica que te da de muy mala hostia las citas en el consultorio médico ahora dice que su historial clínico está en blanco porque alguien, vete a saber quién, lo ha borrado para que no se sepa nunca qué padecimientos mentales han llevado a este hombre a hacer todo lo que ha hecho. La tesorera de la asociación de vecinos ahora dice que, durante una de las veces que usaron las instalaciones escolares para las actividades navideñas, lo sorprendieron con la cara enterrada en la bufanda que ella misma se había quitado un rato antes. Y el nieto del antiguo cartero ahora dice que, en lugar de hacer el servicio militar como todo hijo de vecino, estuvo ingresado en una institución mental, y que lo sabe porque el conserje enviaba cartas a su padre con un remite que no ofrecía dudas. Me han dicho que también ha visitado a tu madre, pero a ella, por razones que ya imaginarás, no he querido preguntarle. Es decir, creo que eso ya lo has hecho tú. A la mínima que te pongas a hacer cálculos sobre todo lo que van diciendo, concluirás, como yo he concluido, que no hay por dónde coger tanta y tan mala inventiva. Sin embargo, no puedo evitar que esta gente cuente con mi más absoluta comprensión. Porque en el fondo no creo que ellos sean conscientes del enredo de verdades y mentiras en el que se mueven. Y si lo son, es posible que piensen que, al provenir de la boca de un cura, cualquier mentira haya sido homologada con la verdad, como ya hicieron una vez con el agua y el vino. Es un procedimiento que la Iglesia ha exprimido con innegable habilidad a lo largo de los siglos. Los muertos que viven, las zarzas que hablan, las palomas que fecundan. ¿Tú sabías que, con el fin de cambiar la cubierta de la parroquia, el cura pergeñó un sistema de recaudación infalible? Lo llamó «Apadrina tu teja». ¿Y qué crees que ocurrió? Que la gente se dio tortas por apadrinar una pieza de barro cocido. Esto es literal. A hostia limpia. Porque, como no había tejas para todos, algunos se liaron a puñetazos con tal de escriturar un pedacito de cielo. El cura les contó que, por la parte que no se ve de la teja, la que va hacia abajo, escribirían el nombre de los padrinos y madrinas, como si parte de ese templo ya les fuese a pertenecer de por vida, y que, además, el reverendísimo obispo vendría a bendecir la buena obra. Cosa que acabó siendo una verdad terrorífica porque apareció en el barrio montado en una grúa que había alquilado la cofradía, y pegando hisopazos de agua bendita a diestro y siniestro. ¿Qué quieres que te diga? Pero si tú muerdes ese anzuelo, ya los vas a morder todos a lo largo de tu vida. Solo hay una persona que escapa a estas generalizaciones que tan bien funcionan en el barrio, y que, para no mudar en su costumbre, ha vuelto a mantener el tipo en esta ocasión. Quizá por eso el cura no deja de intentarlo con ella. Se ha presentado en su casa, supongo que para hablarle del conserje tal y como ha hecho con los demás, pero ni siquiera le ha abierto la puerta. Ya sabes de quién te hablo, ¿verdad? La vecina más rara que ha parido este barrio. La hija de la curandera. Sí, ya sé qué estás pensando. Yo también dudo de que sea hija de ella. Pero ese tema no importa ahora mismo. Lo sustancioso es que no le ha abierto la puerta a un cura que no tiene las llaves de todas las casas del barrio porque no quiere él. Y eso me ha llevado a hacerme una pregunta. ¿Te la abriría a ti? ¿Tú qué dices? Yo digo que sí. Yo digo que te abre la puerta y te deja pasar. Puede que hasta te ofrezca un café y unas galletas revenidas. Pero eso no lo podemos saber si no vas allí y llamas. Toc, toc. Soy yo. El escritor. ¿Recuerdas lo que te dije la última vez? ¿Eso de que sería conveniente que dieras la palabra a la gente? Pues darle la palabra a alguien que no la quiere ya debe de ser la rehostia. Es verdad que puede que esta vecina no tenga nada que aportar sobre la vida del conserje, pero ¿no te parece extraño que el cura vaya a su casa el mismo día que se patea todo el barrio hablando sobre Leo? Esa es una pregunta que no se puede pasar por alto. Si la respuesta es afirmativa, no te queda más remedio que averiguar qué sabe ella. Por cierto, no me has contado qué tiene que ver el cura con todo esto. ¿Por qué ha entrado a jugar esta partida? Si quieres que te resulte útil, debo estar al tanto de todo lo que puedas compartir conmigo. Ya sé que procuras evitar que las personas con las que te vas entrevistando tengan la información completa, pero yo creo que nunca he sido una persona más en tu proceso de escritura. ¿O estoy equivocado? Cuéntame por dónde van tus pesquisas. Alguna ventaja tendré que sacar yo de todo esto. A ver si mi mujer va a tener razón cuando dice lo que dice sobre ti.

EL CAREO ENTRE EL SACERDOTE Y LA SACRISTANA

EL SACERDOTE: Esto es ridículo.

LA SACRISTANA: Lo que usted diga, padre.

EL SACERDOTE: Mira, mujer, después de tantos años, nada más lejos de mi intención que dañarte con cualquier palabra que salga de mi boca. Pero a la verdad se llega por la verdad y tú vas en dirección contraria. No eres la sacristana de la iglesia. Te encargas de las labores de limpieza y cocina de la casa parroquial. Y muy honrada y eficientemente, todo hay que decirlo. Estoy muy satisfecho con tu trabajo.

LA SACRISTANA: Se lo agradezco.

EL SACERDOTE: ¿Cuántas veces hemos hablado sobre este asunto? No sé a qué viene esa tontería de decirle a todo el mundo que eres la sacristana.

LA SACRISTANA: Yo he leído...

EL SACERDOTE: Yo he leído, yo he leído... Ya estamos otra vez con el *yo he leído*.

LA SACRISTANA: Yo he leído que una sacristana es la persona que, además de encargarse de la limpieza y aseo de la iglesia, ayuda al sacerdote en el servicio del altar y cuida de los ornamentos. Y una servidora de usted cumple con todo eso y más desde hace muchísimos años.

EL SACERDOTE: Si es que es más sencillo, hija mía. No hace falta leer tanto. Serás sacristana a partir del momento en que yo te diga que lo eres. Mientras eso no suceda, eres la mujer que limpia y cocina. Y si es algo insoportable para ti, puedes dejar el trabajo. No es que yo quiera que lo dejes, que conste, pero tampoco quiero verte sufrir.

LA SACRISTANA: Eso ya me lo ha dicho muchas veces, y lo he entendido.

EL SACERDOTE: Pues aclarado. Y ahora, si eres tan amable, dile a este hombre que todo eso que le has contado es mentira. No le hagamos perder más el tiempo.

LA SACRISTANA: Como máximo le puedo decir que quizá escuché mal.

EL SACERDOTE: Mujer, mira que esto se puede poner muy feo.

LA SACRISTANA: Y también soy capaz de pedir perdón por prestar atención a algo que no me incumbía.

EL SACERDOTE: Yo no me he reunido con nadie para hablar sobre el conserje. No faltes a la verdad en la casa del Señor.

LA SACRISTANA: Es que yo he dicho que usted

apenas habló. Eso se lo puede decir él, ¿verdad? Quienes hablaron fueron el jefe de estudios y...

EL SACERDOTE: ¡Que no hubo reunión, cojones! ¿Tan difícil es?

LA SACRISTANA: Ya.

EL SACERDOTE: Ya qué.

LA SACRISTANA: Lo que usted diga, padre.

EL SACERDOTE: Me estás metiendo en un problema en el que yo no tengo nada que ver.

LA SACRISTANA: Pues explíqueselo a este hombre. Otra cosa no sé, pero escuchar es algo que hace la mar de bien. Además, no me cabe la menor duda de que usted no está implicado en todo ese asunto del conserje.

EL SACERDOTE: Me refiero a que yo no estuve en ninguna reunión.

LA SACRISTANA: Ah, vale. Ya.

EL SACERDOTE: ¿Otra vez?

LA SACRISTANA: Lo que usted diga, padre.

EL SACERDOTE: ¿Por qué haces esto, cristiana?

LA SACRISTANA: No hago nada, padre.

EL SACERDOTE: ¿Es por lo de llamarte o no llamarte *sacristana*?

LA SACRISTANA: No.

EL SACERDOTE: ¿Si te nombro sacristana, dices la verdad?

LA SACRISTANA: ¿Qué?

EL SACERDOTE: Ya me has oído.

LA SACRISTANA: ¿Se refiere a si reconoce que siempre he sido sacristana, padre?

EL SACERDOTE: Lo que tú digas, pero saca a este hombre de su confusión.

LA SACRISTANA: ¿Me lo jura por nuestras vidas? ¿Por la suya, la mía y la de este caballero que ahora nos mira?

EL SACERDOTE: Yo no blasfemo. No juro. No miento y con eso basta. Cumplo mi palabra sin necesidad de darme golpes en el pecho.

LA SACRISTANA: Vale. Me dispongo.

EL SACERDOTE: A estas alturas no hace falta que hables como si estuvieses en el Siglo de Oro. Es suficiente con que digas lo que tienes que decir.

LA SACRISTANA: Bueno... En ese caso, ya lo ha escuchado. A veces la debilidad se hace fuerte en mí. Padre, discúlpeme por haberle ofrecido la mano al demonio. La mentira se ha hospedado en mi casa, ha dormido en mi cama, ha tomado mi lengua. Pero no volverá a pasar. Se lo aseguro.

EL SACERDOTE: Eso espero, hija.

LA SACRISTANA: Agradezco al Señor el haberme perdonado mis faltas. Haz que te ame cada día más y que siempre haga tu voluntad, aquí en la Tierra como en el Cielo. Virgen Santísima, intercede por mí y guárdame en la gracia de Dios como estoy en estos momentos. Cuida mis sentidos y mi corazón hasta mi muerte. Amén.

EL SACERDOTE: Mujer, no estamos en un confesionario. Sé prudente.

LA SACRISTANA: Ave María Purísima.

EL SACERDOTE: ¡Para ya, hostia! Y discúlpate también con este hombre.

LA SACRISTANA: Le pido perdón.

EL SACERDOTE: Y ahora déjanos solos, que tenemos que hablar de negocios. Que aquí donde lo ves, va a ser el próximo director de nuestra compañía de teatro. Si con toda esta confusión que has liado, no ha cambiado de parecer, claro. No has cambiado, ¿verdad? Sigues subido en el barco de la parroquia de tu barrio, ¿no? Qué alivio. El Señor sabrá valorar tu generosidad porque siempre es justo y bondadoso. Te pongo una copa de vino y te cuento todo lo que tengo pensado para celebrar la Anunciación. Y cuando terminemos, antes de marcharnos, tú y yo vamos a encender unas velas a los pies de la Santísima Virgen por la salud de tu padre y el buen pulso de ese cirujano. Ya verás qué contenta se pone tu madre.

LA MUJER QUE FUE MUY AMIGA DE LA MADRE DEL CONSERJE

Tu madre me avisó de que vendrías. Me ha dicho más cosas, menudo cabreo traía por lo de tu padre, pero en principio confío en que va a ser una conversación cómoda, así que por ahora nos olvidamos de todas sus advertencias. Es verdad que yo fui amiga de Blanca durante muchos años. Bueno, todo el tiempo que pude. Concretamente hasta el día en que nos dejó. Y también es verdad que no he vuelto a tener una amiga como ella. Por muchas razones, pero sobre todo porque cuando alguien de tu entorno se va del modo en que ella lo hizo, cualquier recuerdo cobra una intensidad desmesurada y es muy fácil que las emociones se golpeen entre sí de mala manera. Al poco de que llegaran al barrio y abrieran la farmacia, ella y yo hicimos muy buenas migas porque ambas éramos madres primerizas y veníamos de fuera. No resultó muy difícil que nos sintiéramos recogidas la una en la otra. Era una mujer armada de una misteriosa suma de peculiaridades, convicciones, temores, conocimientos e intuiciones. Su curiosidad era inagotable. Y para mí, tengo que reconocerlo, inabarcable. Pero, según me ha dicho tu madre, a ti lo que te interesa es la relación que mantuvo con su hijo, con Leo —que conste que yo nunca lo he llamado el conserje, y mucho menos el Majareta—, para ver si eso te puede ayudar a entender lo que ahora ha hecho con esos niños. Si es así, te diré lo que ya te habrán contado quienes la conocieron de verdad: que Blanca se desvivió por su hijo hasta el último día de su vida. Su marido, Pedro, estaba demasiado embebido por todo lo que tenía que ver con la farmacia. Era como si no tuviera ojos y manos para otra cosa. Que yo recuerde, en aquellos años se trabajaba muchísimo la formulación magistral y los preparados galénicos, no sé si te suenan, y no era raro que pasara horas y horas haciendo ungüentos y cocinando jarabes en una especie de trastienda que había en el mismo local. Así que, como podrás imaginar, ese hombre tenía obligaciones hasta en el día de Año Nuevo. Ella, por su parte, se encargaba de atender, cuidar y acompañar a Leo todas las horas del día. No exagero. Las veinticuatro. Pero, vamos, que eso tampoco era algo extraordinario en aquellos años; no recuerdo haber visto jamás a mi marido, que en paz descanse, limpiarle los mocos a nuestro hijo. Así que lo habitual era ver a Blanca con el niño las veces que salían a la calle, y a Pedro, embutido en su bata blanca, levantando y bajando la persiana de la farmacia. El gran problema vino cuando Leo cumplió seis o siete años. Empezó a ser más que evidente que el niño tenía dificultades para relacionarse. En realidad era algo de lo que no tardabas en percatarte. No se parecía al resto, era diferente, tenía sus cosas, no sé si me entiendes: o se retraía más de la cuenta o estaba que se subía por las paredes, pero no se le conocía punto medio. Es verdad que siempre podías encontrar la manera de encajarlo en alguna razón que más o menos tranquilizara. Que el niño estaba en edad de crecer; o que cada uno es como es y no hay dos iguales sobre la faz de la tierra; o que ya se le reajustarían cuerpo, alma y mente cuando llegara su momento. También te digo que eran tiempos distintos a los de ahora, y las cosas tenían nombres ridículos o directamente no los tenían. Yo pienso que Pedro, un tipo con conocimientos médicos, un tipo acostumbrado a ver casos de toda índole desde el otro lado del mostrador de la farmacia, fue el primero en darse cuenta de que algo no iba como debía, pero, por alguna razón que no estaba a mi alcance, él no parecía dispuesto a buscarle un nombre a lo que le ocurría a ese niño. Así que deduzco que de ahí nació la decisión de internarlo en un colegio que no fuese el del barrio. Era evidente, o al menos a mí me lo pareció en aquel momento, que no quería que la gente comenzase a cuchichear sobre lo que ya empezaba a estar a la vista de todos. Incluso creo recordar que su intención primera era llevárselo a una institución fuera de la provincia, pero, como podrás entender, eso era inadmisible para Blanca. Acabó en un colegio de la capital donde ella tenía mano porque su padre había sido militar hasta el último día de su vida. Para entonces el crío tendría unos nueve o diez años. Y ella no perdonó nunca que Pedro no sintiera reparos en sacarse de la vista a su hijo. No me lo dijo así, pero estas cosas se notan en la cara de cualquiera. De hecho, creo que en aquel momento algo ardió entre ellos con tanta fuerza que no dejó en el suelo ni un puñadito de ceniza. Tal vez por eso, quiero yo pensar, no hablaba de su marido, ni de la vida que llevaban dentro de esa casa ni de cualquier cosa que exigiese un nosotros que los abrazara a ellos dos. Por supuesto, no siempre fue así. Tiempo atrás me contó que, cuando empezaron a salir en Granada, en su último curso universitario, la intensidad emocional fue desbocada. En mayor medida para él, que entendió la relación como un providencial cabo al que agarrarse en un momento en el que, por lo que fuera, no lo estaba pasando bien. Se quedó embarazada al término de la carrera, y precisamente por el hecho de que no buscaban un hijo, él volvió a interpretarlo como una señal inequívoca de un futuro luminoso, irrevocable, así que no dudó en renunciar al que había sido su sueño desde que entrara en la carrera de Farmacia: pelear por abrir un laboratorio junto a un compañero. Ella, por su parte, albergó dudas, cómo no albergarlas, eran jóvenes y no se conocían como debieran, pero el ímpetu de Pedro, sumado a que por nada del mundo quería volver a Valencia, a su casa, junto a un padre viudo que había militarizado todas las facetas de su vida, la llevó a dejarse arrastrar por esas aguas. Sobre Leo, en cambio, Blanca hablaba cada vez que tenía oportunidad, a colación de cualquier tema que surgiera y de todas las buenas formas posibles. Para ella, eso que le pasaba no era algo espantoso o innombrable, entre otras razones porque objetivamente no lo era, pero requería averiguar qué podía hacer para que él se sintiera tan feliz como cualquier otro niño del barrio. Así que desde el principio, casi cada tarde, de lunes a jueves, porque los viernes volvía a casa a pasar el fin de semana, se plantaba en la puerta de la residencia del colegio, lo recogía y se dedicaban a hacer por allí lo que deberían haber hecho por aquí. Supongo, nunca me lo dijo, o si me lo dijo no me acuerdo, que, aprovechando aquellas visitas, lo llevaría a alguna consulta médica. Siempre me pareció algo muy razonable, yo también lo habría hecho. A un psicólogo, un psiquiatra, un neurólogo, no sé, a algún especialista que tuviera algo que aportar. Por aquel entonces, yo ya había empezado a trabajar en la secretaría de la dirección del aeropuerto, y coincidíamos menos en el barrio porque nuestro horario se perseguía sin alcanzarse. Pero aun así te puedo asegurar que la vi leer todo lo que cayó en sus manos sobre cualquier tema que pensase que podía tener algo que ver con Leo. Y no solo eso, sino que si observaba que una decisión le hacía bien, esa decisión pasaba a ser costumbre en sus vidas. Te pongo algunos ejemplos para que me entiendas. Se percató, así me lo dijo, de que Leo estaba más tranquilo, un poco más tranquilo, tampoco tanto, si fijaban un horario de rutinas o si establecían de antemano el itinerario del paseo que darían esa tarde; que mostraba más seguridad si siempre iba a recogerlo a la misma hora, y todos los lunes caminaban por estas calles, los martes por esas otras, los miércoles por aquellas de más allá...; y que era más locuaz si trataban con rigor los temas que a él, según la época, le iban interesando. Cuando volvía al barrio los fines de semana y yo tenía ocasión de verlo, albergaba la sensación de estar ante un niño introvertido, que solo te devolvía el saludo si antes lo habías saludado tú de un modo insistente. Sin embargo, mi hijo, que tenía la misma edad, me contaba que era un niño muy ingenioso, que sabía muchas cosas de mayores, que decía sin equivocarse las palabras que otros ya habían dicho en los libros y que se reía con una risa tan fuerte que a él le hacía mucha gracia. A veces, la gravedad de los adultos nos emborrona la mirada más de la cuenta, ¿no te parece? Todo se fue colocando en torno a esa rutina impecable que generaba Blanca. Así que Leo, con sus particularidades, se metió en los doce o trece años y todos, quienes lo conocíamos de verdad, empezamos a tener la sensación de que lo que un día había sido un problema ya no lo era. O al menos no lo era tanto. Es verdad que algunos dirán que su manera de relacionarse nunca resultó natural del todo, o que los pasos que fue dando a lo largo de su vida no coincidieron con las huellas de quienes caminaban por delante de él. Pero ¿qué significa todo eso? ¿Qué importancia tiene algo así? Mi hijo siempre ha hecho gala de don de gentes, mostró interés por casi todo lo que sus compañeros mostraron interés, de hecho, yo diría que siempre fue estúpidamente embaucador, se licenció en Biología sin perder un solo curso y destacó en el doctorado porque era lo que su padre y yo esperábamos de él. ¿Y qué le ha traído a su vida tener tanta...? ¿Cómo llamarlo? ¿Normalidad? ¿Aceptación? Se ha divorciado dos veces; no ha tenido hijos, ni siquiera un mísero perro despeluchado que sacar a la calle; su carrera profesional, aunque no me lo ha dicho a las claras, no lo ha hecho feliz jamás; ha pasado por un par de rachas depresivas y, por lo que veo, no debe de estar muy lejos de otra; y no para de decir que va a perder peso, pero lo único que hace es ganarlo y lamentarse con amargura mientras clava bastoncillos de zanahoria en queso cremoso. Ya no es un niño, tiene cincuenta y cuatro años, y ha vuelto a instalarse en esta casa argumentando que le daba miedo que yo perdiera la cabeza por pasar tanto tiempo sola. Pero aquí el único raro y trastornado es Leo, ¿no? Un pobre hombre que, hasta donde sé, ha cumplido con su trabajo y que, desde que murió su madre, se ha lamido sus propias heridas sin dar tormento a los demás. ¿Qué quieres que te diga? Voy camino de los ochenta años y tengo un hijo que se siente más viejo que yo. ¿De verdad eso es menos raro que todos los disparates que le atribuyen a Leo? Yo creo que no. Lo aprecio no solo porque lo merezca, sino porque no hacerlo me envilecería. He tenido relación con él toda la vida. Le he pedido algunos favores, nada del otro mundo, casi siempre relacionados con mi hijo y sus desastrosas decisiones. También lo he ayudado si me ha necesitado. Y siempre me ha resultado muy difícil no atisbar en sus ojos a aquel niño vulnerable que un día fue. Por supuesto, no hemos mantenido largas charlas al calorcito de unas infusiones ni nos hemos abrazado cuando la vida ha demandado ese abrazo. No es su estilo y no lo esconde. ¿Por qué habría de hacerlo? ¿Para evitar que en el barrio se hable más de la cuenta? Tonterías. Si de ese frío no te salvan ni las sábanas de franela. Está bien que sea así. No tenemos que ser todos iguales. De hecho, que se vayan a freír espárragos quienes quieren que todo sea como ellos. Una vez me preguntó si yo sabía por qué su madre estaba así en sus últimas semanas de vida, y como le contesté que no tenía ni idea, no volvió a preguntarme sobre el asunto. Porque para él un no es más que suficiente. ¿Tú sabes de alguien al que le baste un solo no como respuesta? ¿Al que no tengas que decirle no, no, no y otra vez no? Yo solo a Leo. Era bastante temprano, tanto que yo aún estaba en pijama, llamó a mi puerta y me soltó la pregunta a bocajarro: ¿Qué le estaba pasando a mi madre? Mi contestación fue un acto reflejo: No lo sé, cariño. Anotó algo en un gran cuaderno, se dio media vuelta y adiós muy buenas. Ese tema no volvió a salir. En mi contra te diré que aquel día probablemente le mentí, porque era imposible mirar a los ojos de Blanca y no reconocer ese cansancio oscurísimo que se había adueñado de ella. Pero en mi favor añadiré que eso ya lo sabía Leo. Lo tenía que saber. Cómo no iba a darse cuenta de algo así. Cómo. Estoy convencida de que la respuesta a su pregunta ya la llevaba en su cabeza y en su corazón, y solo tenía que encontrarla. Así que puede que no le robara ni un ápice de consuelo. Y lo digo desde una dolorosa e inevitable necesidad, porque eso sí me ha quitado el sueño más de una, más de dos y más de tres noches. ¿Me entiendes? Demasiadas noches. Qué pena de Blanquita. Cuántos días pensando en ella. Cuántos días pensando en Leo. Creo que no voy a añadir nada más. Ah, sí. Una cosa. La última. Que les den por culo a quienes se sientan ofendidos por lo que Leo ha hecho a esos niños. Que le den por culo al barrio entero. A todos. Sin excepción. ¿O es que ya no se acuerdan de que Leo también fue un niño y lo dejamos solo?

LA VECINA QUE REALMENTE NO ERA HIJA DE LA CURANDERA

No hay nadie que realmente crea que soy hija de esa vieja. Es un disparate lo mires por donde lo mires, pero, como en este barrio estamos de infamias hasta el cogote, se sigue contando por ahí que ella es mi madre. Y no solo eso. También que me crio en cautividad hasta que salté la veintena de años y la valla del jardín; que nos enemistamos porque en el negocio de la superchería solo había sitio para una bruja; y que mi padre fue un tapicero de tresillos, un afilador de cuchillos o un vendedor ambulante de leche sin pasteurizar. A gusto del consumidor. Lo más insólito de todo esto es que yo con ella no he hablado en mi vida. Nunca. Jamás. Así que no sé cómo han conseguido armar toda una historia que va camino de convertirse en una comedia de terror, que es con toda probabilidad el peor género cinematográfico que existe. Las veces que nos hemos cruzado por el barrio —creo que la mujer ya apenas sale de casa—, ni nos hemos dirigido la mirada, supongo que por el temor a seguir alimentando una hoguera de mentiras en la que parece que aquí arde todo el mundo. En realidad, mi vida es tan sumamente ordinaria y mis días tan parecidos unos a otros que no creo que haya nadie que pueda albergar el más mínimo interés. Y ese debe de ser el insoportable problema. De otro modo no se explica. Porque hay vecinos de este barrio que conocieron a mis verdaderos padres en vida y los trataron con cariño; que saben que soy enfermera en las áreas de hematología y digestivo del hospital, donde los he atendido en algunas ocasiones; que tienen hijos que fueron compañeros de clase de mi hija y que ahora corretean detrás de nietos que son compañeros de los míos. Y a pesar de ello, si por casualidad me cruzo en sus conversaciones, todavía hay alguien que deja caer toda esa monserga de la hija de la curandera. De todas formas, hace muchísimo tiempo que abandoné cualquier intento de aclarar una verdad que en el fondo casi todos conocen. Además, si lo piensas con calma, siempre es mejor que te llamen la hija de la curandera a que acabes siendo la Chorreones, la Boqueras o la Sabañones. Yo al menos lo prefiero así. Me parece un apodo con una pizca de narrativa. Aunque he de reconocer que a veces creo que este pensamiento mío es un claro ejemplo de eso de mal de muchos, consuelo de tontos. Tal y como debe de ocurrirle al cura, que anda por ahí inventándose no sé cuántas calumnias sobre el pobre Leo para que no se les vean a ellos las vergüenzas. De lo que no se da cuenta es de que consigue lo contrario. Que es, entre otras cosas, que tú estés aquí preguntando por qué demonios vino el cura el otro día a la puerta de mi casa. Leo no tiene nada contra él. Qué va. Lo que ocurre es que, como en cualquier otro plano de la vida, cuando las fichas de dominó comienzan a golpearse unas con otras, averigua tú qué dibujo van a revelar. Y eso los debe de tener aterrados. Por eso vino a mi casa. No para contarme una historia que sabe que yo no me voy a tragar, sino para que interceda entre ellos y Leo. De hecho, no es la primera vez que lo intenta esta misma semana. Y en la anterior también estuvo por aquí. Él llama a la puerta, yo pregunto quién es, él me dice ya lo sabes, yo pregunto qué quieres, él contesta lo de siempre y lo despido con un estoy ocupada. No pienso hablar con Leo de parte de este tipo. Vamos, ni de este ni de nadie. Faltaría más. Y espero que tú no tengas esa misma pretensión, porque mi respuesta va a ser idéntica y nuestra charla no llegará muy lejos. Además, te lo creas o no, no tengo ni idea de dónde se ha refugiado para apartarse de todo este desmadre. No obstante, sí voy a hacer otra cosa, ya que me brindas esta oportunidad. Voy a compartir contigo por qué el cura recurre a mí para contactar con Leo. Creo que es algo que conoce muy poca gente en el barrio. Y no porque sea una verdad velada, sino porque a veces la ceguera de esta gente es infinita, y me gustaría ponerla en evidencia ahora que tengo ocasión. Leo lleva ya muchos años con ingresos programados en el hospital para someterse a transfusiones. Es un paciente con problemas hepáticos. Así que, para evitar etapas críticas, suelen programarle, cuando los resultados de sus análisis son inestables, transfusiones sanguíneas. Fue allí, mientras se sometía a esas sesiones, donde comenzamos a hablar de las estupideces que iban surgiendo, casi todas ellas sobre el barrio, faltaría más, hasta que, como rama que arrastra un río, acabamos llegando al punto en el que nos encontramos desde hace ya algún tiempo. Es un hombre distante, es verdad, nadie puede negar eso, ni siquiera yo, pero también cristalino como el agua de beber. No sabe articular la palabra *sugerencia* ni ninguno de sus sinónimos, así que no esperes que haga algo que no le hayas pedido a las claras. A mí eso me trae sin cuidado, porque tiene manos recias y abraza con la fuerza que mi vida necesita en algunos momentos; me alcanza las latas de conserva del altillo mientras me escucha despotricar sobre mi jefa de planta o sobre el tío coñazo de tal o cual habitación; me consta que ha conseguido clasificar mis muecas en varios tipos y subtipos; y ya sabe, aunque nos ha costado lo nuestro, que dejarse cuidar también es una forma de cuidar a los demás. A pesar de todo esto y algunas otras cosas más que ya imaginarás, o no, me da igual, quiero que quede claro que no somos pareja. No al menos una pareja al uso. Vamos y venimos. Y no siempre es fácil esa ida y esa vuelta. Si te digo todo esto es porque has de tener en cuenta que Leo no solo es todo eso que dicen que es. Si me apuras, ni siquiera es el resultado de algunos de esos actos que sí ha cometido y de los que todo el mundo habla. Sé que es difícil de entender, pero tienes que intentarlo. Lo más importante es que pongas en tela de juicio cualquier palabra que no haya salido de su propia boca. Soy consciente de que esto te conduce, al menos en este momento, a un callejón sin salida. Entre otras razones, como es obvio, porque no va a hablar contigo, ya me lo ha hecho saber, y eso no tiene vuelta atrás viniendo de él. Sin embargo, esa dificultad no te exime de comprometerte con la verdad. Y la única verdad ahora mismo se amasa y se hornea en la palabra de Leo. Por cierto, él odiaría esta metáfora. De hecho, creo que yo también. Pero es así: no hay verdad en mi palabra, en la del cura o en la de cualquier vecino del barrio que pueda compararse con la que hay en la de Leo. Ni siquiera en la de todos esos policías que se pusieron al frente del operativo para salvar a los niños. Porque la verdad no es algo que se contemple desde el otro lado de la calle. La verdad siempre tiene que magullarte, darte en la cara, levantarte las uñas. Tiene que hacerte algo. Sea lo que sea. Y para que eso ocurra debe haber proximidad. ¿Qué sentido tiene reconocer que hay verdad en afirmar que una codorniz es un ave que pertenece al grupo de los vertebrados? Sé que parece un ejemplo absurdo, pero puede que nos valga. Repito: ¿qué sentido tiene? Aparentemente ninguno. En cambio, cuando te estás atragantando con uno de los huesos de esa codorniz, cobra todo el sentido del mundo. Ahí sí brilla su naturaleza de animal vertebrado. ¿Y me puedes decir quién tiene en este preciso momento ese hueso de codorniz atravesado en la garganta? Exacto. Leo. Ahí está la verdad que asfixia a Leo. No a todos esos vecinos, envilecidos por la curiosidad, que sueltan lo primero que les viene en gana, pero que no se ven afectados de ninguna manera. Soy muy consciente de que más que a una solución te estoy llevando a un problema, casi a un enigma, pero ¿qué trascendencia puede tener un montón de páginas en las que no haya verdades que provoquen algo a alguien? Hasta la mentira más flagrante necesita un poquito de esa verdad. Te lo dice una mujer que es nombrada con una mentira: la hija de la curandera. Y que vive la mayor parte de su tiempo en las tripas de una verdad: los pasillos de un hospital.

EL HIJO BIÓLOGO DE LA MUJER QUE FUE MUY AMIGA DE LA MADRE DEL CONSERJE

La vida se mide en dolores de cabeza. Y yo he decidido reducir los míos a la mínima expresión, aunque eso suponga que mi vida no vaya a ser monumental. Una casa en la playa con jardín y una vallita de madera es un dolor de cabeza. Un puesto de responsabilidad en cualquier trabajo, por pequeño que sea este, es un buen dolor de cabeza. Una pareja que te controla el móvil y la tarjeta de crédito es un grandísimo dolor de cabeza. Un par de hijos en edad escolar es el peor de los dolores de cabeza. Y así podría estar toda la tarde. De dolor de cabeza en dolor de cabeza. Muchas personas pensarán, entre ellas mi amada madre, que lo que me falta a mí son aspiraciones vitales, que mi torrente sanguíneo acelere y pase de trote a galope. Y no te digo yo que no tengan razón, pero eso no significa que me la vayan a quitar a mí. En este mundo hay razón para todo el que quiera tenerla, ¿no le parece? Ahora llevo un tiempo instalado aquí, con mi madre, porque ya está muy mayor y me gustaría compartir con ella aún en plenitud los últimos años de su vida. O de la mía, que en esto nunca se acierta. Ya sé lo que piensan al respecto nuestros queridos vecinos. Que he vuelto al nido porque no tengo dónde caerme muerto, pero qué va a saber toda esta gente de los efectos del paso del tiempo, de los cambios en la corteza cerebral, de las alteraciones en el centro del pensamiento... En definitiva, de eso que llamamos *vejez* y a la que mi madre ha llegado para quedarse. Pues mire usted: yo-sí-lo-sé. Ahí, en esa pared, justo encima del sofá, tras ese cristalito, está mi titulación en Biología por la Universidad Complutense para quien quiera verla. Y en alguna carpeta de esta casa debe de estar mi expediente académico y un doctorado en degeneración biomolecular. Así que sí, por supuesto, soy el único que puede gritarlo aquí: yo sé cómo va eso de que el cerebro se te acartone como el envase de una docena de huevos. Comparto todo esto con usted porque estoy convencido de que lo que le haya podido decir mi propia madre sobre mi persona está condicionando en este momento su manera de percibirme, el grado de credibilidad que me va a conceder, incluso el lugar que me acabará dando en la historia que dice que quiere escribir. Por eso, y no por otra cosa, he insistido tanto en que ella estuviera presente, ¿verdad, mamá? Sin voz y sin voto, cierto, pero con los oídos bien abiertos para que tanto usted como ella tengan claro que no me escondo, que no me guardo nada dentro. Dudo que se haya encontrado a mucha gente así en su vida. En este barrio sé que a nadie. Y espero, en consecuencia, que consiga apreciar la valentía de quienes no malvendemos nuestros principios esenciales. Esta última frase, aunque la he adaptado a mi situación actual, no ha salido de mi cabeza. Pertenece al *coach* del que estoy recibiendo una mentoría que ya ha empezado a cambiarme la vida lenta, hermosa e irreversiblemente. Por cierto, mamá, te pienso devolver hasta el último euro que me has prestado. Y ahora sí, aclarados estos pormenores que no dejan de ser incómodos para todos, contestaré encantado a su pregunta. Leo ha sido amigo mío toda la vida, y supongo que seguirá siéndolo hasta que uno de los dos se vaya a la tumba. Con esto no quiero decir que nos hayamos estado viendo con regularidad a lo largo de los años, o que nos confiemos de madrugada nuestras más profundas preocupaciones. Para ser amigos de por vida basta una sola cosa: haber forjado esa amistad en las condiciones en que nosotros lo hicimos. Esa es la clave de todo. Ese es el punto sobre el que se apoya la palanca que mueve nuestra relación. ¿Y a qué condiciones me estoy refiriendo? Bueno... Algunas ya las conocerá. Seguro. Este hombre nunca se mostró muy sociable. Ojalá pudiera decir otra cosa porque eso le habría evitado muchos disgustos. Conforme cumplió años se fue robusteciendo entre los vecinos esa idea de que era un niño raro, impredecible, inquietante, de gustos esquinados, sobre todo porque pasaba mucho tiempo fuera del barrio y eso avivaba la imaginación de quienes apenas salíamos de aquí si no era para graduarnos la vista o empastarnos una muela. Cuando Blanca, su madre, se quitó de en medio, vino a añadirse a la ecuación la certeza de que él también acabaría mal; si no con idéntico final, sí con uno más o menos parecido, así que no era raro que quien se lo cruzara con un libro bajo el brazo pensase que estaba buscando en sus páginas lo que terminaría encontrando en el grosor de una viga. A todas y cada una de estas condiciones me estoy refiriendo. Por lo tanto, puedo afirmar con pleno derecho que, en los peores años de su vida, su único amigo fui yo. Así de esquemático y así de doloroso. Hasta que más o menos afianzamos la adolescencia, pasábamos las tardes de los fines de semana en su habitación o en la mía, hablando de todo aquello que le interesaba y de lo que yo apenas sabía nada; me contaba con un detallismo desasosegante las historias que iba cruzándose en los libros que su madre le fue acercando y que leía cuando no salían de casa; nos poníamos a buscar sombras sobre el asfalto que dibujaran formas para que él les diera un nombre de figura geométrica; me narraba con una lentitud enloquecedora algunos episodios vi-

vidos en el colegio con una maestra de Lengua que le daba buen trato y con un amargado de Historia que lo llamaba Leopoldo; y durante algunos años no hubo ni una sola semana en que no me dijera, a su manera, eso sí, que detestaba a ese hombre —a su padre, entiéndase— y que echaba de menos a su madre. Ese era nuestro grado de complicidad. Juzgue usted si es mucho o poco. Luego la vida nos llevó por caminos distintos. Más a mí que a él, eso es verdad. Pero nada alteró nuestro irremediable vínculo de amistad. Como supongo que lo que acabo de decirle, con alguna que otra diferencia, ya se lo habrán contado por ahí, voy a confiarle algo que nadie sabe, ni siquiera tú, mamá, y que creo que define a la perfección cómo era y cómo sigue siendo Leo. Porque este no va a cambiar hasta el mismo día de su muerte. Hace ya unos ocho o nueve años, una mañana me encontré seis llamadas perdidas de un número desconocido. Cuando la devolví, la voz de mujer que me respondió se identificó como una enfermera de un hospital de Granada que, a petición de un paciente, quería comunicarme que debía acudir cuanto antes a una habitación. Como aquello me pareció una broma pesada o una estafa macabra, colgué sin decir una sola palabra. A los pocos segundos recibí un mensaje en el que se precisaba el nombre del paciente y el número de la habitación: Leo Almada Sapena, 325. Bueno, el número me lo estoy inventando porque mi memoria ya no da para tanto. La tarde de ese día hice algunos cambios en mi agenda, y a la mañana siguiente conduje un par de horas hasta plantarme en el hospital. Leo estaba aparentemente bien, tumbado en la cama, arropado por una manta verdiblanca que le alcanzaba el pecho, y algunas vías que unían su muñeca a un par de botellas de cristal. Pero eso no quita que durante el trayecto me montara una película escabrosa en la que Leo ya estaba agonizando y deseaba pasar sus últimos días junto a su único amigo, es decir, yo. Ya me veía llevándole a la cama la cuña para que hiciera sus necesidades, ayudándole en las tareas de aseo, acudiendo a sus esputos sobrevenidos y llamando a enfermería en mitad de las largas madrugadas que me aguardaban en ese hospital. Qué putada, me repetía a mí mismo mientras subía y bajaba el volumen de la radio para ahuyentar los malos presagios. No obstante, como digo, cuando lo vi bastante lozano bajo la manta, mi relato se desmoronó y una alegría rara empezó a culebrearme por todo el cuerpo. Leo, con buena voz y pocas palabras, me contó que a la mañana siguiente le iban a rebanar un buen trozo de hígado. Me quedé perplejo. Ese es el término que más se ajusta a lo que yo creo que sentí. Y fue esa misma perplejidad la que me desinhibió para hacer las escasas preguntas que creí procedentes. Él, mejor o peor, siempre con el mínimo detalle y haciendo gala de ese aire de fragilidad que le otorgaban los hombros al descubierto, me las contestó hasta donde creyó conveniente. ¿Qué le ha pasado a tu hígado?, pregunté. Tiene algo, contestó. ¿Qué?, pregunté. Ya sabes, contestó. ¿Es muy malo?, pregunté. No lo sé, contestó. ¿Y por qué me has hecho venir a mí?, pregunté. Por si me muero, contestó. Por supuesto, como ya sabe, nadie se murió en esa ocasión, pero, ante el temor de que pudiera ocurrir, Leo me hizo llamar para confiarme el lugar donde guardaba lo que su madre había dejado escrito antes de irse al otro barrio. Si me muero, me dijo, tienes la libertad de leerlo y compartirlo con tu madre, que fue su mejor amiga. Por fortuna para todos, y en ese todos me pongo yo el primero, la intervención quirúrgica salió a pedir de boca y no fue necesario que acudiera a las últimas palabras de esa mujer. Ni siquiera sentí lo que para mí habría sido una comprensible curiosidad. Pero, de haberla sentido, tampoco habría husmeado en esa carta, carpeta o lo que demonios fuese, por la pereza que me generaba el trámite. El cabronazo había escondido aquello, atento a la jugada, en un conducto de ventilación de un baño de una habitación concreta de un club de alterne. Me dijo por quién tendría que preguntar, qué tipo de habitación debía pedir y cuánto me costaría el servicio. Y me advirtió, además, de que no estaba obligado a consumar, que ellas no lo verían raro, que lo único que tenía que decir era que beber en compañía me daba tranquilidad. Hasta para eso fue retorcido. Una de las primeras cosas que he aprendido con mi nuevo *coach* es que recurrir a la prostitución es síntoma de inseguridad y falta de amor propio, como tener barriga o dormir más de seis horas diarias. Y ahí, no me diga que no, dio en el centro de la diana. Porque yo creo que esas dos cualidades definen a la perfección la personalidad de Leo. A las que yo añado una más: su desconcertante inteligencia. Así que, sea lo que sea que pretendiese aquella mañana con los pequeños alumnos en esa plaza, estoy convencido de que todo ocurrió tal y como él dispuso. De principio a fin. No tengo la menor duda. Todo previsto, medido y controlado. Como yo en la habitación de ese hospital, como las palabras de su madre ocultas en el baño de ese puticlub, y quizá, no nos extrañemos, como usted ahora preguntando de aquí para allá.

LA ASISTENTE DEL PRESIDENTE DE LOS LABORATORIOS

Le agradezco su paciencia. Si hubiéramos podido citarlo antes, créame, lo habríamos hecho, pero es que el trabajo en esta empresa no declina ni un solo día. Las enfermedades no descansan, así que hacer un hueco en la agenda a veces es una tarea extremadamente complicada, por no decir irresponsable. Lo primero que debo expresar es una sincera disculpa de parte del señor presidente por su ausencia. Me ha pedido que le confíe que no está pasando por un buen momento de salud, no sé si sabe que tiene casi setenta y ocho años, y que desde hace dos ha reducido sus intervenciones públicas a causa de una laringectomía. De ahí esta anómala decisión: utilizarme a mí de portavoz para un tema tan sensible y personal. Casi prístino, creo que ha añadido él, aunque tampoco puedo descartar que haya dicho casi clínico o íntimo o tísico. Lo apunto aquí por si usted le encuentra más sentido a alguno de estos últimos adjetivos. De igual modo, ha precisado que ya ha transcurrido demasiado tiempo desde que tuviera lugar todo este asunto por el que pregunta, y que su memoria, a esta edad, no es su punto fuerte, así que le advierte de que es probable que se le estén escapando algunos detalles que ahora podrían resultar esclarecedores. Yo, por mi parte, he querido ser precavida y he tomado escrupulosa nota de su relato, que no es muy largo para lo que él suele extenderse, pero que por razones obvias ha resultado bastante correoso. Así que lo único que voy a hacer en este encuentro será darle cuidadosa lectura y, en momentos muy puntuales, abrir alguna que otra breve acotación que he considerado que podría ser de su interés. Si a usted le surge alguna pregunta al término de la misma, volveré a tomar nota y se la haré llegar por si fuere de su gusto contestarla. Y ahora sí, empiezo a leer cuanto he anotado. Habla el señor presidente de esta nuestra corporación. *Yo nunca he tenido contacto directo con el hijo de Pedro Almada. Y hasta donde sé, tampoco nos ha pedido trabajo en ninguno de los departamentos de esta empresa. Si bien es cierto que no controlo esa información hasta tales extremos, así que si cursó una solicitud de empleo y quedó en nada... No lo sé... Tendríamos que rastrear en recursos humanos, algo que seguro que no es muy complicado. ¿Qué habría pasado si hubiese acudido directamente a mí? Bueno... No tengo dudas al respecto. Lo habría contratado, aunque no por lo que quizá pienses. Pedro, su padre, era un alumno brillante y un compañero estupendo. De aquella promoción, y me atrevo a decir que de las siguientes también, fue el que más destacó en términos académicos. Compartimos habitación durante cinco cursos en un colegio mayor, y eso nos llevó a tener tiempo y complicidad para fabular sobre nuestro futuro en todas y cada una de aquellas noches. Ninguno de los dos queríamos abrir una farmacia para acabar vendiendo jarabes, pomadas y apósitos el resto de nuestros días. Aspirábamos a mucho más. Nosotros soñábamos a lo grande: un laboratorio que caminase un paso por delante de los retos médicos de aquella época, que, como imaginarás, eran muchísimos, por no decir todos. Habíamos pensado hasta en un nombre luminoso que poner sobre la fachada de un viejo edificio que había en la calle Reyes Católicos y que hoy ya no existe.* (ACOTACIÓN 1: El señor presidente se detiene unos segundos para hacer memoria y dice el nombre que habían pensado, pero es ininteligible por una intermitencia del laringófono.) *Sin embargo, ocurrió algo que vino a cambiarlo todo, aunque en aquel momento tampoco es que ese «todo» fuese mucho. A comienzos del último curso conoció a una chica que también estaba acabando Filosofía y Letras. Estoy hablando de Blanca, claro. Comenzaron a verse. Quedaban para comer, ir al cine o pasear. No sé. En principio nada raro, aunque algo más intenso de la cuenta. Y casi de buenas a primeras, muy poco antes de licenciarnos, me suelta en mitad de la noche que su intención era regresar a Almería y comenzar a mover los papeles de apertura de una farmacia. Mi perplejidad fue absoluta. Aquello era un cambio de planes que yo no había visto venir. ¿Y eso, Pedro? Ya ves, que me voy a ir, que me vuelvo porque confío en las buenas señales. A eso se redujo la conversación. Pedro, tal y como dijo, regresó a su casa, y yo me quedé en Granada en un pequeñísimo laboratorio que, asumiendo riesgos y beneficiándonos de alguna que otra carambola, fue el origen de lo poco o mucho que conseguí después. Pero esa es otra historia. En los años que vinieron supe que había contraído matrimonio con Blanca y que habían tenido un hijo. Para entonces, nuestra relación ni siquiera se orillaba en el recuerdo nostálgico de aquellas noches en el colegio mayor. Fue asombrosa la facilidad con la que amputó nuestra amistad y se alejó rumbo a esa nueva vida al frente de su farmacia.* (ACOTACIÓN 2: El señor presidente ha abierto un cuaderno y ha buscado alguna información que lo ha llevado a dar un salto en el tiempo.) *A mediados del año 1983, Blanca consiguió, después de varios intentos, ponerse en contacto conmigo para trasladarme su necesidad de hacerme algunas preguntas. Al principio, no sabía quién era. Solo al nombrarme a Pedro Almada fui capaz de ubicarla en mi memoria y de sentir un fogonazo, no sé si de melancolía o de extrañeza. Le aseguré que no tardaría en viajar a Almería por cuestiones laborales, hecho que era cierto, y que cuando eso ocurriese se lo haría saber para programar una cita. Y cumplí, por supuesto. No solo por la curiosidad que me generaban esas preguntas que quería hacerme, sino también para ver si era posible averiguar algo, lo que fuera, sobre la vida de mi viejo amigo Pedro. Me esperó en una cafetería. Me dijo, señalando más allá del ventanal: Ese de ahí es el colegio en el que he tenido que meter a mi hijo. Lo cierto es que no la recordaba ni bien ni mal, porque tampoco es que hubiéramos forjado una buena relación en nuestra etapa de estudiantes. En ese momento, teniéndola tan cerca, saltaba a la vista que su salud no era la mejor: su extremada delgadez, unas ojeras muy hondas, la palidez de su cara y algo de debilidad en las manos... Me costaba no centrar mi mirada en ellas.* (ACOTACIÓN 3: El señor presidente ha guardado silencio durante unos minutos para tomar aire, descansar, despejar la garganta y refrescarse la boca con su habitual colutorio mentolado.) *Hablamos un poco de todo. Nos resumimos la vida lo más rápido que supimos, sabedores de que cualquier rigor habría sido imposible. Me contó que su matrimonio, casi desde el principio, había acabado siendo algo difícil de explicar y entender incluso para ella misma. También recuerdo, con algo de culpabilidad, he de reconocerlo, que soltó una perorata sobre su hijo que a mí se me hizo lar-*

ga. Precisamente en ella andaba enfrascada cuando le pregunté, con lo que yo creía buen humor y complicidad, si esa carrera de Filosofía y Letras le había servido para trabajar en algo. Se quedó callada durante unos segundos que me parecieron eternos y que me llevaron a pensar que se había ofendido. Y era razonable que así fuera. De modo que articulé unas disculpas que acabaron solapadas a una pregunta que ella formuló. ¿Estás al tanto de lo que hizo el hermano mellizo de Pedro antes de que os conocierais en la facultad? Yo no tenía ni idea. Es más, ni siquiera sabía que existiera ese hermano mellizo. Blanca me contó el episodio de aquella incomprensible pedrada, la desgraciada muerte de la niña, los años de cárcel del hermano y cómo, a raíz de eso, Pedro decidió romper cualquier relación con su familia. ¿De verdad no te dijo nada? Estuve un buen rato en silencio, buscando en mi cabeza cualquier detalle que me revelara un vacío, que iluminara un camino invisible, pero fue inútil. Así que le contesté que no, y añadí que Pedro, en aquellos años, siempre me pareció un excelente compañero. A todo el mundo, me dijo ella. Nos despedimos con un evidente poso de fracaso. Al menos yo, que no terminaba de entender qué era lo que buscaba Blanca, a pesar de que se lo pregunté en varias ocasiones. (ACOTACIÓN 4: El señor presidente ha leído lo que llevo escrito hasta el momento y ha dado su visto bueno.) *Dos semanas después ocurrió algo. Dos semanas en las que supongo que el polvo tuvo tiempo de posarse, la nieve de derretirse o la niebla de retirarse. Yo qué sé cómo funciona la maldita memoria. Mientras asistía a una reunión en Madrid con el secretario de Sanidad y algún que otro político más, recordé algo que me empujó a llamarla. En siete u ocho ocasiones, puede que fuesen más, a lo largo de la carrera, un chico visitó a Pedro. Lo esperaba abajo, en la puerta principal del colegio mayor, o a la salida de la facultad, y, hasta donde yo sabía entonces, se marchaban sin más propósito que dar un paseo por la ciudad y ponerse al tanto de lo que pasaba por Almería. No recordaba su nombre, quizá no lo supe nunca, así que no se lo di. Blanca enmudeció al otro lado del teléfono. ¿Sigues ahí?, le pregunté varias veces antes de que me devolviera un lejano Sigo aquí, que supe de inmediato que significaba todo lo contrario. Después de esa llamada, no volvimos a tener contacto. Me enteré de su muerte unos meses después a través de uno de mis distribuidores, y como ya en aquel encuentro en la cafetería no la vi bien, di por sentado que una enfermedad se la había llevado por delante. Así que llamé a la farmacia de Pedro para ofrecerle mis condolencias y una plena disposición en lo que él y su hijo necesitasen. No creo que se asombrara al escucharme, la verdad. Me dio las gracias con lo que a mí me pareció una afectación sincera, y se excusó porque había clientes esperando a ser atendidos. Con el paso de las semanas supe por el mismo distribuidor que se hablaba de un suicidio. Y a eso, qué quieres que te diga, no le encontré un encaje razonable en lo que yo había escuchado salir de la boca de esa mujer. Así que, dado que uno ya tenía algún que otro contacto por ahí, dejé caer unas cuantas preguntas en el Anatómico Forense de Almería. ¿Por qué tomé esa decisión? Quizá te estés haciendo esta pregunta, ¿no? Me consolaría saber que es así, que ya la tienes en la cabeza. Lo hice por unas palabras que compartió conmigo y que hace unos minutos te he reproducido: «Mi matrimonio acabó siendo algo difícil de explicar y entender». Y las autopsias, al final de nuestras vidas, siempre son una buena explicación para que podamos entender algo, aunque a veces sea muy poco. El informe era de una parquedad estremecedora. Quien me lo mostró me señaló con el dedo algo en la última página. Aquí, dijo. Y ahí había una equis en una casilla donde se leía «Otro accidente», y donde se explicitaban de manera genérica distintas posibilidades: «sobredosis, intoxicación, caída...». Encontraron agua en sus pulmones, lo que sin duda le produjo el ahogamiento, pero el análisis toxicológico también confirmó la existencia en sangre de un medicamento depresor del sistema nervioso. Según el forense, era imposible determinar si había sufrido un desvanecimiento en la orilla, propiciado por esa medicación, o si, por el contrario, todo se había articulado sobre una deliberada voluntad de quitarse la vida. De ahí su equis en esa última página: un genérico, insuficiente y descorazonador «Otro accidente». La primera pregunta que había que responder estaba tan clara que no tardaron en ir a hacérsela a su marido. ¿Tenía diagnosticado algún trastorno para el que le hubieran prescrito esa medicación? Y este no contestó ni con un sí ni con un no. Se limitó a decir que su mujer tenía acceso a cualquier medicamento de la farmacia. Y con eso, atentando contra el más mínimo sentido legal, les pareció suficiente. No lo entendí entonces, y hoy, más de cuarenta años después, me sigue pareciendo un disparate.* (ACOTACIÓN 5: El señor presidente niega con la cabeza durante casi un minuto y aprovecha para sacudir con violencia el laringófono, aportando un dramatismo que puede que a usted le resulte útil para su tarea.) *Quizá fue una equivocación por mi parte, o una necesidad miserable, pero llamé a Pedro y le conté que Blanca, unos meses antes de su muerte, me citó para hacerme algunas preguntas y que, además, me puso al tanto del episodio protagonizado por su hermano. Como es obvio, no lo hice con la intención de informar. Mi voluntad era que una palabra mía provocara otra suya. Pero él, tal y como yo sospechaba, quebró cualquier progreso. Me dijo que conocía ese encuentro porque ella misma se lo había contado. Fue entonces cuando me atreví a hacerle una única pregunta: ¿Por qué permites que la gente crea que se ha suicidado? Algo así debe de ser durísimo para tu hijo. Colgó el teléfono sin siquiera contestar.* Fin de la transcripción. Hasta aquí lo que el señor presidente de esta nuestra corporación quería trasladarle. Me salto todo lo que tiene que ver con la despedida porque no aporta ni quita, y aún tengo varios compromisos esta misma mañana. ¿Desea que le traslade alguna pregunta? Le rogamos, tal y como ya le apuntamos en una llamada anterior, que no explicite ni el nombre de los laboratorios ni, por supuesto, el del señor presidente. Este le agradece que se haya puesto en contacto con él porque, y son palabras literales, emocionadas y entrecortadas, se ha quitado un peso de encima, y, a los setenta y siete años, a eso se reduce la vida, a aligerar equipaje. Que tenga usted un buen día.

EL AMIGO NECESARIO DEL AUTOR

Me he enterado de que has estado fuera. La gente dice, ya sabes. Todo el rato dice y dice y dice. Unos, que en Granada. Otros, que en Murcia. Qué más da el lugar. Es decepcionante que las noticias me lleguen a través de esa gente. Creí que esta vez nos íbamos a coordinar de otra manera. No sé. Aquí nosotros y allí ellos. Y no aquí tú solo, y yo allí con ellos. ¿Me entiendes? Está claro que tienes el control, que esto es cosa tuya, que quien lleva las muchas y aprovechadas lecturas en el cuerpo eres tú. Pero en ningún lado dice que yo me tenga que limitar a ser un mero mayordomo de tu escritura. Quizá sea culpa mía por darme demasiado. Y todo tiene un límite. Si hoy he venido hasta aquí, es simplemente para decirte que estamos justo encima de él, de esa línea roja que debería ser sagrada entre dos amigos. Así que, como creo que darte la oportunidad de atravesarla nos costaría la amistad, he tomado la decisión de bajarme en marcha de esta historia. Me gustaría pensar que esto afectará de algún modo a todo lo que hemos conseguido juntos, sí, juntos, tú y yo, nosotros, durante todas estas semanas de búsqueda y darle vueltas y más vueltas a la cabeza, pero mucho me temo que no será así y que seguirás hacia delante con lo que ya tengas pensado. Buena suerte, pues. Eso sí, antes te diré una cosa que quiero que te quede muy clara: solo volveré al proyecto si te disculpas como Dios manda. Unas disculpas limpias, sinceras y a la cara. Que nos conocemos. No te hago perder más el tiempo.

EL AGENTE DE POLICÍA QUE ESTABA FUERA DE SERVICIO

Aquella dichosa mañana me encontraba delante de un zumo de naranja y una tostada de sobrasada en una de las cafeterías que hay en la plaza del Cordero sin Defecto. No estaba de servicio. Me había pedido el día porque tenía que llevar a mi hija mayor a visitar algunas residencias universitarias. Ahora resulta que a la niña ya no le parece tan buena idea vivir con su tía mientras se saca la carrera de Veterinaria. Que quiere independencia, dice. Nos ha jodido. Independencia quiero yo también y mírame cómo estoy. A ver de dónde saco los seiscientos o setecientos euros mensuales para pagarle una habitación. Lo que se hace por una hija no se hace por nadie. Y menos mal, también le digo. En fin... Que al principio nada llamó mi atención. Ya sabe que esa plaza suele estar bastante concurrida. A simple vista se apreciaban un par de furgonetas de reparto, la gente desayunando en las terrazas y algunas personas que cruzaban a buen paso en distintas direcciones. Si ese bullicio me estaba anticipando algo, ya le digo yo que no supe escucharlo. En un momento determinado, una señora que monopolizaba el ejemplar del periódico desde hacía cuarenta y cinco minutos, cosa que debería estar prohibida por la Asociación de Hosteleros, lo dejó sobre una mesa y se marchó. Así que yo me dije para mis adentros: esta es la mía. A partir de ahí, calcule unos quince o veinte minutos más sin apenas levantar la cabeza de las secciones de Política Local y Vivir, que son mis favoritas. Cuando cerré sus páginas y volví a conectar con el mundo que me circuncidaba, ¿se dice así?, ¿no?, ¿cómo se dice entonces? Bueno, lo que sea. Que cuando volví a mirar ya estaban esos niños en el centro de la plaza. Hasta aquí más o menos todo normal si es que todavía se puede decir la palabra *normal* en los tiempos puritanos que corren. Pero hubo algo que empezó a llamar mi atención progresivamente. Esos niños casi no hacían ruido alguno. No hablaban, no gritaban, no reían, no lloraban. Son chavales, joder, ya sabe cómo se portan. ¿Cuántos años tenían? Cinco, ¿no? Eran muy pequeños como para sacar de ellos esa obediencia militar. El grupo formaba un círculo muy compacto en torno a un hombre que estaba en el centro explicándoles algo que ellos escuchaban con una atención apostólica. En ese momento de inspección ocular, porque aunque no estuviera de servicio uno lo lleva dentro, se me acercó el camarero y me preguntó si ya había terminado con el periódico. Le dije que sí y aproveché para interesarme por algún diario deportivo, y él me contestó señalando una mesa de servicio donde a primera vista se apreciaban, además de varios periódicos más, combos de aliño, botes de salsa, tarros de aperitivos, bayetas dobladas, servilleteros dispuestos en fila y unos cubos metálicos atestados de cubiertos. No es ese el mejor lugar para tener la prensa, ¿verdad? ¿Qué tiene que ver un diario deportivo con todo eso? De modo que no hice ni el ademán de levantarme. Cuando devolví la mirada a la plaza, el grupo de niños se había movido hacia uno de los laterales, donde está la rectoría de Los Nuevos Hermanos y, un poco más allá, la redacción del periódico local. El hombre seguía con ellos, pero ahora estaba unos cuatro o cinco metros por detrás, como si fuese el pastor de un rebaño de cabras. Pagué y me fui. Eso fue todo. Si tuve alguna opción de adelantarme a la jugada de ese trastornado, en ese preciso momento se desvaneció. No me enteré de lo ocurrido hasta ya avanzada la tarde de ese día, cuando mi compañero de patrulla me llamó para decirme que un tipo había secuestrado a veinte alumnos de un colegio y se los había llevado a la plaza del Cordero sin Defecto para hacerles vete a saber qué. Al principio me dio vergüenza reconocer lo obvio: que yo había estado frente a esos alumnos, acompañados de ese hombre, en esa plaza que él mencionaba, pero que la imagen de unos periódicos grasientos junto a unos servilleteros y unos tarros de aceitunas me había descentrado. Así que lo escuché con la esperanza de que el desenlace al menos fuese feliz. Aquí viene, pues, el relato de los hechos que mi compañero me trasladó con un rigor bastante aceptable. Al parecer, el camarero de una terraza observó que había cuatro o cinco niños solos que lloraban desconsoladamente. Llamó al 112 y, cuando acudieron los efectivos, se dieron cuenta de que no había cinco, ni ocho ni diez, sino más de quince niños diseminados por toda la plaza sin ninguna clase de supervisión. Imagínate la situación y su complejidad. ¿Quiénes son esos niños? ¿Cuántos son? ¿De dónde vienen? ¿Quién los ha traído? ¿Por qué están ahí? La única información que obtuvieron en un primer momento fue la que los propios niños aportaban. Y, como ya imaginará, era contradictoria, insuficiente y, en algunos casos, hasta carente del sentido más elemental, porque a esas edades las criaturas todavía no están hechas del todo (no sé si esto tampoco se puede decir hoy en día). Como la policía está entrenada para esta clase de episodios, puso en marcha toda la maquinaria y comenzó a analizar con rigor cada cosa que esos alumnos llevaban encima, y uno de mis compañeros se percató de que en una de las mochilas aparecía impreso el nombre de un colegio y su correspondiente escudo académico. Como ve, un trabajo fino. ¿Qué se hizo entonces? Lo lógico. Llamar al colegio y preguntar si algún grupo de alumnos había salido de excursión esa mañana. ¿Y qué contestaron desde el colegio? Que no, que allí no era. Así que vuelta al punto de partida. Lo peor de todo es que mis compañeros todavía no sabían que los diecinueve alumnos que habían alojado para protegerlos de urgencia en la sala de reuniones del periódico local no eran todos, que faltaba uno. Imagínese. Esto que le cuento, a la velocidad de la luz. No se crea que le estoy hablando de unas cuantas horas. No, no. Venga, venga, venga, venga, que aquí no se sabe todavía el alcance que tiene esto. Hasta que una periodista, que estaba echando una mano para tranquilizarlos y que ve a un niño muy agitado, muy nervioso, como si le fuese a dar una crisis epiléptica, lo ayuda a quitarse la chaqueta del chándal y comprueba que en el antebrazo derecho su madre le ha anotado un número de teléfono móvil. Bendita psicosis materna. Nueve dígitos que lo desatascan todo. Se llama a ese número, se pregunta si su hijo está en una excursión o algo parecido, contesta que sí, que ha ido a ver un monumento o una representación de algo, que no lo sabe muy bien, se pregunta por el colegio al que pertenece, dice el nombre del centro al que ya se había llamado y desde el que habían dicho que ellos no eran los responsables, y entonces sí, en ese momento, y contra todo pronóstico, revienta el caso en el peor sitio posible: una sala atestada de periodistas. Quince minutos después, la noticia viajaba como un cohete supersónico por internet: «Diecinueve niños son secuestrados y abandonados en el centro de la ciudad». El equipo directivo del colegio se puso a contar ausencias y se dio cuenta de que en cinco clases de primero faltaban cuatro niños respectivamente. Cuando el jefe de estudios comienza a llamar a casa de esos alumnos para ver si habían faltado por alguna razón justificada, los padres ya iban camino de la plaza de marras. Un sindiós, vamos. Cuentan niños, cuentan familias, y el resultado no cuadra: hay una niña que no aparece por ningún lado. Vuelven a entrar en juego los periodistas: «El secuestrador y una niña, en paradero desconocido». Para entonces los padres ya habían relatado que esa mañana habían llevado a sus hijos al punto de salida de excursiones y que el conserje se había hecho cargo de ellos, algo que no era normal normal normal, pero que tampoco se les antojó una locura, porque se había hecho otras veces algo parecido, y el colegio, además, no había comunicado que ese hombre ya no trabajara para el centro. Vuelven a entrar en acción los periodistas: «El artífice del secuestro, con antecedentes psiquiátricos, es el conserje del colegio». A esas alturas la noticia era de alcance nacional y los teléfonos ardían en todas las redacciones. La niña seguía sin aparecer, el conserje se había convertido en uno de los hombres más buscados del país y algunos padres habían comenzado a aporrear la puerta de la rectoría de Los Nuevos Hermanos porque consideraban que ellos eran responsables del desaguisado. Nuestro portavoz policial pidió a las familias que se llevaran a casa a los niños, más por alejarlos de los periodistas, que no paraban de dar por culo, que por el bienestar de los pequeños, y el equipo de investigación, por su parte, se centró en la acción prioritaria: localizar a la niña que les faltaba. Algo que no se consiguió hasta tres horas después y de pura chiripa, todo hay que decirlo. La niña, supongo que al verse en la situación en que se vio, no lo sé, buscó refugio, madriguera, protección, lo que sea, y se arrebujó en los sillones del *hall* de un hotel cercano. Allí estuvo durmiendo, o en *shock*, hasta que un tipo de mantenimiento reparó en ella, hecha un ovillo, gimoteando, como hablando en sueños, y con los pantalones empapados en su propia orina. Quiero pensar que estaba en un lugar poco visible, porque si no... Vaya mierda de mundo que hemos creado. La cuestión es que mis compañeros, en un primer momento, no podían descartar que el conserje hubiera estado con esa niña en ese hotel, por mucho que el recepcionista asegurara que por allí no había pasado. A fin de cuentas, muy observador no parecía cuando ni siquiera había reparado en la presencia de la niña en los sillones de la entrada durante más de tres horas. Los periodistas, claro, volvieron a entrar en acción: «Hallada en un hotel la niña desaparecida». Madre de Dios. No le tengo que explicar a qué sonaba ese titular. Horripilante. Menos mal que los padres ya no estaban en la plaza, porque si no habrían metido fuego a la rectoría, a la redacción del periódico y a las patrullas de policía que aún seguían por allí. Ya solo quedaba dar con el paradero de ese hombre, del conserje. Y entendíamos que eso no podía ser muy complicado, porque todos, padres, docentes, equipo directivo y representantes de Los Nuevos Hermanos, lo habían dibujado como una persona... No sé cómo decirlo para no ofender a nadie. ¿Mermada? ¿Es correcto ese término? Técnicamente no está mal, ¿no? Es que ya no se puede decir nada. Así que no teníamos en la cabeza a un psicópata con altas capacidades, sino más bien a un lumbreras que habría visto muchas series de detectives, con toda la imprevisibilidad que cabe en alguien así, claro. Y lo cierto es que, al menos esta vez, la intuición no nos falló. Fue una operación bastante fácil. Lo difícil fue determinar en un primer momento si el estado en el que lo encontramos había sido o no consecuencia de una tentativa de suicidio. Y, teniendo en cuenta sus antecedentes familiares, casi nadie tuvo dudas. Incluidos los periodistas, por supuesto, que volvieron a la acción: «El secuestrador, en estado grave tras intentar suicidarse».

EL MAESTRO DE LENGUA Y A LA SAZÓN JEFE DE ESTUDIOS DEL COLEGIO

Ya me pasó una vez, y no me va a pasar dos veces. Por esa razón me he puesto en contacto con usted, incluso saltando por encima del consejo profesional de mi abogado. Pero es que prefiero cualquier consecuencia legal que me pueda traer todo esto a que me sometan al escarnio público y pellejero con el que ya me castigaron una vez. Yo no me colaba como una rata en el coche de mi compañera de Gimnasia para hacer lo que decían que hacía. De eso nada. No soy un pervertido que perdiera el control al sentir cómo la tapicería me rozaba en los muslos. Santo Dios. Qué manera de destrozarme la vida. Cómo unos pudieron inventar una cosa así, y cómo otros pudieron creerla. Lo que en aquel entonces ocurrió fue algo distinto y, para irritación de todos, muchísimo más hermoso y elevado. Esta historia se explicaba con unas palabras que nadie quiso escuchar: la maestra de Gimnasia y el maestro de Lengua y a la sazón jefe de estudios, es decir, un servidor, nos enamoramos. Eso es todo. Y como en el colegio no había ni un solo rincón donde pudiéramos hallar un mínimo de intimidad sin que una puerta se abriera, una ventana chirriara o unos pasos se aproximaran, casi todos los días nos despedíamos en los asientos traseros de su coche, que era más amplio que el mío, tenía los cristales tintados y olía a las horas primeras de un bosque. Hasta mañana, mi querida Melibea. Hasta mañana, mi amado Calisto. Yo, por entonces, estaba infelizmente casado, mis hijos habían saltado la veintena y en mi matrimonio pasaban menos cosas que en el interior de un cajón. Así que ya se puede imaginar la verbena que se me montó en el corazón el día que intuí que esa maestra, con ojitos de penitente, cabello largo, vivaracho y negro, sonrisa desmadejada, aliento fresco y brazos invencibles, estaba interesada en mí. Con qué alegría salía yo cada mañana a trabajar, con qué excitación me dirigía a su coche cada tarde, con qué esmero fabulaba cada noche sobre a qué dedicaríamos los años que nos quedaran por vivir juntos. Pero, claro, cómo iban a permitir estos miserables que algo así ocurriese. En qué cabeza cabía que ellos, todos, no me dejo a nadie fuera, pudieran entender que un hombre, casado, con hijos, de cincuenta años, que era la edad que tenía entonces, y una mujer de veintitrés, bellísima a la manera en que lo es un lago, una abeja o un meandro, se hubiesen unido como una pequeña y firme sinalefa, y vivieran enamorados sin remedio alguno. Ni aunque ella hubiese salido públicamente en compañía de un notario para manifestar que nuestra relación se fundamentaba en el amor, en la libertad, en el deseo y en la admiración, ni aunque hubiese hecho eso, repito, nadie la habría creído, porque una cosa así los obligaba a asumir que vivían en una fatiga emocional infinita. De modo que empezó a circular ese rumor desalmado, esa historia que me animalizaba, ese relato en el que un hombre, ya viejo, embrujado por la saliva y los olores, envilecido por los jugos de la lujuria, era sorprendido en el interior de... En el interior... Perdón... Perdón... Todavía me cuesta verbalizarlo... Era sorprendido en el interior de un coche. Masturbándose. Mi vida cayó por un tobogán oscuro y pegajoso. Mi alegría se salió de la carretera, dio tres vueltas de campana y quedó tendida y medio muerta donde no molestara a nadie. En menos de un mes trasladaron de colegio a la maestra, a mi compañera, a mi Melibea; la que todavía era mi mujer me pidió el divorcio y se quedó con todo; mis hijos dejaron de hablarme, de mirarme y de nombrarme; y me mudé a un apartamento de cuarenta y tres metros cuadrados útiles con vistas a un patio interior sembrado de tendederos de ropa. Nadie salió en mi defensa. Ni siquiera mis compañeros del equipo directivo, con los que tantas refriegas he compartido en despachos, pasillos y aulas. No es fácil reponerse de una desgracia en la que todo lo sólido parece evaporarse sin siquiera haber pasado por estado líquido. Pero si algo he aprendido de cuanto me ocurrió, si detrás de este castigo se guarece una lección magistral que yo pueda transmitir a mis hijos, el día que vuelvan a mirarme a la cara, por supuesto, debe de ser esta o una muy parecida a esta: el silencio y la resignación no son buenos compañeros de viaje. Hay que levantar la voz, enseñar las encías, apretar los puños, defender la verdad. Que fue lo que yo no hice cuando me dibujaron como una bestia gobernada por sus más bajos instintos. Por eso no me pienso callar esta vez. Y por eso, como digo, he contactado con usted. No vaya a ser que se le ocurra a alguna mente lúcida que, puesto que el jefe de estudios es un profesional de comerse marrones, este también podría deglutirlo él. Y mire, no, qué va, por ahí ya no paso. Menos aún cuando me queda un curso para jubilarme y dejar todo esto atrás. Así que voy a compartir con usted algunas cosas con las que demostrar que esta música que suena ahora no es para que yo la baile. Es para que la bailen otros hijos de perra. Porque yo, el maestro de Lengua y a la sazón jefe de estudios que una vez apostó por el buen amor y se fue con los bolsillos llenos de basura, no tiene ninguna responsabilidad en lo sucedido a esos niños. Y usted está a punto de comprobarlo. Ponga atención. Mi querido compañero del alma, el secretario del centro, tan buen marido como yo, ya me entiende, una semana antes de que el conserje se llevara a esos alumnos, se encontró en la bandeja de entrada de su correo electrónico una factura de la empresa de transportes, cuyo concepto era el modelo de minibús y el número de alumnos de la excursión de marras. ¿Cuál debería haber sido su obligación en ese momento? Fácil. Preguntar en el colegio quién demonios había pedido un servicio de transporte sin dar previo aviso. Y no lo hizo. Quizá yo tampoco lo habría hecho, porque, como tengas que escudriñar, comprobar y contrastar cada documento que aterriza en tu mesa de trabajo, no haces otra cosa a lo largo del día. Y un colegio, permítame que le diga, no solo son los papeles, los sellos, los informes y la puta madre que parió a la inspección educativa. Pero, claro, después de lo ocurrido, vaya usted a contarles eso al delegado de Educación o a una jueza de instrucción, a ver qué le dicen. Que es justo por lo que va a pasar mi compañero, el secretario. Por eso está tan desquiciado, intentando a toda costa hacerse el amigo abnegado que siempre comprendió al pobre conserje, buscando la manera de que ese hombre diga algo, lo que sea, da igual, que lo saque de la hoguera en la que arde ahora mismo. Lo cierto es que el conserje conocía los procedimientos mejor que muchos docentes. Así que lo hizo realmente bien para que nadie se percatara de que todo estaba realmente mal. Como él seguía viviendo en la casa del colegio a la espera de que se buscase algo, aprovechó algunas tardes para urdir su plan desde el ordenador de secretaría. Envió la información de la excursión y las correspondientes autorizaciones a los padres a través de la aplicación informática que solemos emplear para estos menesteres. El Majareta no era tan majareta como nos creíamos. Les explicó que sus hijos habían sido elegidos para una primera visita a la rectoría de Los Nuevos Hermanos y que, en sucesivos viajes, irían otros alumnos hasta completar la totalidad de ese nivel, porque era de rigor moral que hasta el último matriculado conociera su casa de fe. Así que solo eligió cuatro alumnos de cada una de las cinco clases de primero, en total veinte niños y niñas, de tal modo que cuando esa mañana las maestras pasaran lista, no vieran en ese número de ausencias algo muy distinto a lo que se encontraban muchos otros días. Lo más brillante de ese ejercicio de ilusionismo es que, como los padres devolvieron el mensaje con la palabra *Autorizo* tal y como se les pedía que hicieran, el conserje, en sentido estricto, dispuso del consentimiento legal para llevarse a esos alumnos a la rectoría de Los Nuevos Hermanos. ¿Y dónde encontraron a los niños aquella mañana? Muy lejos de la rectoría no, ¿verdad? Pues eso. Que parece ser que hiló los acontecimientos con más elegancia y astucia de lo que muchos habrían sospechado. Cada paso que dio antes, durante y después estuvo meditado al milímetro para que siempre hubiera una puerta de emergencia por la que salir con vida. Así que cuando el director del colegio me comunicó que desde Los Nuevos Hermanos me habían convocado a una reunión en la casa del cura, sí, sí, en la mismísima casa del gilipollas del cura, que siempre que lo necesito para alguna comisión del Consejo Escolar me lo encuentro de viaje espiritual, me sacudió todo el cuerpo la convicción de que ya estaban buscando un cabeza de turco y creían haberlo encontrado una vez más en mí. Por eso, y no por otra cosa, porque tampoco es que yo tenga una malicia muy distinta a la del resto del mundo, conecté la grabadora del móvil durante ese encuentro para asegurarme de que el día de mañana nadie pudiera especular sobre lo ocurrido allí. Si quiere luego le dejo escuchar la grabación en su totalidad por si a mí se me hubiera escapado algo de especial relevancia, pero ahora mismo le voy a contar, *grosso modo*, lo que el jefe de comunicación de Los Nuevos Hermanos compartió con nosotros, es decir, con el cura y conmigo. Primero nos explicó, aunque yo ya lo sabía porque aquel disparate lo viví desde el palco presidencial, cómo había procedido el conserje para llevar a cabo lo que él denominó un acto más propio de parásitos intestinales que de criaturas de Dios. Luego comenzó a dar un amplio rodeo enumerando las virtudes que todo buen siervo debe cultivar y el precio que muchas veces se ha de pagar en la consecución de la defensa de la verdad. Ahí ya la espalda se me empezó a erizar como a un perro que anticipa que van a llamar a la puerta. En esta parte del sermón se le fue un buen rato. Tanto que el cura bostezó un par de veces y el tipo le dijo que si volvía a verle las muelas no respondía de sus actos. Como ve, el clima de tensión era más que evidente y daba la sensación de que las cosas podían acabar bien, mal o regular. Así que el cura pidió perdón, yo también aunque no había bostezado, y el jefe de comunicación lo agradeció mientras comenzaba a doblar sus palabras para dirigirlas en otra dirección. Justo la que las ponía mirando hacia la gran pregunta: ¿Vosotros habéis escuchado si el conserje ha contado algo sobre alguien de Los Nuevos Hermanos? Nos quedamos callados un rato. No sabría decir cuánto tiempo en segundos o minutos, pero sí en peso. Sería un silencio de unas dos o tres toneladas como mínimo. Y ahí estuvimos, aplastados bajo toda esa masa de espera, hasta que al cura se le ocurrió decir que él no lo había escuchado de boca del conserje, pero sí de otra gente bastante fiable, que aseguraba que Leo protagonizó un altercado violento con un hombre en un local de la capital, que luego resultó ser un tipo que pertenecía a la casa, a la nuestra, a la de todos los hermanos nuevos. El jefe de comunicación se le quedó mirando como una lechuza a la que le arrancan una pluma de la cola, no sé si esperando a que aclarara qué era lo que había querido decir, o deseando que la tierra se abriera a sus pies y se lo tragara para siempre. Pero, vamos, que lo que había querido decir estaba clarísimo: el conserje y el hijo menor de nuestro ilustrísimo y reverendísimo presidente se habían partido la cara en mitad de un puticlub. Imagínate la escena y el escándalo. Yo esa historia ya la conocía, con alguna que otra variante argumental, porque me la había contado Padilla, un tipo que ha trabajado para nosotros cuando Leo ha estado indispuesto. Así que en el colegio sabíamos, aunque nadie nos lo hubiera especificado, que la verdadera y única razón de esa jubilación anticipada, obligada, bajo amenaza de despido —que de ese detalle pocos hablan—, era precisamente esa: haberle metido los dientes para adentro al hijo de quien le daba techo y le firmaba la nómina todos los meses. Como el cura vio que el jefe de comunicación no decía nada, se desdijo al instante con un quizá haya escuchado mal la historia, pidió disculpas, yo también otra vez por si acaso, y clavó la mirada en el suelo de madera con tanta fuerza que me pareció oír un par de martillazos. El jefe de comunicación pasó, por tanto, a articular el cierre de su intervención, que tenía un poquito de advertencia, otro poquito de amenaza y, para terminar, un poquito, lo menos posible, de bendiciones. Así que yo se lo voy a resumir de la siguiente manera para no pasarnos la mañana entera aquí: nos dijo que si al conserje se le ocurría dar ese o cualquier otro nombre, e implicarlo en el asunto que fuera, y en ese *fuera* supongo que se incluían todos los puticlubes de la provincia, iban a crujir las vigas maestras de la parroquia y del colegio, y que por eso nos había citado a los dos, representantes destacados de una y otra casa, para que actuáramos en nombre de todos los nombres que este trastornado pudiera pronunciar. Después él dijo amén. Nosotros amén. Y todos a la vez, palabra del Señor, eres grande en nuestro corazón. Tras esa reunión, escuché y volví a escuchar no sé cuántas veces la grabación de cada cosa que quiso decirnos, porque algo había ahí, una especie de vacío opaco, un hueco detrás de todas esas palabras, que me impedía interpretar la razón última y verdadera que motivó esa amenazante conversación. Me echaba en la cama, le daba al *play*, cerraba los ojos y comenzaban a girar sobre mí el desconcierto del cura, el nerviosismo del jefe de comunicación y mi propio temor a ser acusado una vez más de cualquier despropósito. Todo giraba y giraba y giraba, hasta que una cosa colisionó con otra, y los fragmentos de esa colisión provocaron nuevas colisiones en cadena para generar un caos íntimo, muy mío, muy de mi habitación y mis pensamientos, y en el centro de ese caos floreció el nombre de la única persona que podía conocer el origen de todo lo ocurrido, porque él había sido testigo presencial de ese mismo origen. Me refiero al antiguo director del colegio. No al de ahora, con el que me consta que usted tuvo la oportunidad de hablar. El de antes.

Quien en su día me nombró jefe de estudios, siendo yo apenas un chaval, y que, por obra y gracia de los mismos, también fue víctima de una falacia, que le costó una salida indigna y humillante de la institución. Telefoneé un par de veces a su casa, puede que más, y dejé sendos recados a una mujer que me aseguró que era su hija, pero nunca me devolvió la llamada. Supongo que hay voces que no quieres escuchar cuando sabes que van a sajar viejas heridas. Quizá usted tenga más suerte: no le conoce, ignora por qué lo busca y puede que le devuelva la llamada. Yo, por si acaso, le paso una copia de la grabación para que tenga algo que ofrecer. Estoy convencido de que en aquel origen hay mucho de este desastroso final.

LA INFORMANTE DE CONFIANZA EN EL HOSPITAL Y EN LA SEDE JUDICIAL

Como ya supondrás, no ha sido fácil que alguien del hospital me diese acceso a la información que buscaba. He tenido que llamar a muchas puertas. Así que el precio del que hablamos al principio ha sufrido un reajuste. Espero que no haya problema con eso. Don Leo Almada Sapena ingresó a través del servicio de urgencias el mismo día que me indicaste, efectivamente, en estado muy grave, inconsciente, con las constantes vitales hechas unos zorros y con un pronóstico bastante complicado. Todo esto se recoge en el informe de hospitalización que te haré llegar junto con el resto de la documentación que iré consignando. Debido a sus antecedentes clínicos, lo primero que se acometió, una vez estabilizado dentro de la gravedad, fue el problema de su sangre. Quienes saben de estas cosas me han asegurado que fue una auténtica proeza por parte del equipo de hematología, en estrecha coordinación con los especialistas en aparato digestivo. Su hígado era una calamidad, lo que propició que una gran cantidad de toxinas acabara en el torrente sanguíneo y diera lugar, entre otras patologías, a una grave encefalopatía. ¿Y esto qué significa en términos prácticos? Pues que durante los primeros días no pudo contestar con rigor a ninguna pregunta de la policía porque sus capacidades de expresión y razonamiento estaban muy mermadas. Por suerte, con la medicación —registrada en informe adjunto—, dos transfusiones sanguíneas —detalles técnicos en informe adjunto— y una breve intervención quirúrgica —extensa descripción en informe adjunto— se logró revertir ese estado de confusión en unos cinco días, momento en el que fue trasladado a la planta ordinaria con el fin de seguir con el tratamiento y la observación pertinentes. Según todos los documentos a los que he tenido acceso y los testimonios de algunos miembros del personal sanitario, lo que casi le provoca la muerte fue una insuficiencia hepática motivada por múltiples factores: había dejado de tomar la medicación prescrita, no se había hecho los análisis programados para anticipar este tipo de crisis, había indicios de una deshidratación importante y se le detectó en sangre el principio activo de un medicamento que fue el que actuó como precipitador de su cuadro clínico. Este último dato es, sin lugar a dudas, el que más controversia ha generado, porque, según me han comentado en el propio hospital, la policía ha querido ver en esa sustancia el ingrediente mágico que logró que todo saliera según lo previsto. Según lo previsto por él, claro, porque ellos interpretaron que tomó esa medicación deliberadamente para salir airoso del secuestro que había organizado. El equipo médico, en cambio, dice que es harto difícil que alguien sin conocimientos profundos sobre medicina y farmacología pudiera controlar todas las variables posibles en una situación como la ocurrida. Es decir, que programarte una insuficiencia hepática en un momento concreto del día es algo casi milagroso de conseguir, y muy especialmente en las circunstancias de presión en las que él se encontraba. Esto no es como tomarte una pastilla y echarte a dormir. Eso me ha dicho la jefa del área de hematología. Algo muy llamativo es que cuando al paciente se le preguntó por los restos de ese medicamento hallados en su sangre, manifestó que no sabía cómo habían llegado ahí, pero también reconoció que durante las semanas anteriores su vida no había sido todo lo ordenada que debiera y que le resultaba imposible descartar que, sumido en ese caos, hubiera tomado algo contraproducente para su patología. ¿Están ustedes acusándome de alquimista?, preguntó soliviantado al policía que lo interrogó por vez primera. Este se debió de quedar de piedra porque añadió al testimonio del conserje un paréntesis de su propia cosecha: «El detenido se inventa palabras». Cuando le dieron el alta hospitalaria, trece días después de su ingreso, prestó declaración ante la jueza —se adjunta copia fiel de la declaración original—, en presencia de una secretaria judicial y de un abogado de oficio, y lo que vino a decir fue que él siguió con pulcritud el procedimiento que establece el Reglamento de Organización y Funcionamiento del colegio en lo que a actividades extraescolares se refiere. Que él, como miembro de la comunidad educativa, informó en tiempo y forma sobre los detalles de la visita a la rectoría de Los Nuevos Hermanos, actividad que está aprobada en el primer claustro ordinario del curso, y solicitó y recibió autorización por parte de padres, madres o tutores legales de los alumnos afectados. Que en ningún momento hubo ocultamiento por su parte, puesto que la factura del minibús se hizo llegar al secretario, una copia impresa de las autorizaciones quedó en el casillero de la jefatura de estudios y se fijó el punto de partida en la explanada habitual, que es bien visible desde casi todas las ventanas del colegio. De igual modo negó otros aspectos que también eran decisivos a la hora de poner en orden todo lo sucedido, y que detallo a continuación. Primero, que él aún no había dejado de ser empleado porque su desvinculación no entraba en vigor hasta finales de ese curso académico. Segundo, que él en ningún momento le dijo al chófer del minibús que las maestras se desplazarían en un vehículo particular, pero que entendía a la perfección que ese empleado hubiera declarado algo así para evitar problemas con una empresa cuya fama es la que es en materia de despidos y condiciones laborales. Tercero, que él jamás albergó ningún afán de hacer daño a esos alumnos, a los que casi considera hijos, y arguyó que buena prueba de ello era que ninguno había sufrido la más mínima lesión física durante el desarrollo de la actividad extraescolar. Y cuarto, que él no se sorprendió de que Los Nuevos Hermanos hayan visto en todo lo sucedido un intento de sembrar el caos en esa plaza, e incluso la voluntad de lanzarles el miserable mensaje de que podría haber devorado a esas criaturas si así lo hubiese deseado, porque, según él, ellos mejor que nadie saben que razones nunca le han faltado para darles donde más dolía. Pero aun así ha insistido en que si todo acabó de esa manera tan alambicada, fue por ese percance de salud mientras acompañaba a una alumna a que hiciera sus necesidades en los servicios de un hotel próximo. Esto último, como bien sabes, no llegó a término porque él cayó fulminado entre la acera y un coche aparcado, y ahí estuvo medio muerto hasta que un controlador de estacionamiento reparó en él y llamó a los servicios de emergencia. Según sus palabras, y son casi literales, esa es la única decisión de la que se sabe culpable: haberse alejado del grupo para atender la necesidad de una sola alumna. En la declaración se recogen muchísimas más preguntas y sus respectivas respuestas, pero creo que te he resumido las más sustanciosas. Como tú bien sabes, la jueza lo dejó en libertad con cargos y sin fianza, pero, consultadas algunas fuentes legales, todo parece indicar que la cosa va a quedar en poco o nada. Sigue en paradero desconocido, que no es lo mismo que en busca y captura. No contraviene ninguna medida cautelar, así que no es verdad que esté huido de la justicia. Si me permites una apreciación subjetiva sobre todo esto, un paréntesis, una coda a lo que he ido apuntando, te diré que este tipo es la hostia divina. Jamás me había encontrado un caso tan estrafalario: un conserje de colegio se lleva a un grupo de alumnos de excursión, sufre un colapso en plena actividad, que quizá se provocó él mismo, y deja a los alumnos de cinco y seis años como ovejas descarriadas en la puerta de la institución que lo ha castigado con lo que parece un despido improcedente. ¿Qué responsabilidad habría tenido él si a uno de esos alumnos le hubiese pasado algo? Muy poca. Quizá ninguna. Si lo encontraron medio muerto en mitad de la calle, ¿no? ¿Quién demuestra ahora lo contrario? No sé tú, pero yo ya leí esta historia cuando apenas era una niña. *El flautista de Hamelín*. ¿Te acuerdas de ese tipo espeluznante llevándose a los niños al saberse engañado? Es lo mismo que yo veo aquí. Un claro, contundente y espantoso recado a Los Nuevos Hermanos: qué fácil me habría resultado hacerlos desaparecer. No hay ni una sola cosa que no esté cuidadosamente hilvanada. Hasta tal punto que no sé si me genera rechazo o admiración. Fíjate en lo que contestó a la pregunta que le formuló la jueza casi al final del interrogatorio. Si no quería sembrar el caos ni ocasionar daño alguno, ¿para qué llevó a los alumnos a la rectoría si allí nadie los esperaba? Su respuesta me sigue aterrorizando: Menos les habría gustado que me los llevase de excursión a una cueva. El pago acordado puedes hacérmelo ahora o cuando compruebes que la documentación adjunta te ha llegado al correo electrónico. Si tienes alguna pregunta, este es el momento.

EL ANTIGUO DIRECTOR DEL COLEGIO

¿Cómo sigue mi viejo compañero? Siempre creí que tenía mimbres para ser un buen jefe de estudios. Entonces era muy joven, como yo, pero ya hacía gala de grandes ideas y de una avasalladora capacidad de echar más horas que un reloj. Muy mujeriego, eso también. Tuvo que saltar alguna que otra tapia para que más de un marido no le echara el guante. Espero que le haya ido bien. Aunque si, como dice, le ha dedicado toda su vida a ese colegio, me atrevo a pensar lo contrario. Como ya supondrá después de haber conducido hasta aquí, no es que no quisiera devolverle las llamadas; es que ni siquiera he tenido noticia de ellas. Desde que me jubilé, he vivido casi todo el tiempo en esta casa y estas tierras. Fue algo progresivo. Ya sabe. No es que uno decidiera apartarse del mundo. Primero los fines de semana, luego unos días de desconexión, más tarde una temporadita... Hasta que me di cuenta de que la vida me parecía más soportable aquí arriba, en la montaña, que en mitad de la ciudad. Muy poco original por mi parte, lo sé. La última vez que bajé fue para que el traumatólogo le echara un vistazo a estas rodillas y me dijera, con una sonrisa espantosa, que de qué rodillas le estaba hablando si ya casi no me quedaban. Lo mejor de instalarse en un sitio como este es que uno tiene la certeza de que quien venga a buscarte lo hará para un asunto de relevancia. Como es su caso... ¿No? Es verdad que conocí a esa mujer. Blanca Sapena. No mucho antes de que muriera. ¿Alguien cree que se puede olvidar algo así? ¿Un hecho como ese se va alguna vez de la cabeza? Siempre he pensado que había una cuerda que unía una fecha con otra: el día que entró por vez primera en mi despacho y el día que la encontraron muerta. Por entonces yo tenía veintinueve años, y ella, calculo que unos siete u ocho más. Acudió al colegio porque intentaba localizar a un hombre, y albergaba la esperanza de que alguien del colegio pudiera ayudarla en esa gestión, ya que, según le habían dicho, era más que probable que tuviera algún vínculo con Los Nuevos Hermanos. Pero yo, por aquella época, a pesar de haber asumido la dirección del colegio, conocía a muy poca gente dentro de la institución porque formaba parte de lo que ellos denominaban, no sin desprecio, *personal seglar*. A mí me habían contratado por recomendación de un viejo amigo de mi padre, en un momento en el que estaban intentando sacudirle el polvo a los cimientos de la casa. Ya sabe, principios de los años ochenta; buscaban parecer otra cosa distinta de lo que realmente eran. Recuerdo muy bien las visitas de Blanca al que entonces era mi despacho. Y mira que han pasado años y hemos dado tumbos. Bueno, ella no tantos. Era una mujer hipnótica. No de un modo grandilocuente. Más bien a la manera en que lo es una lluvia parsimoniosa o un gato que se lame las patas. El pelo recogido en un moño. Sus ojos tan abiertos... La voz suave, sostenida. Alta, pálida, frágil, bonita, yo diría que muy bonita, con un pie en mi aquí y otro en su particular allá, siempre pensativa, puede que ensimismada, con algo deslumbrante que decir cuando ya parecía que había poco que decir. Qué fácil era sentirse conmovido, para bien o para mal, cuando la tenías delante. Recuerdo decirle sí, sí, Blanca, esto lo conseguimos, tarde o temprano daremos con ese hombre. Pero me visitaba cada semana, y yo lo único que le contestaba se podía resumir en un nada, Blanca, todavía nada. Los datos que me había facilitado eran una edad aproximada y un lazo familiar con el director provincial de Los Nuevos Hermanos en los años sesenta, que, a su vez, había sido gobernador civil durante un tiempo. En principio, no parecía una operación muy difícil, pero lo cierto es que pasaron los días, luego unas cuantas semanas, más tarde algún que otro mes, y seguía siendo incapaz de averiguar nada sobre esa persona. De modo que la búsqueda se fue alargando más de la cuenta, y con ella, nuestros extraños y a la vez acostumbrados encuentros. ¿Nos hicimos amigos? Bueno, quizá eso sea mucho decir... Nos sentíamos a gusto cuando nos veíamos. Con eso es suficiente. Supongo que también se estará preguntando si me confió el motivo por el que buscaba a ese hombre. No. No lo hizo. A lo más que llegó fue a mencionarme a una mujer que había dado con ella para pedirle un favor o para encomendarle algo, interpreté yo que la búsqueda de esta persona, y que lo iba a conseguir, costase lo que le costase. Pero, como le digo, el motivo concreto no salió de su boca. Una noche, durante el transcurso de una cena benéfica organizada por Los Nuevos Hermanos y a la que asistieron personalidades de la ciudad, entablé conversación con una señora, ya con pie y medio en la jubilación, que desempeñaba funciones de administración en el departamento de contratación y pagos de la casa. Mientras esa mujer me desmenuzaba algunos de sus menesteres en la oficina, asfixiada por el humo de sus compañeros, rodeada de papeles, facturas, sellos y calculadoras, me imaginé a Blanca asomándose una vez más al despacho, preguntando si ya había averiguado algo, y yo contestándole, por fin, que sí, que lo había hecho. Así que en cuanto me dio la oportunidad —el discurso de esa mujer era un flujo de pensamiento desbocado—, compartí con ella los pocos datos que tenía sobre ese hombre que andaba buscando sin éxito alguno. No tardó ni cinco segundos en decirme que por supuesto sabía de quién le estaba hablando. Incluso añadió que todo el mundo en esa cena lo conocía. Se puso en pie, miró a un lado y a otro, volvió a sentarse, y lo señaló haciendo un gesto con la cabeza. Ese de ahí, el de la corbata azul oscuro, el que habla con la señora de pelo rizado. Sentí que me desinflaba. Lo tenía a solo tres mesas de distancia y me era posible escuchar algunas de las palabras que salían de su boca. La mujer bajó la voz, aproximó su silla a la mía y me contó, casi bisbiseando, que era el nuevo gerente de economía y solidaridad de Los Nuevos Hermanos, que toda su familia formaba parte de la institución y que precisamente él había sido el artífice de la cena que estaba teniendo lugar. Esa noche no fui capaz de conciliar el sueño. No dejaba de imaginar el momento en que le daría a Blanca la noticia de que ya habíamos encontrado a la persona que buscábamos. Así, de ese modo, en primera persona del plural, incluyéndome en su propósito y, si me apura, también en su secreto, sea este el que fuere. No le voy a negar que me inquietaba la posición relevante que ocupaba ese hombre en la misma organización que me había contratado, más aún teniendo dos niñas pequeñas que alimentar y una casa que todavía no había pagado, pero, por algo que no sabría explicar muy bien, era mucho más poderosa la emoción que me generaba haber conseguido satisfacer la voluntad de esa mujer. Ojalá pudiera contarle que, en el momento de la revelación, algo se liberó en su interior, bien en forma de llanto, bien con una risa desaforada, y que se mostró tan agradecida que me costó calmar su sentimiento de deuda. Ojalá. Porque si eso hubiese sido así, quizá habríamos tenido la oportunidad de mantener una conversación que yo siempre he construido en mi cabeza. Por desgracia, a veces las historias se retuercen hasta que su principio y su final se confunden entre sí. Cuando le dije quién era esa persona y dónde podría encontrarla, permaneció callada durante algunos minutos sin apartar la mirada de la montaña de papeles que yo tenía sobre mi mesa. Después se levantó, me dio un largo abrazo y se despidió con un hasta mañana que nunca cumplió. Ya no la volví a ver más. Durante algunas semanas me estuve preguntando si Blanca habría hablado con ese hombre, con el responsable de economía y solidaridad, con el mismo fantasma que habíamos perseguido durante algún tiempo, o sencillamente se habría limitado a trasladar esa información a la mujer que le había pedido el favor de dar con él. Me recuerdo planteándome en más de una ocasión si sería o no una buena idea levantar el teléfono y hurgar aquí y allá para ver si conseguía averiguar algo al respecto. Sin embargo, siempre me detenía el mismo convencimiento: si alguien debía contarme algo, ese alguien debía ser ella.

Pero eso, como ya le he dicho, nunca sucedió. Era un viernes, ya avanzada la tarde, cuando supe lo que había hecho Blanca. Se lo escuché decir a una de las limpiadoras del colegio mientras preparaba mis cosas para marcharme a casa. Blanquita, la mujer del farmacéutico, se ha quitado de en medio. En aquel momento, se tambaleó todo lo que tenía a la vista. Suelos y techos. Puertas y ventanas. El corazón comenzó a latirme en los oídos y ahí estuvo sembrando su tormenta hasta que él quiso. Y no tardé en hacerme la misma pregunta que todo el mundo esparció por ahí durante tanto tiempo. ¿Por qué? Lo cierto es que no faltaron versiones con las que dar leña a esa hoguera: un matrimonio desastroso, o un hijo enfermo, o una depresión implacable, o un estúpido accidente, o una mala jugada de su melancolía. Ninguna de ellas me pareció estar a la altura de esa determinación que yo había visto en esa mujer. Siete años después de aquello, en los primeros meses de 1991, sonó el teléfono de mi despacho para que otro principio y otro final volvieran a confundirse. Un hombre me llamaba desde el departamento de contratación para trasladarme el nombre y los apellidos de la persona que sustituiría a la conserje que se jubilaba a finales de ese curso. Antes de que terminara, lo interrumpí para decirle que debía de haber una equivocación porque desde el propio centro, tal y como era habitual, no habíamos ejecutado la apertura del expediente de contratación. Volvió a repetirme lo mismo. Le llamo para que tome nota del nombre y apellidos de la persona que ocupará el puesto de conserje a partir del 1 de septiembre de este año. Y entonces lo soltó como quien abre la puerta de una jaula: don Leo Almada Sapena. Todavía rebota cada sílaba en el interior de mi cabeza. ¿Está ahí?, me preguntó ese hombre desde el otro lado del teléfono. Sí, le contesté yo. Pero qué va, en realidad yo ya no estaba ahí. Me había ido lo más lejos posible: siete años atrás, a la misma mañana en la que vi a Blanca por última vez. ¿Recuerda que al principio le hablé de esa cuerda que unía el día que conocí a Blanca con el día que murió? Pues de esa misma cuerda también penden el día que supimos quién era ese hombre que buscaba y el día que decidieron contratar al hijo de Blanca. No hacía falta ser un lince para darse cuenta de que todo estaba más que anudado. De modo que comencé a mover el poco cielo y la poca tierra que yo tenía a mi alcance. Hablé con todas aquellas personas que, durante mis años en la dirección, habían ido conformando una esquemática red de contactos. No imagine un ejercicio sofisticado y frenético. Con algunas de esas personas todo se redujo a una breve llamada telefónica; con otras, a un café o un almuerzo. Y en todos los casos había un único propósito: preguntarles si sabían por qué me estaban imponiendo desde la rectoría al nuevo conserje si el procedimiento establecido siempre había sido otro. La mayoría de aquellos testimonios se podían resumir en dos variantes: No tengo ni idea y Déjame que pregunte. Una y otra vez, con un par de excepciones que me ofrecieron el silencio y la espalda como única respuesta. Así que, llegados a este punto, ¿qué podía hacer uno?, ¿cuál era la decisión más sensata?, ¿saltar al vacío o dar media vuelta? Yo hice las dos cosas a la vez. Di media vuelta para dar ese salto al vacío. Busqué a ese viejo amigo de mi padre que once años atrás había intercedido para que me contrataran. A veces pienso que lo hice por pura desesperanza. Otras veces, por una cuestión de mezquina curiosidad. Le pregunté lo mismo que le había preguntado a tantos otros, con la diferencia de que aquí sí hallé una respuesta. Todo el mundo sabe que Los Nuevos Hermanos no olvidan ni deudas ni deudores. Eso me dijo. Y a mí, en ese momento, me resultó inevitable ligarlo con la muerte de Blanca. De modo que le devolví otra pregunta. ¿Así compensan el suicidio de una madre? No me contestó. Y yo no tardé en entender que ese silencio era como dejar caer una piedra en un estanque y esperar a que las ondas me alcanzaran. Al mes y medio, dos hombres de Los Nuevos Hermanos se presentaron en mi despacho para decirme que la contabilidad del colegio no estaba clara, que los números no cuadraban, que seguramente sería un error subsanable, y que habían decidido trasladarme de centro y de provincia mientras se procedía a una auditoría aclaratoria. Como ya sabe, nunca volví a ese colegio. Nadie dijo nada. Ni siquiera mi propio jefe de estudios, ese buen hombre con el que usted ha hablado, que por entonces ya tenía algunos secretos por los que mantener la boca cerrada. Al final dejé la institución. No por este episodio en concreto, y mira que era una buena razón. Abandoné la enseñanza algunos años después porque la alternativa habría sido partirle la crisma a más de un alumno y a más de un padre. No obstante, yo sigo pensando lo mismo: la cuerda que unía todos y cada uno de aquellos días fue la que acabó con Blanca. Y una cuerda no se hace su propio nudo, ¿verdad? Siempre necesita unas buenas manos. Por cierto, ese hombre que buscábamos y acabamos encontrando ya no es gerente de economía y solidaridad desde hace mucho. Como ve, en este mundo quien sigue vivo sigue caminando. Es el actual presidente de Los Nuevos Hermanos. Aunque ya no le puede quedar mucho para que Dios lo cite a una reunión.

EL PRESIDENTE DE LOS NUEVOS HERMANOS

No voy a ser yo quien ponga paz en ese corazón. No después de lo que ha hecho con esos niños. No después de tanta ingratitud y desconsideración hacia quienes hemos cuidado de él. Pedro Almada, su padre, no fue mi amigo. Fue mucho más que eso: un hermano al que siempre he amado desde el corazón. Cuando, tarde y de mala manera, me enteré de su fallecimiento, acudí al cementerio a brindarle mi perdón y encomendé a mi gente que rezara veinticuatro horas seguidas por su alma a los pies del nicho. De modo que no tengo nada que decir sobre alguien que ya está limpio de pecado a la misma vera del Señor. Por cierto, dígale al hermano mellizo que hay que ser muy retorcido para poner un epitafio tan rencoroso en la lápida de un ser querido. Si vivo lo suficiente, ya me encargaré yo del suyo. Porque la mejor reacción, téngalo usted en cuenta, no es la que se produce de modo súbito, sino la que brota y crece como la hiedra, así que acostumbro a orar para que Dios ilumine la siguiente piedra a la que agarrarme. Es verdad que Blanca acudió a mí cuando aún no era presidente de esta casa para preguntarme cuanto quiso, y no con los mejores modales. Claro que a mí no me extrañó que actuara de ese modo: a fin de cuentas fue una bruja que se rodeó de brujas. Y como me brindó la ocasión, se lo hice saber. No obstante, no era yo quien tenía que darle las respuestas que buscaba, así que acabó exigiéndolas en otro sitio. En relación con el dichoso conserje, ese desagradecido, solo voy a decir lo mismo que le advertí a Pedro cuando supe, por su propia palabra, que Blanca ya estaba embarazada de esa criatura: Algún día ella querrá saberlo todo. Me he equivocado muchas veces en mi vida, pero el día que dije eso no fue una de ellas. Y lo confieso con profundo dolor, porque Pedro nunca volvió a dirigirme la palabra después de aquello, ni siquiera para pedirme que pusiera a su hijo al frente de la conserjería. Prefirió mandar al desgraciado de su hermano, decisión que yo respeté en virtud de lo que un día fuimos y vivimos. No tengo nada más que añadir. Como usted comprenderá, no me he pasado la vida entera con la boca cerrada en lo concerniente a este tema para abrirla justo ahora que estoy a punto de abandonarla. Vaya con Dios.

EL AMIGO NECESARIO DEL AUTOR

Para mí las disculpas son como las infusiones. Aunque no arreglan nada, siempre reconfortan. Así que las tuyas las acojo con una esperanza comedida. No debimos acercarnos a ese límite, porque nos conocemos de sobra y sabemos que ambos podemos ser muy tercos. Por eso te agradezco que lo hayas hecho con esa sobreactuada sinceridad. A veces hay que sobreactuar. Sí, soy de ese parecer. Una buena sobreactuación en el momento justo es el mejor calmante. También te agradezco que hayas compartido conmigo ese estupendo y puntilloso resumen de tus averiguaciones. Deja a las claras dos cosas: la primera, que te has tomado este trabajo más en serio de lo que cualquiera hubiera podido imaginar, y ahí, por supuesto, me incluyo yo; la segunda, que este barrio es un amasijo de chatarra y ruido. No hace falta ni cambiar de calle para escuchar una cosa y la contraria, para que te abracen y te pateen el culo en la misma maniobra. Reconozco que no estaba al tanto de muchos de esos pormenores sobre la vida del conserje: estudiante aturullado en un colegio de viejos militares, clandestino amante de una bibliotecaria casada, paciente hepático con medio cuerpo en la tumba, defensor de las brujas del mundo y pareja a tiempo parcial de la hija de la curandera. Supongo que, analizado todo desde el lugar en el que estamos ahora mismo, se antojan hechos indispensables para comprender un poquito mejor lo que pasó por su cabeza el día que se llevó a los alumnos. Y eso era lo que buscábamos, ¿no? Conocer las razones que lo empujaron a atravesar la línea de ese despelote mental. No obstante, sigo teniendo la impresión de que falta algo. Y eso que yo mismo te he dicho en alguna ocasión que lo medio acabado también es una buena forma de poner un punto final y pasar a otra historia. Pero esto que me cuentas, esta maraña de hechos y contrahechos, es una cosa totalmente distinta. Por el amor de Dios, ¿hay algo en la vida de este hombre que sea una única y contrastable verdad? ¿Siempre ha de haber una versión y la puerta de emergencia que da a su contraria? ¿Tan difícil es decir pues esto sí, coño, esto es así y punto? Vale, aceptemos que ese es el motivo por el que lo largan del colegio: por la tremenda tunda que le da en el puticlub al hijo del presidente de Los Nuevos Hermanos. Por mí estupendo, porque con ese episodio algo se cierra y no nos viene mal en mitad de tanto enredo. Pero ¿qué es todo eso de la madre preguntando aquí y allá para averiguar cosas de hace más de media vida?, ¿quién demonios es esa misteriosa mujer que sale de no se sabe bien dónde y le pide un favor?, ¿no te parece que a estas alturas deberíamos tener más respuestas que preguntas? Y no me vayas a decir eso de que a veces las historias las terminan de escribir los lectores, porque entonces me levanto y me voy. Eso son perogrulladas que soltáis los escritores en los clubes de lectura para animar a quienes confunden la edición con la autoedición. Ya sé cómo va a sonar en tu cabeza esto que voy a decir: vayamos un poquito más allá. Esperemos a ver qué movimiento hace el cura en las próximas semanas. Aguardemos a saber qué decide la jueza. Averigüemos el nombre del que será el próximo conserje. No sé. Empujemos otra ficha, llamemos a otra puerta. Esto es imparable. Siempre funciona igual. Si quieres, nos tomamos un tiempo estratégico y volvemos a la carga. Te vendrá bien. Descansar. Refrescar. Coger un poco de distancia. Además, no te lo he dicho porque puede parecer muy raro, pero tengo una corazonada. Una de las buenas. Así que te voy a pedir que confíes: no escribas todavía la palabra *Fin*.

TERCERA PARTE

UNA BUENA CORAZONADA

EL AMIGO NECESARIO DEL AUTOR

Fin. ¿Fin? ¿He leído *fin*? No, no, no. De eso nada. No he estado yo dando tumbos de aquí para allá ni me he dejado los riñones ahora en esta butaca para que esto termine aquí. Ya te lo dije. Esto no es el final ni se le parece. Y no pongas esa cara, que nos conocemos de sobra. Ni siquiera hace falta ser muy avispado para darse cuenta de que lo que tú has escrito y yo acabo de leer no está cerrado. Fin, dice. Qué hijo de puta. Tú me estabas esperando. Lo tengo clarísimo. Puede que hasta la historia esté justo en el punto en el que tú deseas que esté. De hecho, corrígeme si me equivoco, este es el momento en que va a refulgir ese nombre y ese adjetivo que me has dado en llamar: *el amigo necesario del autor*. ¿Es así? ¿Me esperabas para esto? Desde que comenzamos a hablar sobre este asunto del conserje, me he preguntado por el lugar que yo debía ocupar en la historia, e incluso he peleado ridículamente por colocarme bien visible, cuando puede que ya me tuvieras reservado desde el principio cuál iba a ser mi desempeño. Pues ya te adelanto que yo no tengo ningún inconveniente en cumplir con mi parte del trabajo, siempre y cuando seas honesto y reconozcas mi contribución. Me ha divertido que terminaras la última intervención con eso de la buena corazonada. Si te soy sincero, no recuerdo haber dicho algo así, pero da igual porque no voy a negar que siempre he creído en la intuición, por muy rocambolesca y perezosa que se muestre a veces. Entre todas las preguntas que me hice durante nuestra última conversación, hubo una que no fui capaz de sacarme de la cabeza. Ya sabes cuál, ¿verdad? La que tú deseabas que me llevara a cuestas y que no me dejara respirar tranquilo. La que me ofreciste en bandeja. ¿Quién demonios era esa mujer que contactó con la madre del conserje? Ese era mi papel. Agarrar esa pregunta y traerte la respuesta, sea la que fuere, tardase lo que tardase, porque todo esto, en el fondo, tiene que funcionar como lo que es, un libro, y cada engranaje ha de cumplir con su función, hacernos llegar a la última página. Más o menos es así, ¿no? Me jode ser tan previsible, al menos para ti, pero también me enorgullece haber hecho un trabajo concienzudo. Así que, salvo que me pidas lo contrario, cosa que dudo, voy a contarte ya, por fin, lo que he averiguado para ti. Lo primero que hice, una vez superada la fase de bloqueo y confusión, porque aunque no sea escritor también tengo derecho a sufrirla, fue plantearme dónde pudieron encontrarse ambas mujeres a comienzos de los ochenta. Que conste que yo siempre fui consciente de que contestar a algo así estaba fuera de mi alcance; que esta operación era como hacer repostar un avión de guerra en pleno vuelo sobre el océano Pacífico. Pero por algún lado tenía que empezar. Y, según me dijiste entonces y ahora he vuelto a confirmar en tus páginas, durante aquellos años Blanca no respondía a más obcecación que cuidar de su hijo, que tendría..., ¿cuántos?, ¿once, doce, trece años? Y si no me equivoco, que ya te digo yo que no, en esa época todas las tardes, de lunes a jueves, lo recogía del colegio para dar algún paseo, ir a la consulta de cualquier especialista o hacer lo que les saliera de las narices, coño, que parece que todo debía tener un sentido trascendental cuando se trataba de ellos. Por supuesto, di por sentado, y supongo que tú lo habrías hecho igual, que esa enigmática mujer que parece surgir de la mismísima nada no era oriunda del barrio. Porque, entre tú y yo, de haber sido de aquí, no habría vecino que no hubiera estado al tanto de hasta el último detalle. Esta conclusión me permitió centrarme con algo de consuelo en esas tardes en las que Blanca y Leo, madre e hijo, se reunían a las puertas de la residencia escolar. ¿Por qué? Bueno, aquí creo que estuve brillante: hice números. Esa acción se repitió cuatro o cinco veces en semana durante varios cursos. Ahora mismo no recuerdo la cifra exacta, pero trescientas o cuatrocientas veces seguro. ¿Y qué pasa donde hay repetición? Que hay ritmo. Y donde hay ritmo la música siempre hace su magia, siempre propicia su belleza. Más allá de que todo esto pueda parecer un exceso poético, al que también tengo derecho, por cierto, resultó ser un buen punto de partida aunque bastante inabarcable. Así que no me quedó más remedio que limitar las posibilidades de búsqueda y ampliar los márgenes de fracaso. Veamos qué opciones barajé. La primera era que ambas mujeres se hubieran encontrado por puro azar mientras daban uno de aquellos paseos al llegar la tarde (mal íbamos si esta opción acababa siendo la buena). La segunda era que esa misteriosa mujer también fuese madre de otro alumno y coincidiesen en la puerta de la residencia (más limitada, pero seguía siendo bastante fatigosa para lo que yo estaba dispuesto a hacer). Y la tercera y última era que esa mujer fuese un miembro del colegio: una maestra, una limpiadora, una bedel, una cocinera... Ahora dirás que me quedé con esta última opción porque era la única que yo podía asumir sin desfallecer en el intento, pero no olvides lo que tú mismo pusiste en mi boca y yo he leído hace un rato: esa buena corazonada. Así que quizá este sea su momento porque, sin lugar a dudas, mi decisión nació de una mezcla de necesidad, instinto y desesperación. Por cierto, no he podido evitar sonreír al leer en tus páginas que contrataste a una informante de confianza para que indagara en los archivos de ese colegio de militares y que no sacó nada en claro. Sin lugar a dudas, eso revaloriza de un modo considerable todo lo que te vaya a contar a partir de ahora. Una mañana me presenté en el despacho de dirección de ese colegio para explicar que el Instituto de Estudios Almerienses —¿tú sabías que existía algo así?— estaba trabajando en un ambicioso volumen sobre los centros educativos de mayor solera de la provincia y que el que él dirigía, por supuesto, estaba entre los seleccionados. No te tengo que convencer de que a ese hombre, nada más escucharme, se le infló el pecho como a un palomo en pleno cortejo. Cualquier resumen que te haga de lo que vino después nunca le hará justicia a mi sufrimiento: una entrevista elogiosa con el director y la subdirectora, otra con un cura militar y una más con el presidente de la Asociación de Antiguos Alumnos, antes de que se dignaran a darme acceso a los archivos de la institución. Aquella sala, créeme, es un lugar desmesurado, pesadillesco y con más mierda que el palo de un gallinero. Cajas, armarios, carpetas, bolsas, mobiliario de toda índole y aparatos electrónicos desfasados, destripados y olvidados. Por suerte, la documentación la tenían bien custodiada en archivadores alfanuméricos y por cursos académicos, pero porque tenerla de otra manera les habría supuesto una tarea más laboriosa. Yo busqué desde el 79 al 84, periodo en el que todo lo firmaba el mismo director, que no era, como es obvio, el pecho palomo del que te he hablado antes. En aquel tiempo solo hubo un bedel, al que, según una nota a lápiz y al margen de una escueta ficha, le faltaba una pierna. No encontré ningún nombre de cocinera y, por supuesto, quién iba a apuntar nada sobre las limpiadoras. Pero, en lo que al profesorado se refería, estaba todo meticulosamente registrado. En una plantilla de unos treinta y cinco docentes contabilicé cuatro maestras, cuyos nombres y apellidos me llevé anotados con la esperanza de que alguna de ellas siguiera viva. Hecha esta comprobación a través de la chica que te da de muy mala leche las citas en el consultorio médico, solo me quedaron dos en pie. La primera pasaba de los noventa años de edad y estaba ingresada en una residencia de ancianos dependiente de la Consejería de Salud, cuestión por la que mi imaginación le puso un pañal, una sonda gástrica y unos quejidos rítmicos y guturales que hacían imposible sacar algo en claro de ahí. (Va a ser verdad eso que dicen los chinos sobre lo que hacemos con nuestros mayores.) La otra maestra, por suerte, seguía ofreciendo un domicilio que colindaba con el paseo marítimo de Almuñécar, y tenía setenta años de edad. Esto ya era otra cosa. No te tengo que contar lo que uno siente en la barriga cuando da con una información como esa. De modo que allí me planté para comprobar con mis propios ojos y oídos si esa era nuestra mujer o, por el contrario, estaba haciendo el ridículo más espantoso de mi vida. ¿Te acuerdas del caminito del que te hablé antes de leer todo eso que llevas escrito? ¿Corto, firme, despejado y menos sinuoso de lo que podías imaginar? ¿Lo recuerdas? Pues ya estamos en él. Una mañana de hace más de cuarenta años, una maestra de ese colegio, esta maestra en concreto, reconoció un primer apellido entre los alumnos de su clase. Almada. Y también reconoció un nombre. Leo. No le llevó mucho tiempo averiguar si era hijo de quien ella creía. Así que, cuando reunió el valor suficiente, después de observar a Blanca tarde tras tarde, siempre a la misma hora, siempre ella, nunca otra persona, metódica como un almanaque, esperando a su hijo en la puerta de la residencia, se le acercó antes de que saliera Leo y le hizo la pregunta que puso en movimiento todo lo demás: ¿Usted sabe lo que su marido le hizo a mi hermana? ¿Usted sabe...? Y es que, en el fondo, de eso se trata siempre: de quienes saben y de quienes todavía no saben. Y tú estás justo ahí, a la mitad, entre una cosa y otra. Sin saber, pero a puntito de saber todo lo que se puede saber.

LA MAESTRA QUE LO LLAMABA SAPENA

Aquella insistencia mía es algo que nunca ha dejado de pesarme. No sabes cuánto me costó convencer a esa mujer. Claro que tampoco me extrañó que fuese así. Quién está preparada para que le cuenten algo que ni siquiera ha llegado a destellar en el más lejano de sus sueños. Recuerdo el día que leí en voz alta el nombre completo de ese alumno y, desde una esquina del aula, un niño me devolvió un tímido y desinflado *presente* que me estremeció. *¿Leo Almada Sapena? Presente.* No puede ser, me dije. Y es que, pensándolo aún hoy, no podía ser. Cómo se iba a hilvanar aquel hilo tan grueso en una aguja tan pequeña. Pero ahí estaba mi estómago, mi garganta, mi temblor y su voz, claro, también su voz, para hacerme creer todo lo contrario: *tiene que ser, seguro que es.* Al principio lo miraba con extrañeza mientras hacía sus tareas o se quedaba traspuesto con los ojos viajando más allá del pizarrón. ¿Era él? ¿A quién se parecía? A su padre no, desde luego. Porque yo había visto a escondidas entrar y salir a ese hombre un sinfín de veces de aquella farmacia, y ambos parecían hechos de ramas de distintos árboles. La mirada de ese niño era esquiva, leve y transparente, y el cuerpo tan flaco y espigado, que parecía un puñado de cañas, ropa y viento. Cómo me costaba repetir aquel apellido cada vez que pasaba lista al comienzo de la clase. *¿Leo Almada?* Y ahí que venía su *presente*. Y allá que se iba mi aliento. Un buen día comencé a llamarlo Sapena a secas, como si el Almada se me hubiera deletreado entre los dedos y caído al fuego para siempre. *¿Sapena? ¿Quién ha dicho, maestra? ¡He dicho Sapena! Sí, presente.* Y aunque el resto de los compañeros mostró desconcierto porque allí todo lo que tenía nombre ya lo debía tener para toda la vida, él me miró con el alivio que yo buscaba. Era un chico muy especial. Todos pensaban que raro. Sin dobleces. Interesado en temas y preocupaciones que a los demás no les decían nada, y, en consecuencia, objeto de burlas que yo intentaba evitar acompañándolo a la pequeña biblioteca del colegio, a un vivero que había a la espalda del edificio principal o a la zona del claustro, donde el alumnado tenía restringido el paso durante el recreo. Para mí también era abrumadora la situación, no te vayas a creer, porque yo por entonces ya había revisado su expediente de la primera a la última línea y no tenía ni la más mínima duda de que era hijo de quien era. De Pedro Almada. De hecho, llegué a plantearme dejar ese centro para no tener que enfrentarme cada mañana a la desgracia de mi familia, pero, como ya sabrás, el tiempo es un eficaz ungüento con el que convertir lo bueno y lo malo en penosa costumbre, en ruido de fondo. Durante ese curso y el siguiente, continué allí impartiendo clases de Lengua, Literatura y, en grupos de refuerzo, algo de Latín. Sapena, como es lógico, con el paso de los meses aprendía, se adaptaba, se desenvolvía mejor, y cada vez me necesitaba menos para pasear por el patio con un libro bajo el brazo o para repetir alfabéticamente el nombre de todos los vientos que guardaba en su cabeza. Una tarde de uno de aquellos días, mientras me fumaba un cigarrillo en la calle, vi al niño saliendo de la residencia y dirigiéndose hacia una mujer que lo esperaba unas decenas de metros más allá de la puerta. Después de esa vez, hubo otra ocasión más. Y otra más. Muchas más. Tantas, que perdí la cuenta pero nunca las ganas de asistir a ese momento en el que siempre volvían a encontrarse: el joven Sapena saliendo con gesto despreocupado hasta llegar al lado de aquella mujer, que lo recibía con una alegría sencilla y escueta, que lo abrazaba, que lo besaba, que se lo llevaba lejos de allí. Por supuesto, yo sabía que era su madre porque entre ellos, al contrario de lo que pasaba con el padre, sí se percibían las mismas ramas de un bosque viejo y fuerte. Durante muchas de aquellas tardes sentí rabia y un profundo resentimiento por ser capaz de apreciar la belleza y la ternura que había en esos encuentros cotidianos. Y el recuerdo de esa emoción me llevó a preguntarme en demasiadas ocasiones cuándo empecé a pensar en dar el paso. Quizá ya en los primeros días, ¿no crees? Porque hay algo comprensible, incluso instintivo, biológico, en desvelar un misterio si eso está a tu alcance: ¿qué sucedería si me acercaba a ella y le preguntaba lo que yo tenía en la cabeza?; ¿qué podría pasarle a ella, a su hijo o a mí?; ¿qué ocurriría a partir de ese momento? Estas preguntas las arrastré, con más o menos desazón, hasta que un día supe algo que hizo saltar por los aires cualquier indecisión. Mientras buscaba unos documentos en la biblioteca, Sapena, que como era habitual había venido a acompañarme durante el recreo, me comentó que había tenido tiempo de leer dos libros durante ese fin de semana porque su padre, una vez más, los había encerrado en casa para dedicarse a hacer cosas importantes en la farmacia, y añadió que de haber querido podría haber echado la puerta abajo de una sola patada, pero que su madre se lo había prohibido porque prefería que lo de dar paseos juntos cada tarde siguiera siendo así. Y ahí lo tuve claro. No necesitaba más. Supe que el retorcido laberinto que hasta ese momento nos separaba a ella y a mí se convertía en un camino corto, firme y despejado. En cuanto vi la ocasión, le pedí al bedel del colegio que entretuviera al niño mientras yo trataba un asunto académico con su madre. Fui directa hacia ella. Sin estrategia, sin plan, sin una buena primera palabra pensada. Ni siquiera sé por qué lo hice de ese modo. Quizá por una mera cuestión de urgencia. Solo la pregunta mal escondida en mi garganta: *¿Usted sabe lo que su marido le hizo a mi hermana?* Y entonces mi respiración se detuvo durante un rato, y su mirada empezó a cambiar para siempre sin que ninguna de las dos advirtiéramos, por supuesto, que estaba cambiando para siempre. Como te he dicho antes, me costó convencerla. Mucho. Más de lo que sospechaba. Y eso que yo sabía que las cosas no podían ser fáciles porque si nunca lo habían sido en este asunto, por qué iba a ser diferente en esa ocasión. Mis palabras textuales de aquel primer encuentro no las conservo en ningún lado. Mucho menos en la memoria. Hazte cargo de la conmoción que sentimos las dos en ese momento, frente a frente, a punto de abrirnos la vida por la mitad. Pero sí soy capaz de construir con más o menos fidelidad el relato con el que intenté, durante no sé cuántas conversaciones, que ella lograra siquiera intuir el profundo dolor de mi familia en aquella época. Veinte años antes de ese día, su marido y uno de sus amigos mataron a mi hermana, apenas una niña de catorce años, solo cuatro mayor que yo. Esto lo supimos casi desde el momento en que la golpearon en la cabeza. A mis padres se lo dijo la pareja de la Guardia Civil que vino a casa a dar la noticia y a pedir que acudiesen a reconocer el cadáver antes de que el calor lo hiciera todo más desagradable. Sin embargo, una semana y media después tuvimos noticia de que quien se había inculpado de la muerte de mi hermana no habían sido esos dos. Sino el hermano mellizo de Pedro Almada, el mal estudiante, el hombre sin futuro, la parte menos buena de esa casa, que se había presentado en la comandancia hablando de un accidente, de una piedra empujada por el azar, cuando no existía nadie en el pueblo que no supiera que había estado fuera de la provincia durante todo ese mes. Tengo el recuerdo de contarle a Blanca cada detalle que me acudía a la boca mientras ella negaba con la cabeza. Las cosas apenas cambiaban de una conversación a otra, pero cambiaban algo, al menos cambiaban un poco, y eso me hacía albergar un mínimo de esperanza. Me miraba desde un silencio lejanísimo, como si estuviera en dos sitios a la vez, frente a mí y en otro tiempo. Después se despedía alzando ligeramente la mano, en ocasiones ni eso, y se marchaba hasta la próxima tarde en que nos volvíamos a ver, y entonces yo, si me daba otra oportunidad, que no era siempre, se lo contaba de nuevo, añadiendo o quitando, moviendo las palabras de un lado a otro con el deseo de que algo se reajustara, sea lo que fuere, y terminara por creerme, por pasarse a este lado de la historia. Así estuvimos no sé cuánto tiempo. Quizá un mes y medio. Puede que dos. Reconozco que la paciencia se me agotó. De modo que le dije algo que estaba evitando decir, porque eso suponía nombrar a su hijo, y yo no quería hacerlo, te juro por Dios que no quería, para mí ese niño siempre fue sagrado y no tenía nada que ver con lo ocurrido tantos años atrás. *También sé lo que hace tu marido con vosotros; contigo y con tu hijo. Así que si no das el paso por ti, hazlo por Leo.* La reacción fue instantánea: su mirada gritó y su boca preguntó a duras penas. *¿Y qué se supone que he de hacer?* Respondí del modo más claro y sincero que la garganta me permitió en ese momento: *Te suplico que averigües qué sucedió aquel día.* Soy consciente, también lo fui entonces, de la encrucijada moral sobre la que se soportaba mi petición. Pero yo tenía treinta años, albergaba la rabiosa certeza de que ya ni siquiera recordaba la voz de mi hermana, mis padres seguían ardiendo en aquella maldita tarde de 1963 y me dolía en el alma la posibilidad de que mi hija llegara a ser testigo diario, como yo lo había sido, de la fiereza de ese dolor. Después de mi súplica estuvimos sin hablar un tiempo, a pesar de que nos veíamos desde la distancia con más recelo que prudencia. Su hijo, en cambio, siguió relacionándose conmigo como si no pasara nada, incluso en algún momento me confió que su madre, en esos días, le había preguntado por mí, por mis clases, por mi costumbre de acompañarlo a veces por el colegio. Puede que esa fuera una de las razones.

No lo sé. Puede que las palabras de Sapena desencadenaran algo en el interior de su madre. Porque un día todo se precipitó: ella me hizo un gesto para que me acercara y, cuando estuve a su lado, me aseguró que averiguaría cuanto estuviera en su mano. ¿Por qué?, le pregunté yo. Tú, a pesar de todo, has cuidado de Leo ahí adentro, me contestó ella. Y eso era verdad. No sé si era suficiente para lo que estaba por llegar, pero sí era una verdad sencilla e indestructible. A partir de entonces actuó como si la niña de aquel descampado también fuese su hermana, y eso, en esta casa en la que ahora estamos, es algo que no olvidará nadie. Al primero que buscó fue al hermano mellizo de Pedro, con el que nunca hasta ese momento había cruzado palabra porque así lo había exigido su marido. Ese hombre le contó lo mismo que había declarado ante el juez, y que dudaba cada día y cada noche de que hubiese sido su piedra la que derribara a mi hermana porque, por mucho que cerraba los ojos y acudía una y otra vez a aquella tarde y a aquel lugar, no podía ver nada: ni su mano, ni la piedra ni el cielo que había cruzado esa piedra. Cuando Blanca me contó esto, pude apreciar alivio en su rostro, en sus hombros y muy especialmente en su voz. A fin de cuentas, esta versión seguía sin implicar en los hechos al hombre con el que llevaba viviendo los últimos trece años y con el que tenía un hijo en común. Pero yo sabía y repetía no sin dolor, y en ese dolor también comencé a incluirla a ella, lo que mi padre había contado tantas veces en mi casa. *El hermano mellizo no estaba aquí, lo tenían trabajando fuera porque ya se avergonzaban de sus pasos, él no participó en aquella canallada, que nadie olvide la peor lealtad que puede haber entre dos hermanos*. Además, siempre he pensado, y así se lo dije a Blanca en más de una ocasión, que a ese hombre, después de pasar por la cárcel, recluirse en un cementerio, sufrir el desprecio de quienes lo consideraron culpable y renunciar a una vida en primera persona, probablemente no le quedó más remedio que acabar creyendo que también estuvo allí, en aquel descampado, y que su mano tocó esa misma piedra que ahora no dejaba de buscar, porque si no dime tú a mí qué sentido podía tener su paso por este mundo. Así que concluimos que nuestras dos únicas posibilidades de averiguar algo eran o hablar con su marido o buscar a ese sobrino del presidente de Los Nuevos Hermanos. Y ambas lo tuvimos claro: iríamos a por el sobrino. Esta, sin duda alguna, fue la parte más complicada y dolorosa para ella porque con cada paso que daba fue arrancándole una capa de piel a la verdad. Ni siquiera sabíamos si ese hombre estaba vivo y, en caso de que así fuese, si seguía por aquí o había hecho futuro en cualquier otro lugar, algo que en aquel momento, por cierto, nos pareció muy razonable. Me consta que se ayudó de un viejo compañero de la facultad de Pedro Almada, un tipo con cierto éxito en el mundo de los laboratorios farmacéuticos. Y gracias a él, a un recuerdo desbloqueado, la certeza se abrió como una nuez en el interior de Blanca: supo que ese hombre que buscábamos había sido el mejor amigo de su marido, y no el de su hermano mellizo tal y como este aseguraba. Cuando me contó lo que estaba dispuesta a hacer, le advertí de que eso era asumir un riesgo desmedido. Quería hablar con alguien de Los Nuevos Hermanos, alguien que pudiera darnos un nombre, un lugar, un hilo del que tirar, pero era más que evidente que eso era exponerse demasiado. Ahí debí detenerla porque yo sabía que algo en ella ya no iba bien. Consiguió contactar con un joven director de uno de los colegios y, aunque este tardó un tiempo, dio con ese hombre. Desgraciadamente, para entonces ya había mucha gente que sabía que Blanca andaba metiendo las narices donde no debía. Y entre esa gente, claro, incluyo a su marido, que, en cuanto tuvo noticia de que se había reunido con ese amigo de juventud, hizo todo lo que estuvo en su mano para recuperar el control. A partir de ese momento, Blanca dejó de dar sus habituales paseos con Leo y, por tanto, no volvimos a encontrarnos ni en la puerta de la residencia ni en ningún otro lugar. Por supuesto, no me quedé de brazos cruzados. Me presenté en la farmacia en varias ocasiones para preguntar por ella. Y él, que sabía de sobra con quién estaba hablando, me pedía que esperara a la hora del cierre para charlar con más calma y aclarar algunos malentendidos. Te juro que decía eso: *malentendidos*. Me faltó valor. Me sobró miedo. Nunca debí haberme movido de allí hasta comprobar que ella estaba bien, pero es que me resultaba insoportable mirarlo a la cara, detenerme siquiera unos segundos en unos ojos en los que probablemente también se había detenido mi hermana. Una de aquellas mañanas, el bedel del colegio me dijo que el cartero había dejado un sobre grande para mí. Lo cogí con la misma curiosidad y la misma esperanza con la que quizá ahora tú escuchas esto. Su remitente era Blanca, y se suponía que ahí cumplía su promesa y me contaba cuanto había averiguado sobre aquel día en que mataron a mi hermana. Sin embargo, lo hacía desde un agotamiento tan profundo que costaba encontrarle coherencia a todas sus partes. Lo había escrito y sobrescrito en cuartillas, pedazos de cubiertas de libros, márgenes de páginas arrancadas, incluso pequeños jirones de tela. Si esos restos no llegaban a medio centenar, poco les faltaba. Cada pieza parecía pertenecer a momentos distintos, escritos con ánimos opuestos y en direcciones que se cruzaban. Aquellas palabras, unas veces grandes y limpias, otras, pequeñas y secas, desenfocaban el fondo de lo que con toda seguridad eran sus intenciones. ¿Dónde estaba la historia que ella me quería contar? No paraba de hacerme esa pregunta. *¿Dónde está, Blanca? ¿Dónde la has puesto?* Me dediqué a buscar una conexión entre las distintas partes, una lógica, por muy translúcida que fuera, entre unos fragmentos y otros, pero mis avances eran lentísimos o directamente nulos. Más que narrarme una historia, cada palabra, línea o párrafo parecían conformarse con hacer crecer algo, yo no sabía qué, sobre la mesa en la que había extendido hasta el último pedazo. Pasaba cerca, miraba todo, movía algún papel, anotaba en mi cuaderno una o dos palabras que creía conectar, tachaba y reescribía, convencida de que tarde o temprano un sencillo y necesario orden se me revelaría. Sin embargo, eso no terminaba de ocurrir. ¿Qué relación había entre «un resuello» y «un chaparrón de verano», por ejemplo? ¿Entre el nombre de un medicamento y «la tierra seca de un camino»? ¿Entre «la hiedra que crece» y «las brujas perseguidas en muchos rincones del mundo»? Un lunes, al llegar al colegio, alguien dijo que la madre del chico Almada se había quitado la vida el viernes anterior. La cabeza se me llenó de un ruido insoportable. Y supe de inmediato que ya estaba ante la respuesta a aquella pregunta que me hice tantas veces mientras la veía esperar a su hijo. ¿Qué podría ocurrir si le preguntaba si estaba al tanto de lo que hizo su marido? Esta era la respuesta, ¿verdad? Ya la tendría conmigo para toda la vida. Y eso me destrozó hasta tal punto que nunca pude volver a ese colegio. Durante mucho tiempo, no hubo otra cosa en la que pensar, no hubo otra cosa de la que lamentarme. *¿Por qué me* *acerqué a ella? ¿Por qué me inmiscuí en aquellos encuentros entre madre e hijo?* Recordaba el gesto paciente de Blanca y me sentaba rabiosa y desconsolada delante de la mesa donde seguía extendido ese naufragio que ella me había confiado. Recordaba la voz de su hijo y volvía a sentarme allí para contemplar sus párrafos suspendidos en la nada, las repeticiones desbocadas y esas breves narraciones que arrancaban y morían casi al mismo tiempo. Así que tomé la decisión de que, tardase lo que tardase, ordenaría cada pedazo y reescribiría todo hasta convertirlo en algo comprensible para mí. Y eso fue lo que hice. ¿Era ese texto que yo armé lo que ella me envió en aquel sobre? En ocasiones, por una necesidad abrasadora, me repetí que sí. Pero en realidad sabía que eran dos cosas distintas, compartiendo a lo sumo un puñado de semillas. Escribí desde lo escrito porque, con la muerte de Blanca, pensé que se esfumaba mi última oportunidad de saber qué le ocurrió a mi hermana. Esa es la única explicación. Quizá torpe, insuficiente y desesperada, pero no deja de ser una explicación al fin y al cabo. En uno de aquellos papeles, Blanca me pidió algo en el que sin duda fue su texto más nítido: «Si Leo te busca para saber, sea cuando sea, te ruego que compartas mis pedazos con él». Fíjate si era consciente de la oscura noche en la que vivía... Tardó un tiempo, unos cinco o seis años, pero Leo golpeó mi puerta, y yo, como siempre había hecho, lo llamé Sapena. Parecía tan tranquilo como lo recordaba. Ya no era un niño, claro. Era un joven decidido a saber. Le conté lo mismo que te he contado a ti, y le entregué, desde un infinito alivio, todo lo que encontré en el interior del sobre. También le confié lo que yo me había atrevido a hacer, mi necesidad de buscarle un orden a todo eso por si hallaba un poco de paz. Él me preguntó si lo había logrado, si esa paz ya estaba conmigo. Le contesté que a veces creía que sí, y él me sonrió con esa levedad infantil que solía emplear en clase, porque es probable que supiera al instante que le estaba mintiendo. Aunque se lo ofrecí, no quiso llevarse mi texto, así que lo eché al fuego con tanta rabia como descanso. Supongo que yo en su lugar tampoco lo habría querido. ¿Para qué? En aquel momento, cada uno necesitaba un orden distinto, un sentido único, un final propio. Antes de que se marchara, le pregunté algo a lo que le había dado muchas vueltas mientras esperaba a que un buen día apareciese por casa: *¿Cómo supiste que debías buscarme a mí, Sapena?* Su contestación fue tan razonablemente disparatada como podía esperarse de ellos, de madre e hijo: *Me dejó todo listo en el congelador.* Vete a saber qué era lo que quiso decir con eso. Cuando su padre murió en 2013, volvió a llamar a esta misma puerta. Me dijo que había venido a cumplir la promesa que su madre me había hecho treinta años antes. Todavía hoy, cuando recuerdo ese momento, lo que busca mi garganta es cerrarse para no volver a abrirse nunca. Le pregunté conmocionada si había conseguido encontrarle su lugar a cada uno de los pedazos que escribió su madre o si, por el contrario, se lo había confesado su padre antes de morir. No me contestó. Ni siquiera sé si me escuchó. Dijo lo que había venido a decir con esa parquedad que siempre lo caracterizó, y no se marchó hasta que dejé de llorar. Con el paso de los días, el lejano recuerdo de los retales escritos por Blanca cobró una corporeidad que hasta entonces se me había escapado. Aquella tarde de abril de 1963, Pedro Almada y su amigo, sobrino del presidente de Los Nuevos Hermanos de entonces, vieron a mi hermana caminar a lo lejos. No era ningún duelo con el azar, no pedían ningún estúpido deseo y tampoco fue un accidente en el que él tuviera poco que ver, tal y como contó a su hermano mellizo para darle una pizca de cordura a aquella pesadilla. Era la nada más espantosa a la que una se pueda enfrentar: ni siquiera ellos llegaron a saber nunca por qué hicieron algo así. De hecho, no fue una sola piedra. Lanzaron varias en un estado frenético. Las suficientes como para ya no ser capaces de precisar de qué mano salió la que golpeó la cabeza de mi hermana. Cuando se acercaron a ella, todavía se estremecía, se movía con algo de nervio, resollaba contra la tierra seca de un camino que había conseguido alcanzar. Así que el amigo de Pedro, horrorizado por lo que acababan de hacer, gritó que había que llamar a alguien, que iba a buscar a un médico, que aún estaban a tiempo. ¿A tiempo de qué?, preguntó Pedro. «¿A tiempo de qué?» Y enseguida le hizo jurar que no se movería de ahí hasta que todo hubiese pasado. Le explicó que esa espera era la única oportunidad que iban a tener porque, si ella hablaba, si ella contaba lo sucedido, estaban perdidos. *¿O es que no la has visto correr? ¿O es que no la has escuchado pedir ayuda hasta que ha caído al suelo como un chaparrón de verano?* Así que se escondieron cerca, donde no tuvieran que mirarla a la cara, y esperaron en silencio, con un miedo que no habían conocido antes, durante toda aquella tarde hasta bien entrada la noche, para estar seguros de que existiría esa oportunidad de la que hablaba Pedro Almada. Entonces él aún no lo sabía, pero puede que sí lo sospechara: el infierno iba a arder en su interior cada año de su vida. De esas llamas no lo salvó ningún gesto por generoso que fuera, ninguna palabra por sincera que sonara, ninguna acción por mucho sacrificio que conllevara. Y mira que lo intentó. Le dio el nombre de su hermano mellizo a su hijo como quien paga una deuda de vida a un santo o a un demonio; fio medicamentos a quienes no tenían con qué pagar y les iba la vida en ello; pasó noches enteras formulando remedios con los que puede que salvara a más de un desahuciado; donó buena parte de su dinero a la iglesia del barrio sin que nadie lo invitase a hacerlo; y siempre obedeció cada señal que le mandó la vida, por muy ridícula o desquiciada que se le antojara. Nada fue suficiente. Nunca. Vivió aterrorizado cada día por lo que le hizo a mi hermana, y atormentado por la idea de que en algún momento se sabría todo y eso echaría abajo cuanto había levantado. Y ese horror, que con el paso del tiempo se hizo inmenso, fue transformándolo en un hombre más miserable, más resentido, más opaco, más violento. Así que también bebía en el bar hasta que alguien lo llevaba de vuelta a casa, y cerraba las ventanas y echaba las persianas para que nadie escuchara lo que ocurría dentro, y prohibía salir a la calle a su mujer y a su hijo durante días enteros, y los amenazaba con hacer cosas que cambiarían sus vidas para siempre. De hecho, fue Blanca, con todo el dolor de su corazón, la que decidió internar a su hijo en el colegio para alejarlo de la oscuridad en la que se estaba sumiendo esa familia. Fue su manera de protegerlo, de cuidarlo, de salvarlo. Cuando alguien esconde dentro de sí un secreto como el de Pedro, no le queda más remedio que vivir solo por más acompañado que se esté. Cada decisión que tomas, cada paso que das, cada palabra que callas, te aproxima más a tu tormento. Ese hombre renunció a sus padres por la insoportable razón de que ellos conocían la misma verdad que él: lo habían sacado de ese agujero dejando que otro hijo cayera. Qué podía saber, por tanto, ese desgraciado del buen amor que merecía Blanca, de los cuidados que necesitaba Leo y de la gratitud que debía a su hermano. Sus últimos años los pasó encerrado y enfermo en una residencia de ancianos, donde su única visita era la de su hijo para preguntarle una y otra vez si ya estaba preparado para contar la verdad que había callado durante toda su vida. El infierno, si está en algún sitio, es en uno mismo. Pedro Almada lo supo siempre. Lo que nunca llegó a imaginar fue que sería su propia mujer la que volviera a hacerle la misma pregunta veinte años después de aquel día, *¿Por qué no llamaste a alguien, Pedro?*, para que él volviera a tener ocasión de contestar lo mismo, *Era mi única oportunidad, Blanca.* Y lo más doloroso de todo es que quizá estaba en lo cierto. A punto de cumplir los dieciocho, en el corazón de aquella pesadilla, con una niña tirada en el suelo a la que ya le costaba respirar, fue capaz de vislumbrar que probablemente su única salida era esperar a que muriera. No solo lo digo yo. También su hermano lo dejó escrito en su lápida. Ellos le dieron la oportunidad de ser amado. Aunque no la aprovechara. Aunque nunca la mereciera.

EL AMIGO NECESARIO DEL AUTOR

Yo también le hice esa misma pregunta a la maestra. Pero el conserje, como bien sabes, no le aclaró nada sobre ese punto. Eso no significa, por supuesto, que no estuviera al tanto de todo lo que nosotros sospechamos ahora. El informe del forense clamaba al cielo, lo dijo el presidente de esos laboratorios. El hijo de la gran puta del marido la tenía medicada hasta las cejas. De ahí la confusión y el agotamiento de Blanca en sus últimas semanas, y, si lo analizas con detenimiento, puede que desde mucho antes. Esa fue su manera de evitar que aquella situación se le siguiera desmadejando. Tampoco es que piense que su intención fuese matarla, pero, de igual modo, no tengo dudas de que ella no quería quitarse de en medio y dejar a su hijo solo con ese miserable. Sé que no me has pedido una interpretación final ni nada que se le parezca, pero tú también sabes que yo la voy a aportar igualmente: creo que lo que ocurrió fue que, con unas gotitas en el café o una pastilla diluida en el zumo, algo por el estilo, sin mucha historia, fue enflaqueciendo la voluntad de Blanca hasta que pudo hacerse con ella, hasta que esa química se puso a los mandos. Ahora bien, eso es algo que no podremos demostrar nunca, por más que tú digas que, con todo lo que hemos acumulado, te sientes capaz de escribir el testimonio que el conserje no ha querido darte. No lo hagas. Sé honesto. Se ha negado a hablar contigo, a decirte, entre otras cosas, si llegó a saber lo que hizo el farmacéutico con su madre. Si aun así das el paso de escribir lo que él no te ha dicho, ¿qué va a impedir que cualquier lector acabe pensando que has hecho lo mismo con el resto de los testimonios? Quizá hasta pongan en duda mi existencia, que quien ahora esté hablando sea yo, el amigo necesario del autor. Es cierto que te dije que le dieras la voz a los lectores, pero de ninguna manera me refería a esto: a que fuesen ellos quienes decidieran cuánta verdad ha de haber en lo que queramos decir nosotros. Asumámoslo. No tenemos el testimonio del conserje, como tampoco tenemos el del padre o el de la madre, pero tú sabes que sí el de muchas otras personas y, como guinda, un buen final: la maestra que lo llamaba Sapena. Yo entiendo que alguien como tú crea que la literatura está justo para eso que dices: para rellenar vacíos, para conectar lo disperso, para invocar lo olvidado. Todo eso suena mejor que cualquier cosa que yo pueda aportar en este momento de la historia. Pero aun así me atrevo a hacer un último apunte, y te prometo que ya me callo. La literatura, tu literatura, no va a servir para rellenar, conectar o invocar absolutamente nada. De eso puedes estar seguro. ¿Sabes para qué va a servir? Para que nadie crea que todo esto que has escrito fue verdad. Y eso sería una pena. Así que hazme un favor: cállate tú también.

EL CONSERJE

El alquimista fraudulento siempre se movió en la oscuridad, ocultando sus prácticas a aquellos hombres que estuviesen iniciados en los secretos de las sustancias y de los metales. Pasaba los días con sus noches en el laboratorio y se preocupaba de que la luz de su vela no se apreciara desde la calle. Sus anotaciones, si es que alguna vez eran halladas, mostraban una opacidad inexpugnable. ¿De qué se escondía? ¿Qué enmascaraba? Transformar lo grande haciendo uso de lo pequeño. La búsqueda de una sustancia que, con una mínima cantidad, diera poderes a otra sustancia que no los tuviese. Para sanar o dañar el cuerpo humano. Para perfeccionar o corromper todas las cosas de su género. Para someter lo que siempre fue libre por naturaleza: la vida.

Fragmento subrayado por Leo Almada Sapena en la página 53 del breviario *La alquimia*, VV. AA., Fundación Recreo Ediciones, Madrid, 1951.

ÍNDICE

TERCERA PARTE

UNA BUENA CORAZONADA